산다화

산다화

발행일	2020년 2월 7일			
지은이	고천석			
펴낸이	손형국			
펴낸곳	(주)북랩			
편집인	선일영	편집	강대건, 최예은, 최승헌, 김경무, 이예지	
디자인	이현수, 김민하, 한수희, 김윤주, 허지혜	제작	박기성, 황동현, 구성우, 장홍석	
마케팅	김회란, 박진관, 조하라, 장은별			
출판등록	2004. 12. 1(제2012-000051호)			
주소	서울특별시 금천구 가산디지털 1로 168, 우림라이온스밸리 B동 B113~114호, C동 B101호			
홈페이지	www.book.co.kr			
전화번호	(02)2026-5777	팩스	(02)2026-5747	

ISBN   979-11-6539-038-9 03810 (종이책)   979-11-6539-039-6 05810 (전자책)

이 도서의 국립중앙도서관 출판예정도서목록(CIP)은 서지정보유통지원시스템 홈페이지(http://seoji.nl.go.kr)와
국가자료공동목록시스템(http://www.nl.go.kr/kolisnet)에서 이용하실 수 있습니다.
(CIP제어번호: CIP2020005087)

(주)북랩 성공출판의 파트너

북랩 홈페이지와 패밀리 사이트에서 다양한 출판 솔루션을 만나 보세요!

홈페이지 book.co.kr   ·   **블로그** blog.naver.com/essaybook   ·   **출판문의** book@book.co.kr

고천석
단편집

산다화

북랩 book Lab

차 / 례

산다화

멀리 흐릿한 그녀의 모습이 보인다. "산다화!" 소리쳐 불러보았다. 대답이 없다. 그리던 그녀가 이윽고 내 앞에 다다랐다. 그녀의 표정을 뭐라 말하는 것이 좋을까. 모나리자의 모습이 이런 걸까. 직감적으로 느낄 수 없는 신비한 것이었으니까. 아예 영혼의 표정이라 해야 옳을 것 같다. 우선 짓고 있는 빙긋한 미소, 원망이 가득 담긴 슬픔, 어떻든 오성이 담긴 모습이다. 생리적으로 일어나는 마음의 표출인가 싶었다.

나는 그녀에게 애칭으로 '산다화'란 꽃말을 빗대어 불렀다. 산다화가 어느 날 내게 이런 편지를 보냈다. 엉뚱하지만 다소곳한 마음으로 내용을 음미해 본다.

"로댕의 '생각하는 사람', 그 남자는 무슨 생각을 하고 있을까요. 생기를 불어 살아난다면 맨 먼저 어떤 말을 할까요. 편지에 답해주셔야 해요. 당신이 내게, 글발로 주는 무언의 대화가 참 아름답거든요."

이 함축된 물음이 산다화에게 무엇을 의미하는 것일까. 풀지 못한 과제가 그녀를 만날 때까지 평생을 두고 나를 괴롭힐 것 같다. 지금도 적절한 답을 못 찾고 있다. 편지는 나를 사로잡고 놔주지 않는다. 언젠가는 그녀를 만나 말해주어야 하리라는 부담이 켜켜이 쌓이고 있다.

"산다화, 지금도 늦지 않았어. 나는 당장이라도 당신의 가슴속에다 불길 같은 사랑을 퍼붓고 싶어요."

산다화는 분명 온전한 귀가 있고 눈이 있지만, 나의 바람을 보고 듣지 못한 것 같다. 시공간적 제한 탓일까. 산다화는 자존심이 강했다. 나의 행동거지를 일일이 검색하면서도 내가 반응할 마음은 허락지 않는 것일까. 어쨌든 나는 모르는 일이다. 전파로 띄우는 것까지 산다화는 냉담하게 지켜보고 있는지도. 그녀의 흔적을 찾아 나서려면 용기부터 내야 한다.

유년기부터 혼자였던 나는 사랑을 모르고 자랐다. 언제나 외톨이였으니까. 나는 신앙을 받아들이고서부터 삶을 새롭게 시작할 수 있었다. 남을 배려할 줄 알아야 하고, 예의를 지켜야 하고, 무례하지 않아야 하고, 희생할 줄 알아야 하고, 그리고 진정한 사랑도 할 줄 알아야 했다. 사랑은 같은 단어지만 애욕적이 아닌 아가페적인 것이어야 했다.

많은 회원 속에 있으면서 군중 속의 외로움은 변함이 없다. 누구든 만나 정담을 나누고 관심을 받고 싶다. 순박한 형제애로 의례적인 인사를 나눌 뿐, 1 대 1 대화는 없었다. 적어도 산다화를 알기까지는, 은연중에 품은 생각은 혼자가 아닌 둘이었다. 그때부터 내 마음의 눈빛은 이 여성일까. 저 여성일까. 망설이며 감정은 도드라진다. 군대 생활 중에 아주 애틋하고 친절한 편지를 보낸 여성에게 제대하고서 사랑의 고백을 하기도 했다. 착각이었다. 여학생들이 장병들에게 보낸 위문편지에 지나지 않았다는 것을 뒤늦게 알았다. 위로와 우정의 뜻을 담은 것이라 했다. 그러고도 정신을 가다듬지 못하고 친절을 베푼 여성이 나를 좋아하는 것이라 착각했다. 순박하다고 말하기보다는 어리석음에 더 가까웠다.

그런 실망을 안고 의기소침해 있는, 외로워하는 내 심장이라도 꿰뚫어 본 듯, 연애 감정 같은 것은 안중에도 없는 눈치 빠른 한 자매가 오작교를 놔준다. 내 행색을 바라볼 때 자랑할 만한 구석은 없고 내보일 것 없는 무지렁이라는 것을 그녀는 잘 알고 있다. 오작교가 되어준 그녀는 '신앙이 돈독하고 매사에 성실하고 궂은일 가리지 않고 먼저 나서는 착한 사람이고, 우직하게 한 여성만 사랑할 줄 아는 고지식한 그런 남자'라는 말과 "번지르르하게 꾸미고 실속 없는 사람보다 대기업체 모범사원으로 장래가 있는 사람이 제일이지."라는 달짝지근한 말로 산다화의 마음을 설레게 했지 싶다.

*

"산다화, 나는 청소년 때부터 알베르트 슈바이처를 좋아했어요. 그가 초등학교 시절에 한 친구와 다투다가 그만 싸움으로 바뀌었어요. 엎치락뒤치락했으나 결국 친구의 몸 위에 올라타게 되자 밑에 깔린 친구는 울부짖으면서 '나도 알베르트 너처럼 고깃국을 먹고 너를 꼭 이기고 말 테야. 두고 봐!' 그날 알베르트는 집에 돌아와 저녁밥을 먹으려 자리에 앉았어요. 모락모락 김이 피어오르는 고깃국 냄새를 맡자 친구의 울부짖는 소리가 귀청을 때렸어요. 그는 국그릇을 밀어냈다고 해요."

산다화는 이야기를 묵묵히 듣고만 있다. 예지가 번뜩이는 여성이라서 이야기에서 교훈을 찾기 위해 사색하고 있는가 보다. 아니면 '자기 이야기는 안 하고 생뚱맞게 외국사람 이야기야?' 할지도 모른다. 그러려니 하고 계속했다.

"그의 부모는 그가 음악가가 되기 바랐으나 그는 신학과 철학, 그리고 의학을 공부했어요. 물론 음악도 부전공으로 했지만, 그보다는 생명을 중요하게 여긴 것 같아요. 바흐 음악의 독보적 이론가로 바흐에 관한 저술도 했습니다. 파이프오르간의 뛰어난 연주자였어요. 무엇보다도 따뜻한 가슴을 가진 의사였습니다. 그는 백인들이 흑인들에게 저지른 잘못을 사죄하는 뜻으로 아프리카 프랑스령 넘버레네에서 의사로서 의료 활동을 합니다. 그러던 중 1차 세계 대전이 발발합니다. 슈바이처는 프랑스의 호된 포로 생활을 했고 다시 2차 세계대전을 겪게 돼요. 참혹하게 파괴된 대지와 사상 최대의 인명 살상을 눈으로 보게 됩니다. 두 대전을 겪은 그의 해박한 지식과 기독교적 사랑이 한데 녹아 생명 경외 사상이 확고하게 정립됐으리라 믿어요.”

“연석 씨는 그런 고상하고 철학적인 사상가를 존중하는가 봐요. 저는 전원에서 철없이 뛰놀던 소녀였습니다. 아버지가 학교에 계셔서 저희 가풍도 엄격한 편이었어요. 그래도 나는 중·고등학교 시절에 막 가는 아이들과 어울리지 않았거든요. 가끔은 시기의 대상이기도 했고, 좀 비뚤어진 아이들로부터 놀림을 당하기는 했지만요. 나중에 그들에게서 내 마음을 헤아려 진심 어린 사과를 받았어요. 훼방을 놓았던 것은 진심이 아니라는 것을 실토하기도 하고요. 아마도 자신을 내게 드러내고 싶어 충동질했던가 봐요. 성적은 상위권에 나름대로 인기가 있어서 아이들이 함부로 범접하기 어려워했어요. 내가 눈을 크게 부라리면 슬슬 꽁무니를 빼 물러났거든요. 그렇게 별 어려움 없이 학창시절을 보냈던 것 같아요. 저는 '시상'이 자주 떠올라 내가 쓴 시가 교지에 실리기도 했고, 일 년에 한 번씩 열리는 백일장에서 한 때 장원도 했어요. 국어 선생님이 시인이셨는데, 저를 무척 귀여워해 주었거든요. 나에게 사랑을 베풀어준 선생님을 존경했고, 그분이 가르친 국어 과목을 잘하려고 노력했어요. 선생님을 실망시키지 않으려고요. 어머니는 언제나 제 편이었고 자상했어요. 내가 원하는 것은 거의 들어주셨거든요. 저도 부모님 뜻에 어긋난 행동은 하지 않았던 것 같아요. 그래서 비교적 행복한 학창시절을 보냈다고 봐요. 우리 집엔 과수원에서 열리는 과일이 많았어요. 여름엔 복숭아, 가을엔 배, 감, 포도나 자두를 엄청 좋아했거든요. 아버지는 우리 고등학교 교장선생님이셨어요. 학교일이 끝나면 항상 과수원에서 사시다시피 하셨죠. 일꾼과 함께 전지작업을 한다든가 새로운 과수 묘목을 심을 때도요. 저는 아래로 남동생과 여동생이 있는데 삼 남매 중 가장 사랑을 많이 받고 자라요. 그래서 그런지 자존심이 강한 편이에요. 연석 씨는 내 비위를 건드리지만 않으면 될 거예요."

"네, 우리 귀여군 공주님을 미처 몰라봤네요. 저의 행색을 봐도 알다시피, 부모 없이 할아버지 댁에서 자라다가 부모를 찾는다고 서울로 줄행랑쳤어요. 공부보다 어머니를 찾는 것이 최우선이었거든요. 그래도 공부의 소중함을 알았는지 이 대학, 저 대학을 청강생처럼 기웃거리다가 결국 정문으로 들어갔다가 뒷문으로 나왔죠. 학력에 대해 물으면 스트레스를 받아요. 그렇지만 내 손에서 책은 떨어지지 않았죠. 문학. 역사, 철학, 천문학 책을 많이 탐독했거든요. 근세 철학자 중에서는 '죽음은 끝이 아니라 영원한 삶의 시작이다.'라고 말한 디트리히 본회퍼 목사를 존경해요."

"연석 씨, 이야기가 점 점 무거워 지는군요."

"네, 미안해요. 이런 이야기는 그냥 흘러들어도 돼요. 독일에 있는 그리스도인들은 몸서리쳐지는 양자택일을 해야 했죠. 그리스도교 문명을 살리기 위해 조국의 패망을 기도하느냐, 아니면 독일의 전쟁 승리를 위해 기도함으로써 그리스도교 문명을 파괴하느냐 중 하나를 선택해야 했습니다.

그는 아돌프 히틀러의 집권 이후 박해를 받아왔어요. 한 신학대 교수로 미국에 머무르던 중, 교수직보다 위의 말을 지키기 위해, 죽음이 기다리는 고국으로 돌아갑니다. 결국 히틀러 암살 작전에 가담한 죄목으로 1943년 체포되고 종전 직전인 1945년 4월, 39세의 나이로 교수대에서 생을 마감해요. 그를 제외하면 거룩하다는 성직자들도 나치라는 대세를 좇았습니다. 그래도 '그 나라와 의를 먼저 구하라'라는 경전 구절이 내 마음엔 절절해요."

"눈물이 나오려고 해요. 그런 순수한 그리스도인의 사랑이 또 있을까 싶어요. 그런 상황에 처하면 그리스도의 가르침과 신앙을 위해 목숨을 내놓을 사람이 우리 주위에 얼마나 될까 싶군요. 나 자신부터 돌아보게 되는 감동적인 이야기를 해주셨어요."

"저도 눈언저리가 촉촉해져요. 위 두 사람의 삶은 추앙하나 그분들의 삶이 전범으로 삼기에는 나와 너무나도 거리가 멀어 보입니다."

이런 이야기를 나눈 것은 만난 지 몇 주가 지난 뒤다. 서로의 취향과 성향을 이해하는 것도 친근함을 갖는 데 도움이 될 것 같았다. 우리는 손에 손을 잡고 그녀가 다니던 K R 대학교 뒷동산 묘지가 있는 잔디에 함께 누워 저녁노을을 바라보고, 늦게까지 푸른 하늘에 얼기설기 수놓은 별을 세면서 미래를 꿈꾼다.

우리는 매주 만나 모임이 끝나면 산책을 했다. 어쩌다 그녀가 고향에 가 있으면 일주일 간격으로 편지를 주고받았다. 그녀가 보낸 예쁜 편지를 모아두었으나 이사할 때 책을 담은 마대들이 몽땅 사라져버렸다. 고물을 수집하는 사람이 그것을 실어가 버리는 바람에 그녀의 정보가 송두리 채 없어졌다.

여성들의 감각은 뛰어났다. 옷맵시, 언행, 외모만으로도 심성을 감지하는가 보다. 감정의 직각프리즘의 도수가 높고, 옮기는 말에 더 예민한지 모른다.

정신감응 지수가 더 뛰어난 것만은 분명하다. 반대로 나는 감정이 메말라 무딘 사내였다.

"연석 씨, 그때 당신 안에는 말할 수 없는 뭔가가 있는 것 같았어요. 내 말이 맞지요?"

산다화와 헤어지기 수주 전의 일이다.

"맞아요. 당신이 잘도 꿰뚫어 봤네요. 내 마음속을, 차마 당신께 고백할 수 없는 뭔가가 분명 있어요."

"고백할 수 없는 뭔가가 무언데요? 말해 주세요."

"지금 당장은 아니더라도 차차 말할 때가 오겠죠."

우리가 더 이상 지속하기 어려울 때 오고 간 대화다.

"당신에게 가까이 갈 사랑의 힘이 거의 소진되고 이제 내게도 남아있지 않아요. 당신은 나와 만나는 동안 내게 다정히 대해 주었지만, 나는 당신이 미울 때가 있어요. 화끈하지 않고 미적지근하기만 한 것이 마음에 안 들어요. 나는 그때 당신을 향하는 마음을 저지하려고 나 자신과 사투를 벌여야 했어요. 그렇지 않으면 내 마음의 중심이 흐트러질 것 같았거든요."

서로 간에 오가는 대화는 짧았지만, 마지막으로 만났을 때 주고받은 후 내 마음은 착잡했다.

나는 그녀가 무슨 말을 하려는지 어렴풋하나마 이해할 것 같았다. 그럼에도 나는 어쩔 도리가 없었다. 그래도 나는 마음속으로 산다화에게 속삭였다.

'당신이 얼마나 예쁜지, 내가 당신을 얼마나 사랑하고 있는지, 산다화 당신은 정말 아름다워요. 내 분에 넘치도록.'

때때로 나는 동작을 멈추고 그냥 산다화를 바라보기만 했다. 눈빛, 야무진 몸매까지. 그녀의 어머니를, 오작교 친구를, 떠올리며 내 마음을 되돌아다보았다.

그녀는 나를 속이 깊고 조용한 사람이라고 했다. 영아는 나를 바라보면서 내내 무엇을 느꼈을까. 스물여섯 된 나의 몸은 잘 빠진 근육질이었다. 나는 그녀에게 육군 최전방 산악에서 복무하고 만기 제대한 대한의 모범적인 용사임을 자랑스럽게 뽐냈다. 그러나 나는 군 생활을 마친 뒤 한동안 시대와 동떨어진 생활을 했다. 옷차림도 미군들이 입던 군복을 검은색으로 물들여 몸에 맞게 개조한 제복이다. 그런 차림새가 유행했다. 나는 회사 출퇴근 복 이외에는 옷을 좀처럼 구입해 입는 성향이 아니었다. 시건 방지게 철학적인 사고에 물들었는지 내 방식대로 사는 자유분방한 사람이 됐는지 모른다. 위험한 지경에서도 능히 적응해 살아갈 자신이 있는 것처럼 거들먹거렸다. 산다화는 속에서 뭔가 끓어오르는 기분이었을지 모른다. 시시각각으로 변하는 눈매, 목소리, 얼굴, 들썩이는 검은 머리, 몸을 움직이는 가벼운 동작, 고풍스러운 분위기가 감도는 그런 영아였다.

그때 누군가 속삭이는 것 같은 그런 기분, 남성과 여성 사이의 세포 분자 세계에서 공간이 움직이는 것 같은, 우리의 시간은 초조하게 흐르고 있다. 이때는 오직 하나만 필요하다. 남녀가 서로 원해서 끌어당기는 힘. 그 힘은 한없이 아름다울 것이었다. 이런 힘이 작용하는 목적은 분명했다. 조금도 어긋남이 없다. 단순하고 또렷했다. 다만 우리가 그것을 인위적으로 복잡하게 만든다. 아마 그녀 역시 자기도 모르는 힘을 느꼈을 것이다. 영아의 눈빛이 말하고 있었으니까. 세포가 속속들이 디엔에이의 관리에 따라 우리 사이에서 자기 역할을 충실히 이끌어갈 것이었다. 그런데 바로 그때, 11시경에 문 두들기는 소리가 들린다. 우리는 중국집에서 자장면 두 그릇을 시켜 먹고 계속 머물러 있었다는 것을 깜박 잊고 있었다. 아쉬움을 뒤로하고 자동차 길로 나와야 한다. 어찌 된 일일까. 그녀와 나는 성 의식에 그처럼 위험하지도 위태롭도록 노출되지 않았던 것 같다. 우리는 서로에게 도덕적으로나 법적으로 책임질 일은 없었다. 내가 영아에게 양심을 속인 일이 있다면, 선의적인 것에서 진심을 다해 사랑한 잘못이었다.

*

그렇게 크지도 작지도 않는 동네에서 자란 유년 때부터 나는 문제가 많은 아이였다. 넘치는 생각을 주체하지 못하고 비극적인 감상에 사로잡혀 있을 때가 많았다. 공포감에서 벗어나지 못할 때도 있었고, 형사들이 갑자기 집에 들이닥쳐 마당에서 혼자 놀고 있는 내게 다가와 빵과 사탕을 내밀면서 똑똑하고 영리하게 생겼다느니, 지금 몇 학년이냐고 묻기도 했다. 특히 가족의 이야기를 조목조목 따졌다. 나는 내가 아는 범위 내에서 조잘조잘 말해 준다. 자상한 아저씨처럼 살갑게 대하다가도 아버지 이야기가 나오자 갑자기 형사라는 본색을 드러낸다. 조금 전까지 자상했던 사람이 돌변해 험악해진 얼굴을 한다.

"너희 아버지 언제 집에 왔다 갔어?"

"아니라 우 아버지 보지 못했어라우. 여태까지 한 번도 안 들어왔당께요."

내 말은 거짓 없는 참말이었다. 그럼에도 그들은 내 말을 믿어 주지 않는다.

"바른대로 말해, 알았어? 그렇지 않으면 주재소로 잡아다가 물고문 받는다."

나는 물고문이란 말이 어떤 것을 의미하는지 정확하게 알지 못했다. 지금 생각하니 '물고문'이란 말은 어린아이에겐 잔인한 말이었다. 그렇게 수차례 찾아와 협박하고 으름장을 놓는다. 나는 그들이 점점 무서워지기 시작했다. 학교 공부도 공포에 휩싸여 더 이상 집중할 수 없다. 꽤나 긴 시간을 그랬다. 더 이상 불안해서 집에서 살 수 없었다. 불가불 어머니는 나의 행동을 알고는 크게 근심했다.

집을 자주 비운 어머니는 나의 불안 증세가 심해져 내가 잠을 이루지 못하고 몽유병자처럼 행동한다는 것을 뒤늦게 알았다. 어머니는 집을 떠나야 한다는 것을 직감했다. 잠자리에서 느닷없이 일어나곤 하는 불안 증세는 여전했다. 어머니는 동네 부녀자들과 만나 무엇을 하는지 모른다. 언뜻 동네 부녀자들의 수군대는 소리를 엿들었다. 집안일을 내팽개치고 '신여성 운동'을 한다는 소리를 들었다. 여성 계몽운동을 하는 것 같았다.

어머니와 결혼한 아버지는 외국에 가 돈 많이 벌어다가 어머니를 행복하게 해주겠다며 이미 집을 떠난 상황이었다. 그러고서 10여 년의 세월이 구름처럼 흘렀다. 어머니는 야학에서 부녀자들에게 한글을 가르치면서 외숙과 함께 의료 일을 돕는다. 어머니는 그런 교육과 사회활동을 했던 경험이 있어 시집와서도 사회운동을 한 것 같다. 우리 동네엔 부잣집에서 시집왔다는 종갓집 아주머니를 비롯해 지성을 갖춘 여성들이 있었다. 그런 어수선한 사회 환경에서 나는 고통을 어릴 때부터 경험하며 성장했다.

그때 아버지가 집을 나서면서 어머니와 나눈 내밀한 약속이 무엇인지 나는 모른다. 말해주면 형사들에게도 조잘조잘 사실대로 말하는 유별난 아이였기에 비밀로 할 수밖에 없었을 것이다. 내가 아는 가정일은 어떤 것도 비밀이 아니었다. 가정의 비밀을 누구에게도 말해서는 안 되는 줄 몰랐다. 그때 나는 열 살이었다. 아버지를 찾아 서울로 떠난 어머니와 헤어진 후, 나는 외가에서 1년이 넘도록 어머니를 기다리면서 초조하게 보냈다. 엄격한 외가의 표준이라는 것을 지키기가 어려웠다. 학교 다녀와서는 반드시 일을 해야 한다. 매일 아침 일찍 일어나 외숙을 따라 우물 주변 청소를 했다. 그 일이 바로 우리 몫이었다. 외숙이 야채 쓰레기와 오물을 쓸어 모으면 나는 소쿠리에 담아 쓰레기장에 버리는 역할이었다. 봄이 오면 뒷동산에 올라 차나무에서 새순을 땄다. 찻잎은 가마솥에 덖어 햇볕에 말린 후 놋화로 불, 놋쇠 주전자에 물을 붓고 우려낸다. 그래서 식사 때마다 외가식구들은 숭늉보다 차를 더 즐겨 마신다.

외숙과 사촌 형들은 모두 일본에서 교육을 받은 것 같다. 근면성을 어릴 때부터 기르려는 것이 외가의 가풍이다.

나는 어머니가 1년 후에는 온다고 약속한 것에 따라 외가에서 힘겨운 생활을 참고 견뎌야 했다. 내 성질대로라면 외가의 생활 표준을 내동댕이쳐두고 반항도 할법했으나 그럴 용기가 없다.

외숙은 언제나 나를 칭찬해준다. 내가 하는 일마다 그 가치와 중요성을 일깨워주며 자상하게 대해 준다. 그런데 큰형은 대도시 여자고등학교에서 생물학을 가르치고, 주말마다 외가에 내려온다. 나는 그를 매우 무서워했다. 큰형 앞에선 주눅이 들어 몸이 오그라드는 것 같았다. 내가 하는 일이 마땅치 않을 때면 엄하게 꾸짖기만 했다. 반대로 작은형은 중학교 영어 선생으로 음악을 매우 좋아했다. 내게 음악을 가르쳐 주면서 예뻐하고 친절하게 대해 주었다. 큰 형이 깊은 숲 속에서 길을 잃고 방황하는 성품이라면, 작은 형은 넓게 트인 바닷가에서 한가롭게 거니는 명랑하고 자유로운 성품이었다.

엄격한 외가의 규칙을 지키고 괴로움을 참은 것은 오직 어머니를 만날 수 있다는 희망이 있어서였다.

*

서울로 올라온 나는 고등학교를 다니는 둥 마는 둥 했다. 대학 문턱을 청강생처럼 기웃거렸으나 대학 공부는 필요성을 느끼지 못해 흥미를 잃었다. 물론 대학 공부를 흥미로 하거나 필요성을 느껴 다니는 것은 아닐 테지만, 나는 철학과에 등록했으나 교수들의 강의 보다 스스로 책을 읽어 지식을 섭렵하는 것이 더 흥미로웠고 집중력이 높았다. 안 좋은 표현을 하면 좀 되바라졌다고나 할까. 엉뚱했다. 나의 그런 삶은 사회성이 뒤쳐진 것은 분명했다. 다정한 친구도 없다. 언제나 외톨이로 골방에 들어앉아 나 자신과의 사투를 벌려야 했다.

외종형이 나를 야단친 이유 중 하나가 되바라진 말과 행동이 눈에 거슬렀기 때문일지도 모른다. 내가 그리는 세계가 은연중에 싹이 자라기 시작한 것은 할아버지 밑에 있을 때부터일 것이다. 부모가 없어 내 멋대로 생각하고 행동해도 크게 나무라는 사람이 없다. 내가 5살부터 할아버지에게서 천자문과 명심보감 등을 배웠다. 한학을 배우는 서당 학동들 가운데에서도 조금 영특했다고 했다. 청년기에 동서 고전을 많이 섭렵했다는 말은 맞다. 나 혼자 공부할 때는 대부분 주경야독이었지만, 항상 고전소설을 끼고 살았다. 그런 것들이 현실과 괴리감을 갖게 했는지 모른다.

영아와 나누는 사랑의 대화는 고상한 분위기가 흘렀다. 그래도 나는 그녀와의 사랑을 참회해야 한다. 그녀는 아내처럼 단아

한 키에 우뚝 솟은 콧날에 갈색 눈이 초롱초롱 빛났다. 서구적 이미지가 담긴 영리한 소녀다. 그녀의 유난히 맑고 영롱하게 빛을 내는 눈이 내 마음을 사로잡은 것 같다. 시상이 뛰어난 꿈 많은 문학소녀는 고등학교 3학년 때, 대대장을 했다. 아담한 키라고 하지만 매섭고 찬란한 눈빛이 지도력을 발휘했는지 모른다. 총명이 상대방의 눈을 꿰뚫어보는 투시력으로 작용했나 싶다.

*

영아와의 시간은 무정하게 흘러가 버렸다. 그때가 언제일까. 생명의 약동을 말한 그녀의 '생각하는 사람' 그 첫 대답이 어떤 말이어야 좋을까.

'왜 당신은 오롯이 아픔만 내게 안겨주었습니까. 슬픈 눈빛 암사슴을 애타게 해놓고 어찌 그리 쉽게 절교를 했습니까.'

이런 원망을 어떻게 감당하고 달래주어야 할까싶다. 그러나 나와 영아의 관계를 설명하기에 '절교'라는 표현은 결코 적절한 단어가 아니다. 그녀가 내뱉는 말이겠거니 추측할 뿐, 나는 아직도 잊지 못할 기억이 새롭다.

전원에서 자란 꽃다운 소녀는 나의 꿈의 소녀였다. 그때로 다시 돌아갈 수는 없을까. 우리의 첫 만남은 진지했다. 영아는 주일학교에서 어린이를 교육하고 관리하는 책임자로, 나는 성인 청년 반공과 교사이면서 서기 일을 맡아 봉사했다. 군에서 부대 서무 일을 맡아본 경험이 있어서 교회의 재정과 기록을 정리하는 업무를 맡게 됐지 싶다. 교회서 업무란 꼭 경험이 있다고 해서 맡기는 것은 아닐 것이다. 신앙심이 두텁고 정직하고 열성적으로 봉사하려는 태도가 교회 지도자의 눈에 들어야 가능할 것이었다.

교회 업무를 마치려면 공식 집회가 끝나고 2시간은 지나야 한다. 영아는 그때까지 귀가하지 않고 내가 맡은 일이 끝나기만을 기다리고 있다. 나는 미안한 마음으로 '왜 먼저 들어가지 않고 있었어?'라고 했다. 그러나 진심은 아니다. 그녀를 위하는 척 의례적으로 건네는 말일 뿐이다.

공적으로 친근감을 유지하던 우리 사이는 어느덧 서로 배려하고 아껴주고 사랑하는 사이로 서서히 깊어져 갔다. 서로 눈빛만 봐도 알 것 같았다. 우리는 공식 모임이 끝나고 회원들이 교회당에서 썰물처럼 빠져나간 뒤, 단둘이서 밤늦은 시각에 어두침침한 중국 음식점 방으로 가 자장면을 먹으며 꿈같은 정담을 나누었다.

"우리가 만나기 전에는 서로를 몰랐지만 처음 당신을 보고서부터 분명 우리가 함께 하리라는 것을 당신의 눈빛에서 읽을 수 있었어요. 나는 참 외로운 사람이라서 당신이라면 만족할 것 같아요. 어느새 우리는 호수에서 나란히 노니는 원앙새처럼, 앞으로 어떤 경우에도 서로를 향해 날 것이란 확신이 들어요."

우리는 사랑의 속삭임으로 미래를 설계했다. 영아는 호락호락 넘보지 말라는 듯이 엄격하다가도 때때로는 소녀처럼 천진무구했다. 적어도 내 앞에선 티 없고 청순한 이미지였다.

"당신에겐 비록 지나간 세월이라지만 우리는 꼭 만나야만 합니다. 어디서든, 언제든 말이요. 당신이 나를 찾기가 더 쉬울 거요. 인터넷에서 이름 석 자만 적어 넣고 검색해 봐도 알게 될 것이오. 언제 어디서든 당신이 부르면 달려갈 준비가 돼 있소."

막차를 놓치지 않기 위해 우리는 허겁지겁 정류장으로 향했다. 그녀가 먼저 버스를 타고 가도록 기다렸다. 버스에 오른 후 창문 밖으로 그녀가 손을 내밀어 흔들 때, 나도 손을 흔들며 헤어지는 것이 못내 아쉬워하는 표정을 지으며 헤어짐의 정을 나눈다. 단둘이 있는 시간은 어찌 그렇게도 짧을까.

그녀와 헤어진 후, 얼마 전 밤에도 소녀는 검은 머리에 하얀 장미를 달고 내게 달려왔다. 그럼에도 나는 악마의 쇠사슬에라도 묶인 것처럼 누운 채로 꼼짝을 못 했다. 일어나려고 발버둥 치다가 그만 꿈을 깨고 만다. 내 마음은 화살처럼 그녀에게 달려가지만 몸은 움직이지 않는다.

그녀의 고향 전원을 그리며 언젠가는 가볼 수 있을 것이라 기대했다. 영아는 대학 종강을 하면 곧바로 고향에 내려가 내가 내려오기를 무척이나 기다렸다고 한다. 자기 어머니께도 나와의 관계를 말했다고 했다.

"사람은 착하고 좋지만, 부모가 없는 고아라서 조금 걸린다. 그런 것이 조금 걱정이 된다만 우리 영아가 좋아하는 사람이라면 어쩌겠냐. 내 딸의 마음을 존중해 주어야지."

지성을 갖춘 그녀의 어머니는 그런 깊고 너그러운 도량을 가진 여성이었다.

그렇게 가고 싶었던 그녀가 자란 전원을 아직 가보지 못했다. 내가 고아 출신이라서 '조금 걸린다.'는 어머니의 말처럼 이제 그녀의 어머니는 걱정하지 않아도 되어 한시름 덜었을지 모르나, 내겐 안타까움이 사라지지 않는다. 매우 사랑했음에도. 우리 둘 사이를 갈라놓는 마魔가 훼방을 놨다고 포기할 일이 아니다. 분명 그녀는 지금 생존해 있을 것이란 믿음은 변함없다. 내게 찾아와 어떤 저주를 퍼부어도 나는 묵묵히 받아들일 것이다.

"산다화, 이제는 때가 됐다고 보아 우리가 연을 맺지 못한 이유를 〈아드린느를 위한 발라드〉의 사연으로 대신하겠소."

한 남자에겐 너무나도 사랑했던 연인이 있었답니다. 어느 날 그 남자는 전쟁터에 가게 되었고, 전쟁 중에 불행하게도 팔 하나와 다리 한쪽을 잃게 되었습니다. 그 모습으로 그렇게 사랑했던 그녀 곁에 머물 수 없어 그녀를 떠나기로 마음먹었지요. 그것이 자신만을 사랑했던 그녀에게 보여 줄 수 있는 깊은 사랑이라 생각했습니다. 시간이 흘러 남자는 그녀의 결혼 소식을 들어요. 남자는 한때 사랑했던 그녀의 결혼식이 열리는 곳으로 찾아갑니다. 진심 어린 마음으로 사랑했던 그녀의 결혼을 축하해 주기 위해서지요. 먼발치에서 결혼식을 바라보던 남자는 그만 털썩 주저앉고 말았습니다. 그녀의 곁에는 두 팔과 두 다리가 없는 남자가 휠체어에 앉아 사랑했던 그녀와 의식이 집행되고 있었습니다. 그때야 남자는 깨달았어요.

그녀가 자신을 얼마나 사랑했는지. 자신이 얼마나 그녀를 아프게 했는지.

사랑하는 사람의 건강하고 온전한 몸만을 사랑했던 게 아니라는 걸 절실하게 깨닫는 순간이었습니다. 그래서 남자는 그녀를 위해 눈물 속에서 작곡을 합니다.

<아드린느를 위한 발라드>는 이렇게 탄생했습니다.

*

"산다화, 나는 당신을 정말 사랑했습니다. 증표로 오직 당신을 위한 '산다화'란 '시'를 지었습니다. 시를 적어 당신에게 선물할 원통형 도자기를 만들고, 작곡해 성악곡으로 만들었습니다. 나는 죽기 전에 사랑하면서 당신과 함께 할 수 없었던 이유를 이젠 말할 때가 됐다고 봅니다. 증표와 함께 이 사실을 당신에게 전해야 합니다. 애타는 내 마음을 헤아려 주어요, 산다화."

산다화의 실체는 내 곁에서 떠났는지 모른다. 그러나 난 아직 정감을 나누며 함께 살고 있다는 의심이 추호도 없다. 그녀의 시간과 그 잔영 속에서 살고 있다고 보기에 그렇다. 꿈속에서도 모습이 자주 보이는 것만 봐도 알 수 있다. 어디선가 모습이 아른거리고, 청순한 말소리가 들린다. 나는 보고 싶은 그녀를 생각하고, 그녀의 말만 듣고 싶은 삶을 살아가기에 그런지 모른다.

주의집중이 온통 그녀에게 가 있기에 그럴까? 나의 감각 시스템은 초당 수천만 개의 정보를 받고 그 정보들을 즉각적으로 처리하며 살아가고 있다지만…. 그런 가운데에서도 슬픔과 고뇌 속에 일생 동안 짐 지고 살아가고 있을 산다화는 우리 사랑의 보금자리를 만들지 못한 운명을 이제는 조금이나마 이해할까.

"은발 머리 나부끼며 당신은 언제쯤이면 내게로 날아옵니까.

성긴 귀밑머리 노 문사, 솔베이지 사랑이 무색합니다. 영롱한 눈빛의 문학소녀를, 나는 영영 잊을 수 없어 당신을 '생각하는 사람'으로만 살아갈 수는 없습니다, 부디."

산다화와 내가 백목련을 꺾던 밤은 달도 유난히 밝았다. 나는 백공작(白孔雀: 인도 공작의 白變種, 전신은 백색이고 주둥이와 발은 淡色이다) 같은 목련을 생각하며 밤을 새우고 하얀 꽃 이파리가 시든 것처럼 초라해진다. 지금 나는 목련 꽃 나무 밑에 누워서 그녀의 손과 가슴, 심장을 쓰다듬는다.

파란 하늘에 흰 구름이 가벼이 떠가는데, 생각보다 가볍고 단출한 하얀 목련 잎이 무엇을 찾아낼 듯 스산한 내 가슴에 사뿐히 내려앉는다. 또 한 잎은 내 머리칼에 꽂히고 또 하나는 얼굴에 살포시 내려앉아 이마를 거쳐 입술을 더듬어 비비고 뺨을 쓰다듬더니 슬그머니 내려간다. 거기서 나도 모르게 잠이 들어 또 꿈을 꾸었던 것 같다.

실바람은 강 넘어 푸른 언덕을 넘어가고 언뜻언뜻 숲새로 보이며 논에 물을 보내는 도랑물은 맑고 푸르다. 빛이나 연기처럼 떠도는 저 들에서는 백색 두루미가 먹이를 만끽하고서 오늘도 푸른 하늘의 먼 여행을 떠나는가 보다. 시냇물이 나지막한 목소리로 변화된 산다화가 나를 부르는 것 같다. 때마침 아지랑이가 나의 집 삼각 산마루에 아롱거린다.

*

정신건강의학에서는 간절히 염원하며 그것을 계속 찾고 있으면, 미치지 않더라도 환상을 보거나 환청을 듣게 된다고 했다. 얼굴이나 음성, 혹은 다른 기억이 떠오르고 확인하는 과정은 일의 실마리를 찾아내기 위해 시작된다고 했다. 무엇인가를 떠오르게 하는 단서는 외부로부터의 자극일 수도 있고, 기억을 불러일으키는 특정한 감정 또는 신체 상태, 즉 내적인 것일 수도 있다는 것이다.

그 단서가 긍정적인 결과를 가져올 것이라 예상하면 그것을 찾아 나서고, 너무나 보고 싶기에 이 세상 모든 것이 아닐까 하며 집착하다가 아예 바라는 것을 보는 환상을 보게 된다는 말 같았다.

잔잔한 눈가에 미소 짓는 그녀의 자색 꽃 입술은 고혹적인 미를 드러내기도 했다. 사근사근하게 홍색 빛띠는 오판 화는 바닷바람에 휘둘리고, 산다화는 훨훨 날아 어디로 가버렸을까, 환상 속에서.

산다화의 꽃 밑선 에선 '시'가 갖는 고상함이 아직도 나를 향해 그윽이 풍겨오는 것 같다. 나는 동박새처럼 하느작거림으로 그녀에게 다가갈 것은 분명했다.

백색 산다화 같은 향기에 한때 넋을 잃었던 때도 있다. 깊숙한

꿀샘에서 피어나는 향취에 내 영혼은 허정거리기도 하고, 내밀함 속에 간직된 그 아늑함이 그리워 나는 황홀경에 빠져들 수밖에 없다. 산다화는 미소와 꽃 같은 입술로 내게 입맞춤한다는 환상 속으로 다가온다.

이처럼 기대와 예상착오의 인식은 뇌 기능인 전두엽에서 이루어진다는 것이다. 이런 상태를 이성적으로 판단하려 노력해야 하겠지만 나는 그렇지 못했다. 이성은 감정을 이기지 못해서. 그래서일까. 나는 지금도 산다화의 목소리를 듣고, 아직도 산다화의 모습을 보고, 아직도 산다화의 손길을 느끼는 것 같다. 오늘도 산다화의 흔적 안에서, 그녀의 시간 안에서 살아간다고 착각하고 있는 것일까. 낯선 이의 모습 속에도, 바람에 쓸쓸히 춤추는 저 낙엽 위에도, 내가 보고 듣고 느끼는 모든 곳에 산다화가 있다고 생각했다.

산다화도 나와 같으냐고 묻고 싶은 충동이 일지만, 아마도 그렇지 않을지도 모른다. 내가 일을 그르쳤으니까. 마음을 되돌려 달라는 마지막 애원도 내가 거절했으니까. 산다화에게 상처를 준 원죄는 내게 있다. 그런 이유로 아직도 후유증을 겪고 있을지도 모를 산다화의 후유증을 치유해주고 싶다. 문학으로, 음악으로, 그렇게 묻는다면 나 혼자 그 흔적들을 다 기억하고, 그 시간을 다시 살고, 혼자는 그 무게를 감당하기가 너무 힘들어서, 산다화를 애타게 사모하고 있는지 모른다.

"미안해, 산다화. 당신을 잊지 못해서. 그러나 내가 못 잊는 애끓는 마음을 산다화가 읽어주기를 바라."

나는 산다화가 붙임성과 포용성을 갖고 다가오도록 부르고 싶다. 산새는 오늘 어디서 그들의 소박한 궁전을 생각할까. 산다화가 청아한 목소리로 언제 내게 이야기해줄까. 나는 지금 산다화와 산새를 생각하니 초라한 외로움을 어쩌지 못하고 있다. 산다화가 시나브로 빗발 속에서 후드득 떨어지는데, 그리움을 탄 나는 하염없이 바라본다. 몰려와 부서지는 해안가 파도 소리에 산다화가 떨어지는 것을 물끄러미 바라보며 한동안 넋을 잃는다.

*

억만년 지구와 주고받던 대화에 태양은 지쳐있는지 모른다. 엷은 면사포 같은 구름을 쓰고 산다화는 떠다닌다. 먼 뱃고동 소리에도 토닥토닥 떨어지는 산다화. 뜨거운 눈물 지우던 벅찬 청춘을 귀에 대고 산다화는 소곤거린다. 가고 오는 빛발에 산다화의 상처 입은 옷자락이 스쳐 갈, 바람결에 생활이 주고 간 상처만 남겨놓는다. 서럽지 않아도 치밀어오는 뜨거운 가슴을 쓰다듬고 한 가닥 남은 미련마저 떠난다면 산다화가 지듯 나도 떠나게 될 것이다. 분주히 쏘다니는 삭막한 거리에는 봄 머금은 나무도 없고 산다화도 없다. 내가 그렇게 찾아 헤매면서 가는 곳마다 산다화는 없었다. 잠결에 들려오는 밤차 소리에 어렴풋이 열리는 그녀의 먼 고향 하늘 아래도, 구름이 자주 어루만지는 푸른 산도 새같이 지저귀는 산다화 목소리도, 햇볕이 잘든 창 옆에 산다화가 있을 것을 상상하면서 나는 지금 여기에 있다.

사뭇 재색 빛 띤 하늘 아래 멀리 트인 푸른 벌판을 나는 누구를 찾아 이리도 헤매는 것일까. 끝없이 헤매다 다다른 소나무 대숲 자욱한 곳, 고요한 마을엔 청포도가 주렁주렁 매달린 채 적막감만 더했다. 아무리 목 놓아 불러 봐도 산다화는 대답해 주지 않는다. 멀리 흐르는 푸른 강물 소리 언제 한물이 스쳐 갔을까.

지금 나는 붙잡고 목 놓아 울어볼 산다화를 다시 찾으려고 나선다. 멀리 흐르는 강물 소리 따라 산다화 곁으로 흘러가고 싶다. 역력히 들려오는 그 강물 소리를 따라서. 산다화는 한 길 넘는 유리창에 기대어 한때 자꾸만 흐느껴 운다. 유리창 밖에서는 후드득 꽃망울 떨어지듯 비가 쏟아지고 그 비는 자꾸만 유리창을 두드린다. 산다화의 흐느끼는 소리는 빗소리에 영영 묻혀버린다. 그때 나는 산다화를 꼭 껴안아 슬픔을 달래주고 싶었지만 그럴 수 없었다. 그녀와 나를 갈라놓은 심연이 너무나 깊어서. 오랜 시간이 흘렀건만 그녀는 영영 잊히지 않는다. 이제 그만 꿈에서 깨고 나는 현실로 돌아오지 않으면 안 되나 보다. 후우! 한숨을 쉬면서 이불을 박차고 일어났다.

"산다화! 내가 사는 아름다운 산골을 찾아주기를 바라는 마음을 그린 편지를 전송합니다."

우라노스에 사는 날개 단 사향노루가 별들을 물어다 내가 사는 산골 계곡에 흩뿌려 놓았습니다. 쏟아지는 계곡물이 갑자기 멈추더니 웅덩이에는 별빛이 반짝거려요. 적적한 능선으로 은색 구름 덮일 때, 또옥 또옥 잔디 싹 트는 소리가 아련히 들려옵니다. 선 황색 밀잠자리 살포시 내려앉자 새싹도 삐죽삐죽 솟아올라요. 뻐꾹새 슬피 울 때 저녁노을 붉게 물들고 계곡 자락 너머 꿈의 능선 아스라하게 멀어져만 갑니다. 산새 소리 멈출 때, 만물도 잠들어 정적하건만 개나리 진달래는 쉼 없이 피고 지는 소리 들리는 산골을 찾아주지 않으렵니까. 나는 당신 생각에 뒤척이며 밤을 지새웁니다.

유년의 추억이 서린 동산

1

그는 유원幽園한 푸른 물결, 일렁이는 냇가를 바라본다. 그리워
했던 그의 마음은 이미 건너야 할 그 개울 앞에 서 있다. 앞으로
의 남은 삶을 어떻게 지속해 나가야 할까. 서서히 소진되는 몸의
생체 에너지가 거의 밑바닥에 와 닿은 것을 피부로 느낀다. 그나
마 아직 남은 에너지를 헛된 것에 쏟지 않고 바른 것에 소진하리
라는 다짐은 남아 있다.

그는 유년을 그리워하는 생각에 휩싸여 늙바탕에 추억이 멈춘
곳에 내려가 새로운 삶을 추구하려는가 보다. 지난 일을 되돌아
보면 반세기가 넘는 시간을 대도시에서 짐짓 어깃대는 삶이었다.
도대체 어떻게 살아왔기에 궁핍만 가득 짊어지고 노년을 이어가
려 할까. 일상을 아등바등 마음 졸이던 지난 일이 결코 진실 된
참모습이었느냐 엔 고개를 가로젓는다. 적어도 문화생활 정도는
누릴 수 있고 어느 정도 안락함이 보장된 사회에서 그 구성원이

되어 사람답게 생을 이어갈 때 비로소 삶을 산다고 말할 수 있지 않을까. 생활은 겨우 명줄이 끊이지 않을 정도로 생을 이어왔다고 보아야 옳다. 어쩐지 목숨만을 부지해 왔다는 공허감을 지울 수 없다. 그의 귀소본능은 오래전부터 타올랐다.

그동안 차일피일 미루어오다가 그날은 황급히 괴나리봇짐을 메고 마음 조급해하며 기어이 낙향을 결행했다. 고속버스에 일단 몸을 싣고 본다. 안락의자를 젖히고 바르게 몸을 뉘었다.

반백을 넘겨온 서울의 삶이 하루아침에 사라질 리야 없지만, 일차적으로 그곳을 벗어나고 보는 것이 시작의 반이다. 벼르고 별러왔던 일을 막상 결행하고 나자, 한결 홀가분한 기분이 든다.

관직을 내던지고 귀거래사를 읊으며 고향으로 떠난 지고의 시인 도연명陶淵明의 시에 심취한 듯 어느 틈에 벌써 그는 동심으로 돌아가 있다. 이날 그가 고속버스에 몸을 싫은 것은 오전 열 시가 조금 지나서다. 하여간에 모든 것을 체념한 듯 널찍하고 푹신한 의자에 몸을 내맡긴다. 눈을 지그시 감으니 뇌리에 펼쳐진 자연의 아름다운 풍경 속 유년의 동산이 떠오른다.

냇물에서 발가벗은 채 물장구치고 뒷동산에 올라 함께 뒹굴던 개구쟁이들의 가쁜 숨결의 동심, 일찍이 고아가 되어 아무런 꿈도 없이 주어진 운명대로 살아갈 수밖에 없었던 숙모 슬하에서의 잔심부름과 부엌데기 노릇이 떠오른다.

땔나무꾼 시절의 일들일랑 추억하고 싶지도 않지만 그렇다고 털어버리고 싶지도 않다. 소년 때, 눈에 자꾸만 멀리 떨어져 있어 아롱아롱 거리는 아지랑이의 신비로움을 찾아, 그는 지금 늙정이가 되어 그곳으로 되돌아가고 있다. 그러나 개구쟁이들이 다 떠나버리고 황폐화되다시피 한 텅 빈 땅에 그를 반길 사람이 있을까. 진토 된 조상의 얼이 행여 그를 반길까. 그의 소유라고는 입에 풀칠할 전답 한 뙈기도 없다. 경작할 흙 한 줌도 없는 곳에서 그가 무엇을 기대하고 감성에 달떠 노년을 구가하겠다는 것일까. 그것은 현실이 아니다. 꿈속의 일일 뿐이다.

그날은 설 마지막 연휴라서 고속도로는 의외로 한산했다. 그는 버스를 타기 위해 먼 길을 나서 바삐 서두느라 피로가 누적된 채 여행길에 올랐다. 승객들은 마음의 긴장이 풀리고 육체적 노곤함이 몰려왔는지 모두 잠들어버렸고, 그런 승객 열댓 명을 태운 고속버스는 곧게 펼쳐진 아스팔트 고속도로를 유년의 동산을 향해 잘도 미끄러져 갔다.
차창 넘어 하얗게 피어오르는 뭉게구름 헤적여 달리다 보면 언젠가는 유년의 추억이 멈춘 동산이 눈 앞에 펼쳐질 꿈을 품기도

하고, 애당초 그가 인연이 있어 서울에서 청춘을 불사른 것은 아니다. 이제는 발목에 묻은 먼지를 털어내듯 대도시의 역겨웠던 허물을 훌훌 벗어 던지고 홀로 사는 법을 배우고자 하향하는 길이다. 그의 되뇜처럼 숙모가 허락한다면 낮으로는 유기농으로 소채를 가꾸고 밤으로는 숙성된 농주가 인생의 흥을 돋워 주리라. 선비라도 된 듯 때때로 그가 서책에 묻혀 지낸다고 설마 곰발바닥 핥으랴. 만물이 기지개 켤 때 씨앗 뿌리고 이마에 땀을 적시다 보면, 뒷동산에는 유실수가 탐스럽게 익어갈 것이고, 빨간 빛깔들이 풍요롭게 결실의 계절을 색칠해 놓을 것이다.

아름다운 노래를 선사하는 지빠귀와 홍시를 나누고, 끊임없이 흐르는 산뜻한 샘물 소리에 귀를 헹구며 진돗개 윌리와 벗 삼은들 누가 탓할까. 푸른 강물을 슬프게 건넌 숙부가 결코 되돌아올 리 없으니 누가 숙모 곁을 지키겠는가. 마음으로나마 그렇게 구시렁거려본다. 추억이 서린 동산에 발을 내려놓았을 때는 오후 세 시가 조금 지났다. 빛 고을 품은 영묘한 서석산은 마음에 이상야릇한 감응을 불러온다. 무등호인無等好人의 모태가 되었을 서석산이 눈앞을 가로 막고 서 있다. 우뚝 솟은 주상절리 대, '신의 돌기둥'이 빛을 발하는 산이었다.

'네 모퉁이를 반듯하게 깎고, 갈아 층층이 쌓아올린 것이 마치

석수장이가 먹줄을 튕겨 다듬어 포개놓은 듯 모양을 하고 있다. 천지개벽의 창세기에 돌이 엉키어 우현이 이렇게도 괴상하게 만들어졌다고나 할까, 아니면 신공귀장神工鬼匠이 조화를 부려 속임수를 다한 걸까, 누가 구워냈으며, 누가 지어부어 만들었는지, 또 누가 갈고 누가 잘라냈단 말인가.'[1]

그는 입석대의 형성과정이 몹시도 궁금했던가 보다.

얽힌 드렁칡 넝쿨이 만수산에만 있는 것은 아니다.

드렁칡을 더위잡아 폭포수에 몸과 머리를 헹구고 인생을 새롭게 하고자 나름대로 포부를 펼치고 있다.

'나는 어디에서 와 어디로 가려는가.'

번개처럼 스쳐버린 젊음, 우울한 생각이 불어 닥쳐올 때, 암울함에 갇혀 침묵으로 온갖 번뇌를 삭이려 한다. 치열한 경쟁 속에 살아남은 자만 용납되는 현실의 역겨움을 어찌할까. 빈익빈 부익부의 병폐가 창궐하는 패역한 세태에 오히려 그의 마음엔 연민

---

[1] 1574년 무등산 입석대를 처음 본 사람이 그의 저서『유서석록遊瑞石錄』에 나타낸 문장이다. 임진왜란 때 의병장 고경명高敬命(1533~1592) 선생이 기록한 무등산 산행기를 말한다. 천연기념물인 무등산의 주상절리대는 등산 활동을 한 사람이라면 화산활동의 결과로 빚어진 것임을 이해할 것이다. 서석산瑞石山의 명칭은 동국여지승람에 보인다. 고려 때부터 서석산이라는 이름을 본격적으로 사용한 것 같다. 서석대는 저녁노을이 비쳐 수정처럼 반짝인다고 해서 '수정병풍'이라고도 한다.

이 서려 있다.

한없이 자애로울 어머니 산은 진산鎭山의 무등無等을 포근히 감싸 안고 있다. 두 손에 움켜잡은 아이가 빨아대는 어머니의 젖무덤에 묻혀 포근함을 느끼듯, 산은 안온한 정경 바로 그것이다. 그는 회색 옷을 입은 서석산의 정기에 한없이 몰입해 있다. 산은 그곳으로부터 남쪽 팔 킬로 유년의 동산 길까지 안내자 역할을 해준다.

택시가 양과良瓜리 앞을 들어서자 동내 모퉁이에 우뚝 서 있는 한 정자가 눈에 들어온다. 유년에 오르내리던 초등학교, 남쪽 마당가에 들어서 있는 양과동정良瓜洞亭이다. 양철지붕을 한 고작 네 칸으로 나뉜 학교 건물 남쪽에 덩그러니 서 있는 동정, 학년마다 예능 시간이 되면 동정 마룻바닥에 올라 사생대회를 가졌다. 옛 선비들이 중앙에 탄원하던 정치적 무대인 간원대懇願臺다. 일단 택시에서 내린다. 지방문화재 12호라고 적힌 안내판이 보인다. 동정에 오르려니 수십 개의 돌층계를 힘겹게 올라야 한다. 동정마루에 오르고서 숨을 길게 들이마신다. 다시 후후하고 길게 뿜어낸다. 교사校舍는 이제 오간데 없고, 빈터에 갈대는 아이들이 숨바꼭질해도 좋을 만큼 웃자라 있다. 운동장을 한 바퀴

휘둘러본다. 빈터 주위를 감싸고 있던 교정의 나무들은 하늘 높은 줄 모르고 치솟아 쓸쓸한 교정의 버팀목이 되었다. 시야에 멀리 펼쳐진 자연의 아름다운 풍경을 음미해 본다. 시라도 한 수 읊으려는 듯 그는 눈을 지그시 감는다. 느닷없는 웬 갈바람인가. 그 바람은 송골송골 맺힌 그의 이마에서 땀을 씻어 준다. 초등학교 음악 시간에 불렀던 동요.

'산 위에서 부는 바람 서늘한 바람 그 바람은 좋은 바람 고마운 바람 여름에 나무꾼이 나무를 할 때 이마에 흐른 땀을 씻어 준대요.'

동정 마루에 올라 동요를 목청껏 불러본다. 그의 눈은 천장 이곳저곳을 살핀다. 왁자지껄하던 아이들은 모두 어디에 있을까. 그들이 떠들었던 소리는 모두 어느 공간에 간직되어 있을까. 뼈대만 앙상한 정자, 예스럽기보다 휘휘하게 느껴진 까닭은 무엇일까. 천정 여기저기에는 주자학의 대부 송시열宋時烈이 쓴 현판懸板을 비롯해 앞서간 여러 선비의 시구詩句가 판각板刻된 액자들이 걸려 있다.

2

어느덧 동구 밖을 지나 동네 어귀에 들어선다. 물을 많이 저장해 두었다가 가뭄에 요긴하게 농사에 쓰려는 집안 조카의 혜안으로 미나리 깡은 방죽으로 바뀌어 있다. 숙모 댁 고샅길에 들어서면서 뒤돌아 건지 산자락을 바라본다. 창공에 개밥바라기(금성)가 유난스럽게 빛을 밝히고 있다. 울창한 집 주위 숲엔 둥지를 아직 틀지 못한 찌르레기 소리가 요란하다. 이내 철 대문에 들어서자 개가 짖어댄다. 숙모가 문을 열고 밖을 내다본다. 발자국소리만 듣고도 식구를 알아본다는 진돗개 월리가 멀거니 바라보고 있다. 대문 안으로 들어선 그는 뜨악한 숙모의 눈길이 부담스럽다. 한동안 소식조차 감감하던 장조카가 느닷없이 나타났기 때문이다. 숙모의 눈빛은 예사롭지 않으나 말투는 금세 부드러워졌다.

"어서 오니라, 영효야. 어쩐 일로 설 지난 뒤에 이렇게 내려왔냐. 너희 처자들은 어찌하고? 아무튼 서울에서 여기까지 오니라고 욕봤다. 어서 방으로 올라가거라."

숙모의 말을 들으니 한결 마음이 놓인다. 우선 고개 숙여 가벼운 인사를 한다.

"야, 그동안 별일 없으셨지라우, 작은 엄니."

"별일이란 게 뭐가 있더냐. 네 작은 아버지 돌아가시고 나서야. 내나 죽으면 모를까. 그냥저냥 아무 탈 없이 이렇게 산다."

숙모의 모습엔 모질고 거센 세상의 풍파가 서려 있다. 까무잡잡한 검버섯에 주름이 거미줄 엮듯이 얽히고설켜 있다. 90여 년이 넘는 가시밭길을 헤쳐온 행적을 피륙에 수놓은 흔적이라고 해야 할까. 험난했던 삶을 잘 견뎌낸 영예로운 상징일 것이다. 단아했던 30대의 숙모는 쟁반같이 둥근 얼굴에 살빛은 허여멀쑥했다. 이마에서 정수리까지 말쑥하게 빗어 넘긴 검은 머릿결, 앞이 확 트인 가지런한 가리마, 얼굴 윤곽에 걸맞은 넓은 이마, 잔잔한 갈색 눈, 잘 정돈된 초승달 모양의 두 미모眉毛, 적당한 위아래 입술, 조선 여인의 전형적인 미를 갖추었다고나 할까. 하여튼 이목구비가 수려했던 것은 분명하다. 그녀는 아들 하나를 얻기 위해 간단없이 딸만 열하나를 퐁당퐁당 낳았다. 그렇게 만고풍상을 겪다 보니 그렇게 되었나 보다. 딸 둘은 일찍이 날려 보내고 아홉은 고스란히 길러내었다. 모두가 출가외인이다. 숙모 곁에는 마지막 열두 번째 만에 얻은 아들 하나만 달랑 남았다. 출가한 딸들은 모두가 아들딸 퐁퐁 잘 낳아 행복한 가정을 꾸린다니 숙모로서는 대풍작을 거둔 딸 농사였다. 그녀의 얼굴에 수놓인 주름을 한 올 한 올 풀어내면 자못 흥미로운 이야깃거리가 무한대로 펼쳐질 것만 같다.

3

그날은 추석 명절 끝에 찾아왔던 딸, 사위들이 집안을 한바탕 아수라장으로 흩어놓고 떠난 뒤라서 집안 분위기는 마치 왜가리 떼 날아간 솔밭처럼 적요했다.

그는 안방으로 들어가 여장을 푼다. 간편한 옷으로 갈아입고 장판이 깔린 방에 결과 부좌를 튼다. 부엌방에서 딸그락 딸그락 하고 들려오는 사기그릇 소리에 유년에 숙모를 돕던 부엌일이 떠오른다.

"이 빌어묵을 놈아, 살살 씻어야. 그릇 끼레지면 이빨 빠진 것 맹키로 흉해 못쓴다마다."

얼굴 분위기와는 다르게 입담이 걸쩍지근했던 숙모가 그를 나무란 소리다.

그는 개숫물이 담긴 구시(구유, 큰 나무토막을 파서 만든 통)통에 담가놓은 그릇을 조심성 없이 씻느라 요란을 떨었다. 그러다 보면 사기그릇이 모서리가 서로 부딪쳐 앞니가 빠진 것처럼 볼품이 없다. 놋그릇은 당시 일본이 대동아전쟁을 하느라 처란의 껍질인 탄피를 만들기 위해 모두 공출해 갔다. 은밀한 곳에 꽁꽁 숨겨 두었던 할아버지 그릇 외에는 반찬을 담는 작은 놋그릇 몇 개가 남아 있다. 대부분 사기그릇이고 일부 뚝배기가 있었다. 사기그릇은 신줏단지 모시듯 다루지 않으면 안 된다. 매사에 덜렁대기 좋아하던 그는 숙모로부터 자주 야단을 맞는다. 간살부릴 줄은 몰라도 넉살은 좋았다. 꾸지람을 듣고도 능글맞기가 언뜻 바보를 연상한다. 숙모의 음식 솜씨는 정갈함, 시어른에 대한 며느리로서의 예절이 깍듯했다.

"소담스런 밥상은 말이다, 음식을 담는 그릇부터 맛깔 저야 한다마다. 그런 것부터가 어른을 공경하는 맘 아니겠냐?"

"야, 그러지라우."

윗사람에 대한 그런 마음가짐은 며느리가 갖추어야 할 새색시의 인품이다. 그는 숙모의 속정 깊은 말을 흘려듣지 않는다.

숙모가 부르는 소리에 화들짝 놀라 눈을 뜨고 몸을 추스른다. 그도 모르는 사이 눈이 감겨 겉잠이 들었나 보다.

"영효야, 새로 밥 안쳐 놨승께 쬐끔만 더 기달려라잉."

"야, 아직 배 안 고프니까 천천히 허시요야."

그는 여독이 한꺼번에 밀려온다. 어느 날 저녁 부엌 아궁이에 불을 지피고 있었다. 밥물을 넘기느라 가마솥 뚜껑이 들썩거린다. 솥뚜껑이 들썩일 때마다 조금씩 열리는 틈새로 텁텁한 밥물이 넘쳐 내린다. 어느 때와 다름없이 그는 두 다리를 쭉 뻗고 펑퍼짐하게 앉아 아궁이에 연신 땔나무를 밀어 넣고 있다. 불을 쪼이는 자는 아궁이를 차지하려고 다툰다.'고 장자莊子가 말했다. 사내가 아녀자들의 전용 공간인 부엌에서 불을 때는 것은 그렇게 흔한 일이 아니다. 작은 머슴이 사랑채 아궁이나 소 여물죽을 쑤기 위해 들르는 외양간 부엌은 당연히 머슴들의 공간이라지만, 숙모가 시켜서라기보다 스스로 자청해서 부엌 아궁이 앞을 차지한다. 그는 부엌에서고 어디서고 활활 타오르는 불빛이 즐겁다. 아니 불길을 보면 환희에 벅차오르기까지 한다.

광인이 불을 보면 더욱 열광한다고 했다. 방화범으로 몰아 그리스도 교인들을 죽이려고 로마를 불태웠던 네로가 그랬다. 사상을 통제하기 위한 분서갱유焚書坑儒를 저지른 진秦나라 초대 시황제라든가. 그들은 불태우는 광란을 벌였다. 그들은 악의적인 목적을 이루기 위해 불타는 광기를 부렸다. 그가 특히 불을 좋아했던 가장 큰 이유는 잠시 동안이나마 추위에 얼었던 몸을 따뜻하게 녹여주었기 때문이다. 줄기차게 밥물이 넘는 것을 보고도 불 때는 것을 멈추지 않는다. 그 광경을 바라보고 있는 숙모가 가만히 있을 리 없다.

"먼 미쳤다고 아까운 나무만 그렇게 쳐 넣었샀냐. 동지섣달 내내 그런 나무를 무신 수로 당한다니. 그 먼데서 세가 빠지게 해 온 나무가 아깝지도 않냐? 이 잡놈아."

가슴 저리도록 땔나무를 아껴 때라는 숙모의 다그침에도 그는 마이동풍이다. 갱충쩍게도 그는 땔나무 아까운 줄을 모르는가 보았다.

그는 경둥한 홑바지 차림을 하고 땔나무를 하기 위해 12킬로미터가 넘는 첩첩산중으로 셋째 삼촌의 뒤를 따른다. 가늘게 귀가 먹어 어눌한 말투를 가진 삼촌과 땔 나무 감을 만나려면 심산유곡으로 들어가야 한다. 그가 짊어진 지게에는 양은도시락이 매달려 있다. 새벽별을 보고 오들오들 몸을 떨며 숙모 집을 나선다. 나뭇짐을 지고 집으로 돌아올 때도 총총히 떠 있는 별들이 하늘을 수놓는다. 그들은 나무를 구해오기 위해 왕복 육십 리 길을 걷고 달려야 한다. 갈 때는 빈 몸이다시피 해서 빠른 걸음으로 걷지만, 돌아올 때는 지게 위에 무거운 생나무 등걸이 얹혀 있다. 겨울엔 가시넝쿨과 싸리나무 등 잡목을 베어 온다. 여간해서 집안에 도끼로 쪼개어 놓은 장작더미를 볼 수 없다. 해 묶은 장작더미가 얼마나 높이 쌓여있느냐가 그 집안의 형편을 가늠할 수 있는 척도다. 그런 집들은 대부분 자기 산에서 간벌을 해 얻은 장작더미를 쌓아놓은 것이다.

숙모는 그가 깊은 잠에 빠져들어 차마 단잠을 깨우지 못하고 이제나저제나 지켜보고 있다. 열여섯 살인 그가 나뭇짐을 지고 삼십 리 길을 내닫는다는 것은 여간 버거운 일이 아니다. 엄동설한에는 손이 몹시 시려 견딜 수 없기에 낫질은 자유롭지 못하다. 할아버지가 특별히 대장간에 의뢰해 버리어온 낫은 왼손잡이용이다. 강추위에 얼어 마비된 왼손가락은 주먹을 쥐었다 폈다 할 수 없다. 낫자루가 오그라든 손아귀로는 움켜잡을 수도 없다. 파지把持가 제대로 되지 않는다. 왼손을 한참동안 허리춤에 넣고 있다가 조금 누그러지면 가시넝쿨과 싸리나무를 겨우겨우 베어 낼 수 있다. 그것도 잠시 동안만 그랬다.

그의 손등은 까마귀가 아재, 아재하고 불러도 될 성싶다. 비누는 부잣집에서나 쓰는 것으로 알았다. 겨울 내내 목욕은 거의 하지 않는다. 죽은 피부 세포의 덮개가 몸에 한 꺼풀 입혔으니 이나 벼룩이 서식하기 좋은 보금자리다. 얼굴은 찬물로 고양이처럼 대충 씻는다. 그러니 손등은 오죽 했을까. 그야말로 거북 등에 견줄 만하다. 쩍쩍 갈라진 손등에는 핏방울이 맺힌다. 따끔따끔 쓰라리고 아프다. 게접스런 차림은 거지 풍에 더 가깝다. 더벅머리 행색에 이가 번식하지 않는 것이 오히려 이상한 일이다. 불결한 몸에 이가 굼실거릴 때 긁적거린다. 틈만 나면 양지 볕에 앉아 위아래도리를 하나하나 벗고 득실거리는 이를 잡는다. 양 엄지손톱을 부딪쳐 이의 배를 터트리곤 한다. 재봉 섶 사이에 하얗게 실어놓은 서캐는 위아레니로 자근자근 씹어 뱉어내기도 하고 장난기가 발동하면 삼키기도 한다. 그렇게 이의 소탕 작전을 하는 시간이 족히 두 시간은 걸린다. 여름이 닥쳐야 겨우 냇가에서 미역 감는 것이 고작이다.

살살이 이를 박멸했다고 생각했는데도 일주일이 채 지나기도 전에 또다시 서캐가 실려 있고 온 몸이 또다시 굼실거린다. 어쩌다 학교에 디디티[2]가 보급되면 학생 모두의 머리와 몸에 하얗게 분칠해 놓는다.

살충성이 발견되어 개발했다는 살충제를 단순히 이를 박멸하기 위해 그의 유년들은 온통 뒤집어쓰고 목욕을 하듯 한다. 잔류 독의 위험성이 있는 무색 결정성의 방역용 농약 살충제는 도마뱀의 신경계를 파괴하고 한번 흡수되면 팔 년이 지나서야 절반 정도가 체내에서 분해된다고 한다. 새들의 알은 부화되기 도전에 깨지고 디디티의 저주 때문에 새들이 울지 않는 끔찍한 봄을 경고(『침묵의 봄』 레이첼 카슨 작)하기도 해 지구 생태계에 재난이 시작되지 않을까 싶다. 당시 어른들은 이토록 두렵고도 저주스러웠던 것을 무지스럽게 남용했다.

---

2) 1938년 스위스의 화학자 뮐러(Muller, Paul 1899~)가 살충성인 DDT(dichloro diphenyl trichloroethane) 유기염소제有機鹽素劑(살충제의 한 가지)를 개발했다.

하늘의 신은 바로의 고집을 꺾기 위해 아홉까지 이적 가운데 세 번째 이적으로 이를 번식시켰다. 그런 이야기가 기록으로 남아 있는 것을 보면 이는 이 지상에 오래전부터 인류와 함께 동거하지 않았나 싶다.

피부는 살갗이 얇어서일까. 손등에 상처 입기가 십상이고 유난스레 손이 시린 것을 참기 힘들다. 손을 비벼대고 호호 불어가며 겨우겨우 어렵게 해온 땔나무다. 그에게는 갈비뼈가 휘어지도록 나무 짐이 무거웠다. 겁쟁이인 그는 나뭇짐을 짊어지고 귀갓길에 삼촌 뒤를 바쁘게 쫓는다. 그래도 뒤처지기 마련이다. 갑자기 수꿀한 느낌이 든다. '오금아 나 살려라.' 속으로 부르짖어도 숨 가쁘고 조급하기만 했지 내딛는 발은 마음대로 옮겨지지 않는 것 같다. 쉬어 가는 곳은 지정되어 있다. 아마도 그 거리가 일 킬로미터는 넘는 것 같다. 삼촌에게 뒤처지지 않으려고 그는 안간 힘을 쏟는다.

삼촌은 일에 걸쌍스럽다. 체격은 호리호리한 편이지만 일만은 어느 사람에 비할 바 없이 억척스럽다. 장사처럼 힘세고 발 빠른 삼촌 뒤를 따르기가 그로서는 뼈를 깎는 아픔이다. 등허리가 찢어지는 것 같고 심장이 터질 것 같은 통증이 인다. 나뭇짐 무게에 심한 억압을 겪다가 이윽고 휴식 장소에 도착한다. 삼촌과 앞서거니 뒤서거니 달리던 나뭇짐들이 즐비하게 세워져 있다. 그도 나뭇짐을 맨 뒤쪽에 내려 세운다. 살아 있는 동물은 두 발로라도 걷고 설 수 있다. 그러나 무생물인 나무지게는 두 다리로 설 수 없기에 작대기로 엇비슷하게 지게를 받쳐놓아 세 개의 다리가 되어야 세울 수 있다.

가슴이 갈라지는 것 같은 통증을 동반한 나뭇짐무게 아래 억눌리던 몸이 벗어나는 순간을 무엇으로 비유할까. 무거운 짐을 내려놓고 휴식하는 순간만은 하늘이라도 날아갈 듯 가슴이 후련하고 기분이 상쾌하다. 중압감 속에 갇혀 있던 지게 멜빵으로부터 벗어난 해방감이야말로 그 무엇에 견줄 바 없는 달콤함이었다. 피안彼岸(이승의 번뇌를 해탈, 열반의 세계에 도달하는 일)에 들면 감미롭고도 그런 상쾌함을 맛보게 될까.

그러나 그런 상쾌한 기분도 잠깐이다. 고작해야 이삼 분일 테니까. 나무꾼에게 그런 휴식의 단맛이 없다면 질식해 버릴 것이다. 지옥의 고통일지라도 아마 그보다는 못할 성 싶다. 노동자들에겐 힘겨운 노동 끝에 소진된 체력을 재충전하기 위해서라도 휴식은 필수다.

육체적 고통이 따르는 힘겨운 일꾼에겐 휴식이야말로 자연이 주는 값진 선물이다. 쉬고 나서 다시 짊어진 나무 짐이 한결 가볍게 느껴진다. 소진된 기운이 회복되어 그럴 것이다. 나무 짐을 다시 짊어진 어른들은 또 달리기 시작한다. 누가 더 빨리 앞서가 나 경주를 하는 것 같다. 삼촌도 뒤처진 어린 조카가 어찌 염려 되지 않았을까만, 그러나 힘자랑만은 남에게 뒤지기 싫어한다. 삼촌의 자존심과 뚝심은 다른 동료들이 앞서가는 것을 뒤처진 채 바라보고만 있지 않는다. 이윽고 삼촌도 질세라 더욱 힘을 내 어 달리기 시작한다.

그는 체질적인 면만 봐도 나무꾼이 되기는 글렀다. 그렇다고 농촌에서 당장 다른 일을 택할 수 있느냐 하면 그러지도 못한다. 그런 생활에서 좀처럼 벗어날 수 없다. 농사일은 잔꾀를 부리면 서 어영부영 넘어가서 될 일이 아니다. 철마다 하는 일이 다르다. 절기를 놓치면 결실은 기대할 수 없다. 그가 농촌에 몸담고 있는 한, 일은 피할 길 없다. 윤리를 벗어난 농촌생활은 불가능한 것처 럼 보인다. 특히 인간으로서 지켜야 할 도리와 규범은 농촌에서 는 무섭도록 엄하다. 설령 일이 하기 싫을지라도 스스로 하지 않 으면 안 된다는 자각심에 최면에 걸려 있는 것 같다. 그래서 뒤늦 게 깨달은 것이 인류의 도덕이 무섭게 엄격하다는 것이다. 체계 적인 배움이 없는 사람은 결국 농사일과 나무꾼밖에 될 수 없다 고 생각했다. 그렇다고 무지한 사람이 농사일을 하느냐하면 꼭 그렇지는 않다. 농사일도 자연에서 터득한 높은 지혜와 경륜이 필요하다. 정신적으로도, 육체적으로 힘과 능력이 있어야 한다.

4

숙모 말마따나 땔감을 그렇게 낭비해서는 안 될 일이다. 그럼에도 그는 부엌 아궁이 앞에 앉아 있기만 하면 나무를 꾸역꾸역 아궁이에 밀어 넣기를 좋아한다. 숙모의 핀잔을 듣고 객쩍어 하면서도.

"그렇게 쬐간씩 때문 밥이 얼른 넘간다요. 땔 때는 요렇게 묵씬 쑤셔 넣어야지라."

"염병허네. 썩을 놈. 나중에는 불을 은근하게 때야 쓰제, 그래야 밥이 날쌍하게 된다마다. 이 잡놈아. 네놈같이 저렇게 퍼질러 넣으면 밥이 다 타뿌러야, 이 머절아, 솥단지에 다 눌어붙으면 네놈도 밥 굶어야."

넘기 전에는 센 불이 필요하지만 밥물이 넘을 때는 약한 불로 조절하기를 바랐던 것이 숙모의 생각이다.

"내가 뭐, 미쳤단 가요. 밥물을 한없이 처 넘기고 자빠졌게. 조금 더 넣고 안 땔랑게 작은 엄니 염려 붙들어 매 두시랑깨요."

"지랄하고 자빠졌네. 몸뚱이가 썩어 문드러질 놈아. 아 저놈이 그래도 말 안 듣는 것 좀 보게. 이 빌어 묵을 놈아, 그만 처넣어야."

숙모는 밥상에 반찬을 놓다 말고 소리를 버럭 내지른다. 그녀는 자기의 말이 안 먹혀든다 싶을 때는 언성을 높이고 가지가지 욕설을 퍼붓는다. 그래야 미운 짓거리만 해대는 조카의 행실에 분이 풀리는 것일까. 시쳇말로 요즈음 세대라면 그런 욕설은 고약한 언어폭력으로 여길 것이다.

가마에 밥을 짓는다는 것은 아궁이에 지피는 것을 조절하는 요령이 필요하다. 부엌살림은 오래오래 경험을 쌓는 것이 일차적인 방법이다. 엄밀히 말해 맛있는 쌀밥의 조건은 볍씨의 종자가 우수한 것이어야 한다는 생태학적 측면에서도 생물과 환경과의 상승작용은 불가분의 관계다.

한국 사람의 식성에 맞춘 품질을 굳이 따지자면 기름진 토질과 적절한 일조량, 그리고 풍우일 것이다. 특정 지역에서는 그런 환경 등이 조화가 이루어져 지어진 농사이기에 인기 있는 유명한 쌀로 여기는 것 같다. 여러 조건이 품질 좋은 벼를 만든다. 특히 한국 사람들의 입맛에 맞는 찰기 있는 쌀이 나오기까지는 그런 자연조건과 농부들의 피와 땀이 필요하다. 이처럼 쌀은 농부들의 피와 땀의 결정체로 이루어진다. 설사 그런 조건하에서 생산된 물품일지라도 벼가 태양에 알맞게 건조되지 않으면 안 된다. 알맞게 도정된 쌀로 밥을 지을 때는 밥물이 적당해야 한다. 숙모로부터 밥물에 대해 배운 바로는, 가마에 쌀을 안친 다음에 손을 쫙 펴서 쌀 위에 살짝 얹고 물에 손등이 잠길 정도로 물을 붓고 난 다음 뚜껑을 덮고 아궁이에 불을 지핀다. 물론 숙모는 물이 많고 적고 간에 밥물이 넘는 것을 보고 요령껏 조절한다.

최상의 밥맛을 유지하려면 벼 품질도 품질이려니와 밥 짓는 요령도 빼놓을 수 없다. 압력솥은 그런 것을 감안해 진화한 문명기구 중 하나일 것이다. 압력솥은 공기를 한동안 밀폐시켜놓고 고도로 축적된 열熱의 압력에 의해 찰진 밥을 만들 것이다. 풀기 없는 묵은 쌀일지라도 압력솥에서 지어진 밥은 금방 해놓은 밥처럼 어느 정도 찰기가 있다. 물론 식은 뒤에는 풀기 없는 상태로 쉽게 변한다.

일본 농림성이 연구했다는 밥맛도 천차만별이다. 쌀 품종을 1로 봤을 때 입지立地가 0, 3이어야 하고 시비施肥가 1, 6일 때 건조乾燥는 3, 2다. 거기다가 저장貯藏이 11, 8의 비중으로 밥맛에 영향을 준다는 것이다.

아무리 저장을 잘한다고 해도 여러 해를 넘긴 벼는 산화되어 찰기가 떨어진다. 그런 정황을 비추어 봤을 때 일본 농림성에서 발표한 쌀의 우량 조건은 저장 상태에 있다. 그들의 연구가 여러 해를 묵힌 쌀의 상태를 두고 품질의 기준을 삼았다면 그의 생각은 해묵지 않은 쌀에 한한 것이리라.

5

숙모가 이윽고 저녁상을 봐왔다. 그는 쏟아지는 잠을 이기지 못해 그만 쓰러져 한참을 그렇게 잠이 들었던가 보다.

"저녁 끄니 때가 지났기에 밥을 차리려고 방문을 열어봉께 네가 깊이 잠이 들었드라마다. 노곤해서 그런 갑다 하고는 한참을 네가 깨기만을 기다렸지."

"야, 그랬어라오. 단잠을 자면서 나는 꿈만 오지게 꾸었어라우."

"무신 놈에 꿈이라냐, 나이 먹어가지고."

"꿈은 무슨 꿈이 것소? 어렸을 때 작은 엄니한테 야단맞고 욕먹는 꿈이지요. 꿈속에서 하도 욕을 많이 먹어 요렇게 배가 안 불렀소. 밥 안 먹어도 되것는디라우."

상을 받으려고 일어서면서 허리를 뒤로 젖혀 배를 숙모에게 내밀어 보인다.

막내며느리는 그녀의 친가로 떠나고 없다. 사촌동생과 숙모, 그리고 그가 함께한 늦은 저녁은 정갈한 숙모의 솜씨로 만들어진 음식이라서 그의 유년의 식성이 되살아난 듯 맛깔스럽고 오붓해서 좋다. 명절 차례 상을 위해 준비된 갖가지 산채에다 멸치젓에 곰삭은 배추와 갓김치, 그리고 동치미 생선찜이 입맛을 돋운다. 해낙낙한 그의 표정으로 보아 구미가 여간 당기지 않는가 보다.

"작은 어머니, 지금도 옛날같이 욕을 그렇게 많이 하시요?"

"사람 지 버릇 개 준다니? 그런데 지금이사 누가 있어야 욕을 퍼붓지. 연놈들이 있어야제. 이제 욕 퍼 부실 힘도 없어야. 누가 욕쟁이라 불러도 그때는 어쩔 수가 있었냐? 딸 예닐곱 년에다 막둥이, 네 삼촌들 고모 여섯에 네 남매 거정 합치면 몇이었냐? 모두 뿌사리맹키로 코뚜리를 뚤을 수도 없고, 부려먹을 라믄 욕 백 끼 더 나왔것냐? 말 안 들어 먹엇쌓고 빈둥빈둥 허니까 악을 쓰고 발악을 한 것이제. 그라느믄 말 들어 처먹엇까니."

숙모의 쇳소리 억양은 예전 젊었을 때와도 별다름이 없다.

도시에서는 인스턴트화한 음식에 신물을 내던 그가 갖가지 나물에 생선찜으로 군말 없이 만나게 밥 한 그릇을 게 눈 감추듯 한다. 궁박했던 유년의 식성이 그렇게도 그리웠을까. 식탁을 물러난 그는 부자도 부럽지 않다는 듯 속으로 중얼거린다.

'이만하면 사내대장부도 살림살이에 만족하겠지.'

만면희색이 되어 헤, 함, 헛기침을 한다. 그는 뜨끈뜨끈한 아랫 목에서 궁둥이를 지지며 가부좌한 몸을 좌우로 흔들거린다. 숙모는 객식구나 다름없는 남매를 친자식처럼 흉허물 없이 거두었다. 친자식 남의 자식을 가리지 않고 퍼부었던 숙모의 욕은 악의적인 데는 없었다. 그들 오누이(당시 그는 친여동생과 함께 할아버지 댁에서 맡겨져 있었다)는 숙모와 그만큼 도타운 정감이 서려 있었다. 그래서 조카와 숙모는 허물없는 사이가 됐다.

숙모가 정겹고 카타르시스 적이라고나 할까. 그녀의 말투는 누구도 어쩌지 못한다. 어쩌면 그것은 애정의 한 표현인가 싶기도 하다.

그처럼 숙모와의 대립은 오랜 경험을 터득한 그녀의 지혜가 단연코 옳다. 사내랍시고 병아리 눈물만큼도 안 되는 자존심 때문에 극구 반항적인 태도를 보였던 것은 결코 아니다.

뻑적지근한 궁둥이를 일으켜 밖으로 나온다. 바깥 날씨는 누가 겨울이 아니랄까봐 세찬 바람이 온몸으로 훅 끼쳐든다. 마당은 암흑 속에 묻혀 버렸다. 말갛게 갠 하늘엔 켄타우르스(Centaurus) 자리의 알파성[3]일까. 유난스레 반짝이고 있다.

---

3) 태양계를 떠도는 행성行星 이외에 지구로부터 가장 가까운 거리(4.3광년)에 있는 항성恒星이다. 천구天球상에서 서로의 위치를 거의 바꾸지 않고서 성좌星座를 구성하는 천체다.

부엌방에서 설거지를 마치고 안방으로 들어온 숙모와 조카는 얼굴을 다시 마주한다. 인고의 세월이 그녀의 얼굴을 마른 대추와도 같고, 주름진 얼굴은 거미줄을 무색하게 한다.

"작은 엄니, 내가 작은 엄니한테 딸만 한 다스 낳으라고 했다가 혼쭐난 일 아직 기억 하시요?"

"내가 그런 것을 언제까지 기억한다니?"

시간은 어느덧 자정으로 접어들고 있다. 그는 큰방 죽석자리에서 어른, 아이 할 것 없이 함께 뒹굴며 자던 때를 회상한다. 두 사람은 자리에 나란히 누웠다. 그들의 영혼은 옛날 60년 전으로 회귀한다.

"작은 엄니, 참말로 딸만 그렇게 퍼질러 댈래요? 그러면 내지른 김에 아주 한 다스만 채우시요야." 하고 익살을 부린다. 숙모는 그때 딸만 연거푸 여섯이나 두고 있었다. 짓궂은 그의 말이 떨어지기 무섭게

"저. 저런 육시랄 놈 좀 보게. 인제 봉께 저놈이 지 작은 엄씨한테 못 혈 소리가 없다와. 이 염병에 땀을 못 낼 놈아, 거기 안 있어? 내빼긴 어디로 내빼? 이 문둥이도 안 물어 갈 놈아."

배가 몹시 불러 있던 숙모는 몸이 무거워 날렵하게 달아난 그를 끝까지 쫓을 수 없다. 얼마 못 가 숨이 차오르고 헐떡거린다.

어느 틈에 집어 든 몽당 빗자루를 냅다 패대기쳐 버린다. 손에서 튕겨져 나간 빗자루는 그에게 미치지 못한다. 닭 쫓던 강아지처럼 그녀는 우두커니 서서 그가 달아나는 것을 물끄러미 바라만 보고 있다. 그러나 두레박으로 샘물 퍼내듯 그녀의 입에서 욕은 거칠게 쏟아져 나온다. 끓어오르는 분을 삭이지 못할 때 숙모의 입가에서는 경련이 인다. 도량이 넓은 사람은 가벼운 농담쯤으로 받아들일 수도 있는 일일 텐데, 민심이 흉흉했던 그때는 너그러운 품성도 간직할 여유가 없었던가 보다.

그때 숙모의 감정은 기복이 비교적 심한 편이었다. 주위의 따가운 시선에 열등감이 여간 아니었을 것이다. 그런 그녀의 심성을 헤아릴 줄 모르는 어린 조카가 종작없이 덤벙인다. 어쩌면 농담치고는 지나치게 그녀의 자격지심을 무너뜨리고 아들을 못 낳은 열등감을 더욱 부채질하는 말로 들렸는지 모른다. 그것도 어린 조카의 입에서 나온 것이어서 모멸감이라도 느꼈던 것일까. 숙부는 아들이 없는 것을 운명으로 받아들이는 것 같았다. 그렇다고 숙모가 아들에 대한 집념을 포기했느냐하면 그런 것 같지는 않다.

대를 이을 아들을 낳아야 한다는 여인의 소임을 다하고자 부단히 노력하는 모습이 역력했다. 주부로써 집안일 뿐 아니라 온갖 집일도 게을리 하지 않고 열정을 쏟았다. 아들딸을 구분해 낳는 것이 어찌 여인만의 책임일까. 정자의 씨앗을 뿌린 남자에게 더 무거운 책임이 주어져야 할지 모른다. 할머니로부터 간접적으로나마 아들 못 낳는다는 구박은 들어보지 못했다. 할아버지를 위시하여 삼촌들 그 누구도 빈말이라도 숙모에게 부담을 지우는 말 따위 같은 것도 듣지 못했다. 숙질간, 다정하게 누워 나눈 이야기꽃은 꺼질 줄 모르는 장작불처럼 훨훨 타오른다.

6

괘종시계 소리는 두 번을 치고 싱겁게 끝이 난다. 두 사람은 아직도 잠을 이루지 못하고 있다. 잠시 동안 아무 말이 없다. 둘 중 누구도 좀처럼 입을 열지 않는다. 꽤나 길게 침묵이 흘렀다. 이윽고 그가 입을 연다.

"작은 엄니 아직 안 자지라. 아직도 나는 잊히지 않는 일이 하나 더 있어라."

"누가 옛날 애늙은이 같던 너를 어떻게 했기에 안 잊어버린 것이 있더냐?"

"누구긴 누구여라우. 세상이 내 어린 가슴에 못 박은 일이 있지라우."

　지금도 유원한 푸른 물너울 저편에 머물다 오빠! 하고 나타날 것만 같은 순복이의 가냘픈 울음소리가 들려오는 것 같다. 그런 생각이 들자 눈시울이 붉어진다. 숙모가 비록 가까이 머리를 맞대고 있다하더라도 방안에 어두움이 짙게 깔려 있어 알아차릴 리 없다.

　순복이는 숙모의 둘째딸이다. 그의 남매는 순복이에게 유달리 연민이 배어 있다. 순복이는 연년생으로 여동생을 보았다. 그해 가뭄은 삼 년째 계속 됐다. 대지가 말라붙고 잡초들은 누렇게 변색되어 자랄 줄 몰랐다. 논바닥도 쩍쩍 갈라졌다. 동네 사람들의 생활은 더욱 피폐해 갔다. 20여 리 떨어진 포전浦田(갯가에 있는 밭)에서 품삯대신 받아온 무를 썰어 넣어 끓인 죽으로 어렵사리 끼니를 이어 갔다. 허기져 기다리던 크고 작은 아이들 할 것 없이 열댓 명의 식구들은 끼니때가 되면 밥상 앞에 우그르르 몰려든다. 아이들은 모두 숟가락을 치켜들고 먹기 전에 다른 식구 밥그릇을 유심히 살펴보는 버릇이 있다.

　누구의 밥이 많고 적은가를 비교해 본다. 아이들은 누가 먼저랄 것도 없이 걸신들린 듯 아귀아귀 밥을 먹어 치운다. 그의 남매도 다를 바 없다. 마파람에 게 눈 감추듯 게걸스럽게 밥을 맨 먼저 먹어치우고 뒤로 물러앉는다. 사촌 동생들의 밥 타박하는 광경을 물끄러미 바라보고 있을 수밖에 없다. 아무리 배가 고픈들 사촌들처럼 밥투정은 할 수 없다. 투정을 부린들 미움만 샀지, 그것을 누구도 받아줄 사람은 없다. 혹 할아버지는 모를까. 할아버지는 그를 집안 장손이라고 자랑스럽게 여기긴 했으나 부모 없는 손자孫子라고 연민의 정과 그윽한 애정이 서려 있었다.

그가 때때로 숙모에게 바보짓거리를 한다고는 하지만 집안에 어려움이 닥칠 때 분위기 간파는 누구보다 눈치가 빨랐다.

밥을 먹고 돌아서면 배가 고팠던 때라 아이들은 먹을 것이 눈에 띄기가 무섭게 걸신들린 것처럼 껄떡거릴 수밖에 없다. 그래서 어른들은 뛰어다니지 못하게 했다. 먹은 밥이 빨리 꺼진다고.

숙모는 아직 잠들지 않았다. 몸을 뒤척이는 것을 보니.

"작은 엄니 아직 잠 안 오지라."

"그래야. 가난이 그렇게도 뼈골 사무치더냐?"

"아니어라. 그때야 누구나 가난하게 안 살았간디라. 가난보다는 순복이지라, 순복이. 순복이는 우리 남매를 매우 슬프게 해놓고 떠나 분졌지라. 내 말 더 들어 보시랑께요."

"이야그가 뭐 솥에든 밥이냐. 그렇게 뜸만 드려 쌓게. 그러다가는 네놈이나 나나 뜬 눈으로 밤 세우것다와."

"야, 먼말인지 알았구만이라우."

피골이 상접한 순복이는 영양실조로 몸이 마른 북어와도 같았다. 그 아이의 이름이 말하듯 순하디. 순한 아이였다. 숙모 배속에서부터 주렸던 순복이는 허약한 몸으로 태어났다. 갓난아기 동생 젖 빨리기도 부족했기에 숙모의 젖 중에 순복이 차지는 아예 없었다. 저녁에는 무밥이나 죽 아니면 찬밥 서너 그릇을 가마솥에 담아 물은 한 양동이나 퍼부어 끓여야 대가족이 헛배라도 채울 수 있다. 끓인 것은 죽이 아니라 옷에 먹이는 풀에 가깝다. 식구들은 호호 불어 순식간에 마셔버린다. 한창 젖을 빨아야 할 아이가 묽은 죽으로 연명하니 성한 식구들도 모두가 삐쩍 말라 있다. 순복이는 유달리 갈비뼈를 앙상하게 드러내었다.

어느 날 늦은 밤이다. 잠결에 슬픔에 잠긴 할아버지의 인기척이 귓전에 들린다.

"애미야, 순복이가 어째 이상하다. 잠잠하다 했더니 숨소리조차 들리지 않는구나! 아무래도 포대기랑 옷들을 챙겨야 쓰것다. 먼동이 트면 내가 보듬고 뒷동산으로 천수 데리고 올라가마."

할아버지는 순복이가 명줄이 짧아 오래 버티지 못하리라는 것을 예측했는지 삼일 전부터 바깥출입을 하지 않고 순복이 곁을 지켰다. 순복이가 죽마저 먹지 못하도록 상태가 안 좋은 것은 거의 삼일이 지난 것 같다. 그의 남매는 그날 저녁에도 수잠이 들어 있는 터라 부스스 손등으로 비벼 실눈을 떴다. 할아버지의 얼굴이 희미하게 눈에 들어온다. 할아버지는 매우 침통한 얼굴을 하고 있다. 순복이의 손목에 맥을 짚어보고는 끌끌끌 하고 혀를 길게 찼다. "불쌍한 것 같으니라고." 낮게 중얼거린다.

할아버지는 잘못을 꾸짖으며 마뜩찮을 때도 그렇게 혀를 찼지만, 불쌍한 일이 생겨도 혀에서 그런 소리를 냈다. 할아버지는 순복이 가슴에 귀를 대어본다.

심장마저도 멈춘 것이 감지됐다. 그도 귀를 대어 본다. 아무런 소리도 느낄 수 없다. 시간은 새벽 다섯 시경이나 됐을까. 아직 먼동은 뜨지 않았다.

"아무 소리가 읍지야."

할아버지가 그에게 묻는다. 그는 말없이 고개만 주억거린다. 그는 잠결에 일어나 정신을 가다듬기 전인 데다가 자고 일어나면 항상 목이 잠긴다. 소리 내어 정중한 대답을 하지 않고 머리만 끄덕거린다는 것은 할아버지에 대한 예의가 아니다. 그러나 할아버지의 엷은 미소로 보아 소리를 낼 수 없는 손자의 호흡 곤란을 너그럽게 이해한 것 같다.

한 시간쯤은 지났나 보다. 창호지 문밖으로 갓밝이가 찾아든다. 식구들은 모두 먼동이 트기만을 기다리고 있다. 할아버지는 숙모가 챙겨준 옷으로 순복이의 주검을 손수 갈아입힌다. 포대기에 둘둘 말아 당신 가슴에 안았다. 앞문을 열고 식구들은 마루로 따라나선다. 할아버지는 순복이가 살았을 때처럼 가슴에 깊숙이 품고 마당에 내려서자마자 곧바로 대밭 사이를 지나 언덕으로 오른다. 이른 새벽 공기는 속살을 에이듯 냉랭하다. 숙모는 순복이의 마지막 길마저 외면해 버린다. 숙모는 화가 치밀 때마다 죄 없는 순복이에게 구박을 해대곤 한다.

심할 때는 죽어버리라는 말도 서슴지 않는다. 그런 그녀도 순복이 보기가 차마 민망해서 그랬을까. 미어지는 가슴을 감당할 수 없었을까. 그런 속내를 감추기 위해 외면했으리라. 여하튼 간에 살아있을 때 순복이를 원수 대하듯 하던 사람이 막상 숨을 거두고 나니 울컥한 감정을 가족들에게, 특히 시부모 앞에서 그런 감정을 드러낸다는 것 자체가 좀 겸연쩍은 일이어서일까. 하여튼 겉 다르고 속 다른 숙모의 마음을 그는 알 수 없었다.

언덕을 오르는 할아버지의 발걸음은 매우 힘겨워 보인다. 삽과 곡괭이를 어깨에 둘러맨 담설이 천수도 침통한 얼굴로 할아버지를 앞서 올라간다.

실오라기와도 같은 생명줄이 붙어 있던 때, 순복이가 마음이 애달프도록 불쌍한 생각이 들었다. 남매는 식구들 몰래, 특히 작은 어머니 눈치 채지 않게 눈물을 훔치곤 했다. 순복이를 안은 할아버지가 잔등으로 올라 완전히 보이지 않을 때 나타난 숙모는 얼굴이 사색이 되어 있다. 그녀가 순복이와 정을 떼려고 매몰차게 대했던 기억이 되살아나서일까.

몹시 파리하고 뼈만 앙상한 딸의 얼굴을 본 엄마가 어떻게 저럴 수 있을까. 독하게만 느꼈던 숙모의 마음을 그는 정말 이해할 수 없다. 그때는 숙모가 몹시 원망스럽기까지 했다.

그날도 숙모는 오뉴월에도 서릿발이 내린다는 여인의 한을 품듯 순복이에게 그렇게 퍼부었다.

"어차피 살지 못할 바에야 애 미 속 태우지 말고 빨리 디저뿌러야."

핏줄을 향한 어미의 마음이 어느 아이 하나에게만 정이 쏠릴까만 '어미 속 태우지 말고'라는 말 속에는 숙모의 속이 타들어갈 듯한 마음을 속속들이 알 길은 없다.

세 살 된 순복이는 누이 등에 엎인 채 퀭한 눈으로 엄마를 바라본다. 그러다가 바로 모기소리만큼이나 작을까한 소리로 '엄~매' 하고 눈물만 글썽 거린다.

순복이는 낮 동안에 보기 싫어하는 엄마를 피해서 누이 등에 업혀 항상 동내를 배회한다. 저녁 끼니때나 되어야 식구들은 순복이를 볼 수 있다. 순복이는 엄마 품을 그리워할 엄두도 낼 수 없다. 그녀의 사촌언니인 누이와 저녁이면 중간 골방에서 잠을 자야 한다. 골방이라고 해봐야 두 사람이 함께 누우면 더 이상 여유가 없다. 엄마 품은 연년생인 동생이 차지한지 오래다. 자기 핏줄을 이어가지 못할 아이와는 아예 정을 떼는 것이 오히려 서로를 위한 일이어서 숙모가 그런 모진 태도를 보였는지 모른다.

"작은 엄니, 내 이야기 듣고 있소?"

"그래, 잠 안 잔다."

숙모는 퉁명스럽게 반응한다.

"새삼스럽게 너는 또 뭣 놈의 죽은 순복이를 들춰내고 야단이냐? 씨부렁거릴 것이 그렇게도 없다냐? 다 잊어 뿐 것들을 돼내고 자빠졌게. 그런 아픈 것을 끄집어 내 가슴에 불을 질러 놓느냐"

아무리 잊힌 일이라지만, 새삼 생각하면 순복이에게 차마 못 할일 했다는 것을 그녀의 퉁명스런 말투가 증명해주는 것 같았다.

사람의 약점을 건드리는 것처럼 비열한 일은 없을 것이다. 과거에 숙모의 태도가 어떻던 숙모의 비위를 주책없이 건드렸나보다.

"작은 엄니, 미안스럽구먼이라우. 작은 엄니 가슴에 또 못 밖은 것 같아서라우."

이말 만은 잊지 않고 꼭 전하고 싶었다.

'하늘나라 어디든 살아있을 순복이는 너그러운 마음으로 살아 달라.'

'지나는 이들이여! 나를 기억하라. 지금 그대가 살아 있듯이 한때는 나 또한 살아 있었노라! 내가 지금 잠들어 있듯이 그대

또한 반드시 잠들리라.'

그의 묘지 곁을 지나는 나그네들의 발길을 멈추게 할 이 심오한 영국의 황태자 에드워드의 유언이 숙모의 한 서린 상처를 아물게 해주고 순복이에게는 명복을 비는 말이 되었으면 한다. 인간이 지구상에 오는 것은 순서에 따른다지만, 이곳을 떠날 때는 일정한 순서가 없다지 않은가. 일찍 떠나고 늦게 떠난다고 하늘에 원망할까. 땅을 내려다보고 한풀이할까. 태어나서 한세상 누리다 가든 그렇지 못하든 헤어진다는 것은 인지상정에 애달픈 일이다.

"작은 엄니, 벌써 잠들었구만이라우."

숙모는 아무런 기척이 없다. 설마 일부러 침묵하고 있다는 생각은 들지 않았다. 벌써 꿈나라로 떠난 것이 분명하다. 잠을 이루려 해도 쉽사리 잠이 오지 않는다. 괘종시계 소리가 세 번을 치고서야 잠을 청한다. 그는 한사코 숙모 곁으로 잠자리를 파고든다. 이불이 짧아서만은 아닌 것 같다.

피아노 음악의 본질

1

고운 선율이 현을 타고 매끄럽게 흐른다. 마치 갖가지 보석을 굴리는 것 같은 소리다. 풀잎에서 굴러 떨어지는 아침 이슬처럼 맑고 영롱한 피아노 소리가 라디오에서 그렇게 들려왔다. 아름다운 사랑의 소리가 그녀의 마음속에 울려 퍼질 때, 공간 창이 열리고 시원한 바람이 후끈 달아오른 그녀의 가슴 속 열기를 가라앉혀 준다.

연희의 손놀림이 얼음 위를 부드럽게 미끄러져 나가는 듯한 느낌이라 청중들은 모두 감동에 젖을 터였다.

"마치 쏟아지는 햇살이 튀어 오르는 물방울과 부딪혀 나는 소리 같지 않니."

이렇게 치켜세우는 아버지의 찬사와 청중의 박수 소리만 들어왔다는 연희. 그에게는 엄한 충고를 아끼지 않고 레슨을 맡아 주던 차 선생이 있었다. 그녀는 피아니스트이고 여학교 선생님에 유수한 러시아 상테페테르부르크 교향악단 상임 지휘자였다.

"너는 꼭 공연 장소에 따라 색깔을 바꾸는 인기 위주의 공연을 펼치고 있는 것 같단 말이야! 작곡자가 만든 틀에 충실해야 하는 것 아니냐!"

"......"

"모인 사람 기분만 좋게 해주는 그런 피아노 소리는 작곡자가 만들어 놓은 기본 틀을 흔들어 놓는 행위야. 이제부터는 누구의 생각보다, 네 속에서 울려오는 소리를 듣도록 연주하렴. 그런 기교에 충실하고 그 범위를 너무 벗어나는 행위는 삼가란 말이다. 알겠니?"

"......"

레슨 선생의 충고에 연희는 왜 대답이 없을까했다. 속이 메스꺼워 연습실 공간 창문을 화 열어젖혔다. 그러자 옆 숲에서 싸늘한 동부새가 그녀의 얼굴로 훅 끼쳐 들어온다. 레슨 선생은 굉장히 보수적인 연주가이며 지휘자다. 악곡에서 반음도 벗어나는 것을 절대 용납할 줄 모른다.

"차가운 얼음덩이처럼 작곡가가 만들어놓은 형식에만 매여 있는 것이 저는 싫어요. 오히려 포근하고 아름다운 것을 사랑하는 예술가가 되고 싶단 말이에요, 선생님." 그러자 선생은 어이없어 말을 잇지 않고 속으로 삭히는가 보았다.

연희의 일상생활은 리듬에 의해 지배받고 있는 것 같다. 우선 그녀는 최초의 리듬인 몸의 심장박동으로부터 해방될 수 없다고 생각했다. 작곡가들이 빈번하게 선택하는 곡의 빠르기가 1분에 60~80번 고동치는 정상인의 평균 심장박동 수와 같다는 것은 결코 우연의 일치가 아니다. 그녀가 매일매일 생활에서 반복되는 온갖 리듬 속에 묻혀 살아가고 있다는 것이 새삼스러운 것은 아니지만, 사람에 따라 리듬의 속도가 다르게 들릴 것은 분명했다. 2배속, 3배속, 4배속으로 시간을 빠르게 하면서 갖가지 소리가 귀 울음처럼 반복해서 들어야 했으니 말이다.

전화벨, 자동차 와이퍼, 전속력으로 질주하는 말발굽 소리, 수도꼭지에서 규칙적으로 떨어지는 물방울 등등. 음악에서는 이러한 박자가 모여 소절을 이루고, 소절이 모여 악절을 이룬다. 또 악절이 모여 설명문인 제시부나 펼쳐 보이려는 전개부, 또는 정확하게 다시 나타내려는 재현부와 같은 더 큰 부분을 구성하는 것이었다. 이 과정은 악장 전체 또는 곡 전체가, 마치 착륙 중인 비행기에서 내려다볼 때 땅은 대충 그런 모양으로 느껴지는 것과 동시에 세부적인 광경처럼 하나의 완전한 전체로 드러날 때까지 계속되었다.

이때, 연희의 마음에 음악이란, 일시적인 문제로 가득한 예술이란 것이 새삼스럽게 다가왔다. 음악가는 과거에 일어난 일들, 그리고 미래에 있을 일들과의 관계 속에서 현재 연주를 하는 것이다. 멜로디가 없는 음악은 존재하지 않지만, 요람의 자장가에서부터 무덤 주위에 흐르는 애도 소리나 진혼곡에 이르기까지 음악이 일반 대중들은 물론이려니와 본질적으로 작곡가들에게도 감화를 주어야 했다. 연희는 자기가 가르치고 있는 학생들에게 작곡가가 표시해 둔 기호들을 따르고 암기하는 것이 얼마나 중요한지를 깨우쳐 준다. 한 개의 악상기호라도 무시하고 지나친다면 그것은 음악적 범죄를 저지르는 것과 같다고 생각했기 때문이다.

그녀가 지도하는 일부 아이들이 작품의 모든 기호를 암기하는 것을 보면 그것도 하나의 영특함이라고 생각했다. 특히 베토벤과 브람스처럼 악절의 표현법과 강약 표시를 공들여 한 작품들에서는 더더욱 그러할 것이다. 이러한 실마리가 모든 음악의 출발점이라는 것을 강조해 주곤 했다. 물론 약자로 표기된 음악 기호를 학생들에게 이해시키는 데에 문제가 없지는 않았다. 아다지오가 어느 정도 느린 것인지, 안단테 또는 안단티노가 어느 정도 느긋한 것인지, 피우 알레그로가 알레그로보다 얼마나 빨라야 하는 것인지 등을 정확하게 정의해 깨우쳐주는 것은 피아노를 전공한 그녀로서도 한계가 있었다. 다만 학생들에게 '어느 정도인지는 네게 달려 있다.'라고 말해줄 뿐이다. '여리게'가 얼마나 여린 것인지, '크게'는 얼마나 큰 것인지, 스포르찬도에서는 그 음을 얼마나 강조해야 하는지 등 또한 정확히 정의한다는 것이 연희에게는 여간 어려운 게 아니다.

피아노와 여림은 아가에게 자장가를 불러주는 엄마의 소리라기보다는 큰 연주회장의 맨 뒷좌석까지 들릴 만한 성량의 훌륭한 성악가가 부르는 칸타빌레(cantabile, 노래하듯이, 유려하게)에 가까웠다. 그녀는 한 연주회에서 빠르기와 강약, 그것의 울림과 성격에 대해 고심해야 했다. 동일한 정도의 강약일지라도 어느 음역대의 건반을 누르느냐에 따라 음질이 달라지기 때문이다. 연희는 학생들에게 피아노가 가진 이러한 음색의 차이를 오케스트라와 비교해 이해시키려고 애를 쓰고 있다. 저음의 피아노 소리는 더블베이스와 첼로, 중음의 비올라, 고음은 종소리를 닮은 바이올린 소리와 비슷하다고 말이다. 정말로 피아니스트는 때때로 피아노가 오케스트라가 되는-소나타가 심포니가 되는- 상상을 하면서 다른 악기의 소리를 흉내 내 보라고 타이르곤 했다. 그렇다면 피아노를 가르치는 진정한 목적은 무엇일까?

2

오늘은 두니 와 홈 레슨 대신 재즈공연을 보러 가는 날이다. 두니 는 연희가 지어준 채원이의 별명이다.

"나두 갈래…."

연속해서 외쳐대던 검돌이 태재를 뒤로 하고서 선생과 제자, 그녀들은 가뿐한 발걸음으로 금요일의 공기를 만끽한다!

"와, 너무 좋다!"

그리 말하고 두니 는 즐거워 어쩔 줄을 몰라 한다.

"태재가 함께 못 가서 서운하겠다."

서운해 할 태재를 생각하니 연희는 마음이 좀 편치 않은가 보다.

"저도 그 심정을 잘 알 것 같아요!"

시무룩한 표정을 한 채원이 말했다.

"그래? 도대체 네 동생 태제는 이런 때 어떤 심정으로 집에 남아 있을까?"

"음, 저는 알 것 같아요! 마치 놀이공원에서 롤러코스터를 기다렸다가 어른만 탈 수 있다고 해서 못 탔을 때 제 심정이 그랬거든요. 바로 그때 내 기분 같을 거예요."

"하하하, 그랬어? 넌 겁이 정말 없구나. 난 무서워서 못타는데. 너! 근데 바이킹은 타 봤어?"

"아빠랑. 아빠가 절 안구선. 흐흐흐."

그날 두니 와 연희는 미녀 러시안 보컬이 있는 5인조 그룹의 재즈 연주를 보며 마냥 행복해했다.

극장 안에는 때마침 방송국에서 촬영을 왔는데, 요즈음 카메라도 발전에 발전을 거듭해 디지털 화되어 있었다. 대부분 자동 시스템 화되어 있어 촬영기사들도 카메라 다루기가 한결 편해졌으리라.

"흐흐흐. 두니 도 카메라가 좋은가 보다. 우리 두니 가 아가였는데 이제는 뽀로로 모양, 키돌이 보다는 약간 크고, 이제는 내가 안아 올리기가 힘들 정도가 되었네!"

아마도 뉴스용 기삿거리로 공연 장면을 촬영하는가 싶다.

연희가 채원이를 만나 피아노를 가르치게 된 지가 벌써 3년이 되었다.

그녀는 아이들이 커가는 모습을 보면 기쁘지만, 예쁜 웃음이 줄어들지 않았으면 좋을 것 같다는 생각을 한다. 두니 가 환한 눈웃음을 보여주며 말했다.

"선생님이랑 공연 갔을 때가 너무 좋았어요. 다음번에 또 가고 싶어요."

이렇게 말했을 때, 그녀는 이번 체험이 두니 에게는 아주 소중한 기회가 되었다고 생각했다. 일주일 동안 빈틈없이 레슨 스케

줄로 꽉 차 있어 시간적으로 조금 무리가 따른다 싶어 어려울 것 같았지만, 정말 데리고 가기를 잘했다 싶었다. 다행히 채원이 부모님의 배려로 아이가 먼 곳까지 연희랑 잠시나마 함께 외출하게 되었다. 그래서 선생인 연희도 몹시 흐뭇한 기분이 드는가 보다. 피아노 공부만을 위해 일정한 장소에서의 만남만 지속하다가 오늘은 이렇게 실제 현장의 음악을 제자가 접할 기회를 주는 것도 색다른 체험이 된다. 채원이에게도 유익하고 소중한 기회가 되었을 것이다.

피아노를 가르치는 선생과 배우는 제자 사이에 또 하나의 추억을 공유할 수 있게 된 좋은 시간이었다.

3

베토벤이 어느 날 그의 악보를 사보師保해 주면서 그의 작곡법을 배우려는 여성 음악 도에게 자신의 알몸을 닦으라고 명령한 일이 있었다. 그러고는 음악도의 눈치를 살폈다. 자신의 알몸을 닦지 않는다는 것은 자신을 '음악가가 아닌 남자'로 보는 것일 테고, 그 알몸을 닦는다는 것은 베토벤을 남성으로 보지 않고 음악가로, 즉 '본질'로 의식하기를 바라기 때문이 아니었을까.

브라만 성직자들의 누드를 공경의 눈빛으로 바라보는 여신도들 역시 남자가 아닌 승려로 보았기에 성직자의 알몸을 오히려 신성시하는 것과 같은 이치를 깨닫게 하려는 이치와 다를 바 없다.

베토벤은 그런 시각을 '본질'이라고 이해했다. 인간이 어떤 일을 하던 목적이 분명하면 '본질'이 보이고, 그 본질에 따라 일을 실행할 때 사명감이 드러날 것이었다.

피아노를 배우는 것은 우선 즐거워야 한다. 그러나 목적 없는 즐거움은 종국엔 그보다 더 즐거운 무엇인가가 나타나면 이전에 즐거웠던 것을 중도에 중단해 버리게 된다.

그 사실을 연희는 여러 차례 아이들에게서 경험했고 봐왔다.

언젠가 채원이 어머니가 고전 음악의 미래성에 대해 교사인 연희에게 이런 질문을 했다.

"미국이 점점 음악 맹국盲國이 되고 있다고 하는데, 우리나라도 예외는 아닐 텐데요…."

"예. 저도 그런 말을 들었습니다. 음악수업이 정규 교육과정에 들어있는 게 그나마 다행이죠. 만약 그렇지 않다면 음악은 우리 인간의 실생활과 무관해져 우리 인간문화의 한 축에서 밀려나겠지요. 공연을 추진하는 매니지먼트 회사에서는 예술성에 가치를 두지 않고 흥행에 성공할 수 있는 작곡가나 연주가 위주로 계약을 하기 때문에, 훌륭한 음악가들이 살아남는 것이 더욱 힘들어질 수 있겠지요. 그래서 공교육과정에서 음악이 계속 주요 교과목으로 채택되어야 한다고 생각합니다. 이것은 학생들이 모두 음악가가 되어야 한다는 말은 아닙니다. 바로 음악이 그들 문화의 일부로 받아들여져야 한다는 뜻이지요. 학생이 예술과 일절 접촉이 없게 된다는 것은 끔찍한 일이어요. 사회가 삭막해져 정서적으로 질식 상태가 되지 않을까요. 감옥에 들어가 있는 재소자들에게 음악에 대해 물어보면 대게가 고전 음악을 접해보지 못했다고 합니다. 가능하다면 유치원 취학 전부터 고전 음악을 접하게 하고 교육도 시켜야 한다고 생각합니다."

"선생님, 이런 소리도 들리던데요. 많은 불후의 명곡이 언젠가는 박물관의 유물로만 남게 될 날이 얼마 남지 않았다고요. 그렇게 믿는 사람들이 있다는데, 선생님도 이런 말 들어 보셨지요?"

그녀는 즉석에서 그런 말에 찬동하는 대답은 피했다.

"예술과 거리가 먼 데서 바라보는 사람들에겐 당연히 부정적인 생각이 다분히 들겠지요. 그러나 문화인으로서 우리가 그 정도까지 이르게 되리라고는 생각지 않습니다. 만약에 그렇게 된다면 우리 인간의 존재 자체가 사라지지 않을까요. 우리 인간은 문학과 예술 때문에 다른 동물과 구분되지요. 창조를 하고 또 그 창조물을 다른 사람들에게 보여주거나 들려주는 것은 말로 표현할 수 없을 만큼 흥미로운 일 아니겠습니까. 제게 있어 피아노 가르치는 일은 매력적인 직업이고, 또 보람도 느낍니다."

"바쁘실 텐데 미안하지만 한 가지만 더요. 아이들 콩쿠르에 대해서 선생님은 어떤 생각을 하고 계세요?"

"저는 제가 존경하는 어떤 피아노 교수의 생각을 공유하고 있어요. 같은 생각을 하고 있다는 말입니다. 그는 유명한 콩쿠르 심사위원을 맡아 심사하고 있지만 그것에 대해 상당히 부정적인 생각을 갖고 있더군요. 특히 요즈음은 콩쿠르 수가 마치 토끼가 번식하는 것처럼 급증하고 있어서요. 현재 미국에서는 각 도시마다 콩쿠르가 열리고 있는데요, 그들 대부분이 '국제 콩쿠르'라는 타이틀을 갖고 있데요. 이런 대회에서 우승은 별 의미가 없다는 거예요. 왜냐하면 우승자가 너무 많거든요. 어느 정도 지명도가 있는 대회에서도 보통 수준의 학생들이 우승을 하는 경우가 많거든요. 그리고는 그냥 그것으로 끝이에요. 게다가 어떤 대회에서는 정말 재능 있는 학생을 예선에서 떨어뜨린다는 거예요. 그러니 결국 본선에는 이류 학생들만 남게 되는 거죠. 심사위원들 사이에서는 콩쿠르에 대한 의견이 두 가지로 정리된답니다. 연주 실력을 제대로 심사하지 못하고 있다는 '심사위원 자질'에 대한 부정적인 생각과 콩쿠르에서 우승하는 것이 별 의미가 없다는 '콩쿠르에 대한 회의론'이 바로 그것입니다. 미국의 음악 정서가 그런 실정이니 우리나라 여타 콩쿠르도 알만하지 않겠어요? 얼마 전에 종합예술학교의 어떤 교수는 자기가 기르고 차이코프스키 콩쿠르에서 우승한 제자를 빨리 잊어버리고 싶다고 했어요. 콩쿠르에 출전하는 것을 목표로 가르친 것 같다는 인상을 갖게 해 부끄러웠다 하는데, 저는 그 말을 기억합니다. 콩쿠르에서 수상하는 경력을 쌓아야 세상에서 더 알아주니까요. 그래서 음악인들은 하나의 장식품을 얻기 위해 콩쿠르에서 인정을 받고자 하는 것이지요. 아무리 실력이 있어도 이 세상은 수상 경력을 더 쳐주니까요."

이런 말을 하는 것이 음악 예술계의 치부를 들추는 것 같아 연희의 마음에는 씁쓸한 기분이 들었다. 그녀는 적어도 자신이 가르치고 있는 아이들은 훌륭한 교육자가 되는 것이 더 바람직하다고 생각했다. 요즈음 학생들은 학교에서 내주는 방과 후의 숙제가 많은데다가 학원도 여러 곳 다녀야 하니 연주자가 되기 위해 최소 8시간을 피나게 연습하기는커녕 4~5시간 연습하는 것도 버거운 실정이었다. 이런 상태로 아무리 오랫동안 배운다고 한들 그들이 유명 콩쿠르에서 수상하고 전문 연주자가 될 것을 어떻게 기대할까 싶다.

다행스럽게도 연희가 가르치는 학부모들은 대체로 음악에 대한 긍정적인 반응을 보이고 있다. 그들은 음악을 선호한 나머지 부모 자신도 피아노를 배우고 싶어 하는 열망이 가득했기 때문이다. 그러나 그들은 피아노가 주는 본질을 잘 이해하고 있는 것 같지 않았다.

그녀는 지금 자신에게서 음악을 배우는 아이들이 우선은 얼마만큼 피아노를 이해하고 연주하는지에 대해 주의해서 듣되, 그 다음으로 각자의 개성과 상상력 같은 반짝이는 재능에 관심을 두고 있는 것 같았다.

물론 해석 능력과 감정도 중요하다. 예술이라고 하는 것은 사람을 멈추게 해서 주의를 기울이게 하는 강한 충격을 갖고 있어야 하기 때문이다.

요즈음은 과거 어느 때보다도 연주 테크닉에만 열중하는 피아니스트들이 많다. 하지만 이들의 연주는 조금 듣다 보면 식상해지고 지루해진다는 사실을 연희는 경험으로 알고 있다.

어느 날 채원이 어머니는 교사인 연희에게 또 이렇게 물어보았다.

"채원이가 연주와 교육 중 하나의 길을 선택해야 한다면, 선생님께서는 어떤 조언을 해주시겠어요?"

그 말을 듣고 연희는 순간적으로 떠오른 생각이 있었다.

'교사는 우선 정직해야 한다는 것…. 진실은 부드러운 것이지

만 확실하게 말할 줄도 알아야 한다는 것도.'

교사가 정직하지 못하다면 한 사람의 인생을 망칠 수도 있기에 그렇다. 만약 어떤 평범한 학생을 교사가 지나치게 부추겨 놓는다고 해보자. 그런데 그 학생은 취향이 다르다면 언젠가는 자신이 음악을 직업으로 삼을 수 없다는 것을 학생도 알게 될 것이고, 그때가 되면 이미 다른 전공을 시작하기에 너무 늦을 수도 있다.

'연주 능력이 없는 학생은 가르칠 능력도 없다'는 것은 틀린 말이다. 교육이라고 하는 것은 또 다른 세계였다. 훌륭한 연주가라고 해서 모두 훌륭한 교사는 아니라는 사실도 연희는 경험으로 이해하게 되었다. 어떤 뛰어난 연주자도 가르치는 일은 0점인 경우가 종종 있는 것을 보았다. 한 작품에 대한 신념이 강한 연주자는 학생이 그 작품을 다르게 해석해 연주하는 것을 받아들이기 매우 어렵다는 것도 직접 보았다. 학생의 연주를 자신의 곡 해석에만 맞추어 듣게 되기 때문에 그러지 않나 싶다. 그런 연주자는 학생의 연주를 여기서 조이고 저기서 풀고 하는 식으로 지도해서 결국은 학생의 연주가 자신의 연주와 비슷해지게 만들어버린다. 그래서 좋은 연주자가 좋은 선생님이 된다는 것은 쉽지 않은 일이었다.

사실 오늘날 어린이들이 대체로 영어와 수학에 올인 하고 예술을 제쳐놓은 교육을 받으며 자라고 있다. 이런 아이들이 차세대 주인이 되었을 때 우리 인류의 모습은 어떻게 변화할까 생각할 때마다 연희는 오한이 서릴 것 같았다.

이처럼 음악을 접하지 못한 채 성장한 아이들이 이끌어갈 미래사회가 불안하긴 하나, 그렇다고 도덕성까지 완전히 무너질 것이라고는 생각하고 싶지 않았다. 도덕성을 갖추어 자존감을 갖게 되고, 다중지능(언어, 음악, 논리수학, 공간, 신체운동, 대인관계, 자기 성찰, 자연친화 등 8가지 지능)을 고루 갖출 수 있는 사람은 반드시 어릴 때부터 예술교육을 받은 어린이들이었다. 그중에서도 피아노 교육을 받은 어린이들은 비록 마이너 할지라도 분명 차세대를 이끌어갈 주역이 될 것임을 어린이들의 피아노 레슨을 통해서 그녀는 확신을 갖게 되었다.

4

연희는 피아노의 반항反抗음도 미학으로 작용할 수 있다는 생각을 했다. 피아노가 주는 의미를 먼저 생각해보니 그렇다. 피아노를 연주하면서도 피아노가 우리 인생에 어떤 의미를 제공해주는지 알지 못한다면 무의미한 예술 행위에 지나지 않을 것이기 때문이다.

　예술은 삶과 어떤 연관성을 갖고 있는 것 같았다. 분명 이런 것들을 이해할 때 진정한 예술을 경험할 수 있다. 그녀는 '예술 작품을 감상할 때 그것을 형성한 근원적인 경험으로부터 멀어질수록 예술과 무관한 영역 속에 작품을 고립시키게 된다.'고 생각했다.

　반항음의 미학이란 '존재는 작용과 반작용이 있을 때' 의미가 있다는 것을 연희는 긍정적으로 받아들이지 않을 수 없었다. 중국 격언에는 '사물에 중용을 구하면 주위에 반항이 일어나지 않는다. 그러나 그 사물의 흔적은 오래가지 않는다.'라는 말이 있다. 이는 물에 손을 넣고 빼면 흔적이 남지 않지만 석고나 진흙에 손가락을 넣으면 흔적이 남는 것과 같은 이치가 아닐까 싶다.

　지구의 인력 역시 작용과 반작용의 관계였다. 적절한 저항은 존재 가치를 부여한다고 보았으니까…. 저항을 걸림돌로 여기기 전에 의좋은 친구로 받아들인다면 어떨까. 다른 사람을 사랑한다는 것은 그 사람의 다른 의견을 더불어 존중한다는 것이 아닐까. 긍정적인 생각은 생산적인 삶을 누리는 쪽으로 연희의 습관과 생활 방식을 바꾸는데 그 에너지를 쓰는 편이 더 유익하다고 생각했다. 어떤 의미에서 그것은 그녀의 선택 의지에서 비롯된 것이리라. 그녀의 행동이 그런 것들에 긍정적인 영향을 미치기 때문이다. 이로써 연희는 사랑과 애정이라는 정서에 더욱 친근해진 것 같았다.

피아노는 오르고 내리는 음악의 관계를 가장 극명하게 체험하는 악기다. 낮은 음이 있다가 어느덧 높은 음으로 이어지고, 고음부가 있으면 저음부가 존재하는 것이 세상의 이치, 더 나아가서 음과 양으로 작용하는 우주의 이치가 다 그러하다는 것을 깨닫게 해주었다.

피아노의 음계에 대한 기원을 들을 때, 연희는 수학자 피타고라스를 연상했다. 그는 쇠망치가 무게의 비율에 따라 각기 다른 소리를 낸다는 사실을 발견한 것이다. 무게의 비율이 1:2이면 두 음의 높이는 한 옥타브가 된다. 2:3이면 완전 5도가 된다는 가설을 산출해냈던 것이다. 이 가설을 토대로 그 음계가 만들어진 것이다. 그런데 이 무게는 사실 길이와도 관련이 있었다. 그는 현의 길이에 따라 역시 완전 5도가 발현하는 이치도 발견했다. 이 음이 발전해 1700년대 12개의 같은 음을 배열한 평균율이 만들어진 것이다.

이 같은 논리는 세종대왕도 마찬가지였다. 도량형을 통일하기 위해 음악을 정비할 때, 율관律管(옛 중국. 한국. 일본에서 음악에 쓰이는 음의 높이를 규정하기 위하여 사용하는 죽관竹管, 12율律의 각 음에 상당하는 12개의 가는 대통을 한 벌로 사용했다)의 길이를 조절하여 음악을 통일했다. 이것이 바로 과학적인 사고란 것을 연희는 뒤늦게 깨닫게 되었다. 이렇게 분석해보면 음악은 곧 수학이었다. 음악의 아름다운 소리는 수학적인 배열을 갖고 있었고, 화음에 맞는 소리를 자주 연주한다는 것은 곧 논리적이고 수학적인 지능을 개발하는 결과를 가져온 것이다.

미래엔 수학이나 과학이 보다 서정적이 될 것이라고 한다. 다시 말해, 문제투성이인 이 세상은 논리적 주장으로 다루기엔 너무 복잡해져 있다고 본 것이다. 정서가 솟구칠 때는 수치 계산이 아닌 은유를 통해 바라봐야 더 신뢰할 만한 결과가 나온다고 보기에 그랬다.

최근 들어 생물학적 결정주의는 무엇이 도덕적 문제인지에 대한 확신을 흐려놓았다. 한마디로 지금 우리가 사는 시대는 모순적인 시대이기에 그럴 것이다.

의식에 대해 생각할 때 유용한 비유가 있다. 바로 교향악단이다. 두뇌는 언제든지 각종 신호를 받아서 이를 발생시킨다고 하는데, 이는 연주자들이 무대에서 임의로 악기를 조율하는 것처럼 신호들은 지속되지만 제각각이라 조화를 이루지 못하는 불협화음을 낸다. 그러나 지휘자가 연단에 서서 지휘를 하면 연주자들은 갑자기 집중한다. 지휘자가 시작을 알리면 그들은 멋진 조화를 이루며 음악을 연주한다. 연주자들이 서로 어울려 의식을 만들어낸 것이다.

연희는 익숙한 경험을 사용해 이런 비유를 한 번 상기해 봤다. 인간이 잠을 자면, 지휘자는 쉬는 셈이다. 지휘자의 지시가 없어도 일부 연주자들은 계속 주위에서 연주를 하는데, 그것이 호흡과 소화 기능이었다. 하지만 이따금 일부 연주자들이 노래와 비슷한 어떤 소리에 맞추어 아무 악보나 연주하기도 할 것이다. 꿈이 그것이다. 그러나 지휘자 없는 그 노래는 곧 다시 흐트러지고 만다.

연희는 생각하고, 말하고, 사랑하고, 웃고, 울고, 왜 세상을 그렇게 바라보는지를 이해하기 전에 먼저 진정 그녀 자신이 '누구인지'부터 정확히 알고 정의를 내려야 했다. 정신적인 것을 과거에는 꿈의 몽롱함 속에서 찾았다면, 오늘날엔 원인 유전자, 두뇌 조직의 결함 부위, 불균형한 신경전달물질을 찾아내려 애쓰고 있다. 생물학이 숨겨져 있던 자아정체성의 유일한 원인이라면, 어떻게 그녀가 다른 삶을 추구할 선택 의지나 희망을 품을까.

일반인들의 마음에는 심리학에 대한 혼란이 여전히 남아 있어서, 생리학적 단점을 여전히 수치스럽게 생각하기 쉽다.

5

연희는 학생들이 원치 않는 교사란 어떤 부류를 말할까를 곰
곰이 생각한 끝에 이렇게 조목조목 분류해 봤다.

적어도 그녀가 가르치는 아이들에게서 느낀 바는 이런 것들로
요약할 수 있었다.

대체로 그녀 자신의 삶이 변화하지 않으면서 오로지 가르침에
만 관심을 두는 것을 아이들은 원치 않는다는 느낌을 받는다.

성경 신약전서에 기록된 바울의 서한문(디모데전서) 중에는 '단
지 율법의 선생이 되려 하는 마음으로, 다른 사람 위에 군림하
여…'라는 문구가 있다. 이는 '교사의 역할을 하고자 하는 교사
는 진정한 교사라 할 수 없다'는 것을 연희에게 깨우쳐 주었다.
학생은 교사가 자신을 모델로 제시할 때 비로소 교사로 받아들
이게 되는 것 같았다.

가르침을 허공으로 휘두르는 것처럼 삶에 적용되지 않는 것만
을 가르치는 것을 그들은 원치 않았다. 교사의 가르침은 구체적
이며, 삶에 적용될 수 있어야 했다.

피아노 교사가 이야기한 모든 것은 아이들이 다 배웠을 것으
로 생각하는 태도를 원치 않았다. 아이들을 무시하고 교사의 스

타일을 고집하고 그녀의 주관대로만 학습을 지도해 나가는 것이 아이들이 가장 싫어하는 스타일 중 하나라는 것을 그들의 얼굴에서 읽을 수 있었다. 아이들이 어떻게 배웠는지를 점검하고 피드백 하는 교사가 인격적인 교사로 인정받게 됨을 알았다.

학생의 삶에는 관심을 두지 않으면서 피아노 교사라고 생각하는 것도 바라지 않는 것 같았다.

말로만 아이들을 사랑한다고 하는 것은 공허한 말일 뿐이다. 아이들 역시 이러한 말뿐인 교사의 허울 좋은 관심과 사랑을 눈치 채는 게 빨랐다. 아이들은 자신들에게 향하는 교사의 진정한 애정을 느끼고 싶어 했다. 자신들의 삶에 관심을 두고 그것을 점검하며 도와주는 교사에게 학생들은 사랑받는다고 느낀다.

가르침에 있어서도 변화, 성장, 발전하지 않는 교사는 원치 않았다. 특히 그룹으로 가르칠 때 더욱 두드러진 반응을 나타냈다.

항상 똑같은 스타일, 항상 같은 교수법 등은 교사에 대한 아이들의 기대를 여지없이 무너뜨린다는 눈총이 따라왔다. 학생들은 이런 교사의 이야기에 더 이상 귀를 기울이려 하지 않았다.

아이들의 개성을 이해해 주지 않을 때, 그들은 교사에게 마음을 열어주지 않는 것은 당연했다. 이유는 자신이 그 교사에게 받아들여지지 못하고 있다고 느끼기 때문이다. 이것은 고등학교와

유치원에서 가르치고 있는 단짝 두 친구에게서 들은 것인데, 아이들은 교사로부터

"너의 그런 점도 이해할 수 있단다. 그럴 수 있지."

라는 말을 듣고 싶어 한다고 했다. 이것은 아이들을 배려하는 마음에서 비롯된 교사의 이해심이고, 관심을 드러내는 것이었다.

학교 교단에 올라서 가르치는 교사를 바라보는 학생들은 자신들을 내려다보는 것을 원치 않는 것 같았다. 학생들은 선생과의 수직적인 관계보다 수평적인 관계에 더 호감을 갖는다고 했다. 자신들이 선생과 동등한 인격체로서, 아니 완성된 인격체인데 어찌 존중받기를 원하지 않을까. 어린아이 취급하거나 "넌 아직 몰라."라고 쉽게 취급해 버리려는 교사에게 다가가기를 꺼려하는 것 같았다. 그리고 학생들은 일관성 없는 교사를 싫어했다. 학생이 더 이상 교사를 믿으려고 하지 않기 때문이다. 유독 웃지 않는 교사를 경원시敬遠視(겉으로는 공경하는 체하나, 가까이 하지는 않는다)하는 것 같았다.

그뿐 아니라, 항상 냉정하고 빈틈없어 보이는 차가움을 지닌 교사를 학생들은 결코 존경하지 않는다고 했다. 학생들은 자신들을 향해 웃어줄 수 있는, 또 자신들에게 재미있는 모습을 보여주기도 하는 편안한 모습을 원하고 있었다. 그런 모습을 통해 학생은 교사의 인간미를 느끼게 되는 것 같았다. 즉 감각이 없는

교사는 원치 않는다는 말이었다.

6

연희는 오늘 채원이의 급수 승급과 클리닉 레벨 테스트에 대한 것을 부모님께 전자 우편을 통해 전송했다.

이는 채원이가 지난 급수를 통해 무엇을 배웠고 다음 급수에서는 무엇을 배우는지, 아이의 부모에게 교사로서 당연히 알려주어야 할 의무가 있다고 생각했기 때문이다. 이러한 레벨 테스트는 교육방향을 제시하고, 채원이와 부모, 교사인 그녀 자신에게 교육 목표가 뚜렷하게 생기게 하기 위해서다.

채원이 부모님께-

안녕하세요. 오랜만에 글로 인사를 드리게 되었습니다.

지난번 채원이가 갑자기 울어서 조금은 당황을 했는데요, 잠시 대화를 나눠보니 숙제를 연거푸 못했던 자기의 무능함을 탓하는 생각이 스트레스로 작용하지 않았나 싶어요. 그래서 당분간 이론 숙제는 가급적 내주지 않을 계획입니다. 제가 이론 과제를 내준 취지는 레슨시간에 복습내용에 관한 문제풀이 시간을 줄이고자 해서였는데요.

아직 7살이 채 안 된 채원이에게는 여러 가지로 숙제가 너무 버겁지 않았나 하는 생각에 마음이 아팠고, 섬세하게 살피지 못해서 죄송한 마음입니다.

현재까지 채원이의 음악 진행 상황에 관해 말씀드린다면,

2급에 올라오면서 최근 들어 처음으로 보는 연주력이 몰라보게 향상됨. 계속해서 부모님의 칭찬과 격려가 있어야 함.

2급에 들어와 배운 내용을 간단히 요약하자면,

레가토를 제대로 표현하는 것과 아티큘레이션(스타카토, 레가토 같은 주법들) 즉 오른손으로 머리를 문지르고 왼손으로 배를 두드리는 동작에 비유할 수 있는 양손이 각기 다른 스타카토와 레가토를 동시에 연주하는 훈련.

손목 풍선 띄우기와 손가락의 독립은 아주 쉬운 테크닉 같아 보이지만 아주 꾸준한 연습이 필요함. 이 훈련은 손목에 힘이 들어가지 않으면서 연주하는 것과 이음줄이 끝나는 부분에서 손목의 릴렉스를 해주는 것, 손가락을 각각 자유자재로 움직일 수 있도록 하는 데 목적이 있음.

벌써 높은 C자리 다섯 음까지 레슨진도가 나감. 박자 감각을 위해서

도 C D 반주는 계속해서 자주 들어보는 것이 좋음.

피아노를 배우는데 있어 열심히 배우며 잘하는 아이는 소질이 있느니, 적성에 맞느니, 아니면 선천적이라느니 하고들 하지요. 그러나 피아노를 배우기 싫어하거나 진도가 잘 나가지 못할 때, 흔히들 그 반대의 말을 하게 됩니다. 그런 것들이 부정적인 말은 아니지만, 기초가 부실하면 아무리 열심히 가르쳐도 진도가 늘지 않고, 아이는 흥미를 잃습니다. 결국 피아노를 그만두게 되는 경우가 훨씬 더 많았어요. 그러나 피아노를 처음 시작할 때 예술적인 감각과 분위기를 조성하고, 다양하게 인식시켜주면서 클리닉으로 기초를 튼튼히 하면 피아노가 재미있어지고, 가속도가 붙습니다.

물론 예술성은 선천적으로 타고난 자질이라서 가르칠 수 없습니다. 단지 자극할 수 있을 뿐이라 생각합니다. 나머지 기교와 음악성은 교사의 지도와 미래지향적인 교재에 따라 달라지리라 봅니다. 어떤 아이는 레슨을 받는 것이 마치 음악 영양주사라도 맞은 것처럼 피아노에 대한 열정이 샘솟는 듯한데, 채원이가 바로 그런 경우가 아닌가 싶습니다. '공부하는 교사가 마지막에 승리하리라'라는 가르침을 받은 피아노 교사로서, 아이들을 가르침에 있어 보다 앞서가는 음악 교재를 대학에서 반복해 배우고 있습니다.

피아노 레슨을 그만둔 후에도 스스로 악보를 읽고 해석할 수 있는 자립적인 음악가로 채원이를 키우겠습니다. 특히 피아노 교육에서도 가장 중요한 분석력, 연주력, 창의력을 종합적으로 길러내겠습니다.

채원이는 앞으로 독보력이 놀랍도록 향상되고, 음악성이 풍부한 연주를 할 수 있게 될 것입니다.

작곡이나 청음 등 균형 잡힌 음악교육을 시킴으로써 다른 악기로 전환할 때도 많은 도움이 될 것입니다. 감각으로 배우는 즐거운 교육으로 피아노를 싫어했던 아이들도 피아노의 매력에 빠져든 것을 저는 여럿 보아왔습니다. 이상과 같이 차별화된 가르침을 말씀드릴 수 있는 것은 교재의 우수성이라고 봅니다. 교재의 프로그램대로 레슨을 하기 위해 저는 수시로 열리는 학교 세미나와 정규적으로 대학에서 반복해 본 음악 과정을 교육받고 있습니다.

요즘은 태재도 피아노 소리를 듣고 칠 줄 아는 것 같아 누나로부터 좋은 영향을 받는구나 하는 생각이 들었습니다. 채원이의 연주 소리가 곧 태재한테 좋은 자극을 주는 것이므로 형제가 있다는 것은 정말 행복하고도 소중한 것 같습니다.

피아노를 배우는 궁극적인 목표는, 음악 예술적인 감정의 정서가 채원이의 생활 속에 깃들어 세상을 아름답게 바라보고 참 행복을 누리는 것이라 생각합니다. 부모님의 극진한 사랑을 받으며 심성心性(지능적, 소질, 습관, 신념 등)이 아름답고, 귀여운 소녀로 성장하기를….

2019년 12월 00일 피아노 교사 연희 올림

채원이 부모에게 보내는 편지에서 밝혔듯이 선진국의 최신 피아노 교수법을 바탕으로 한 교재는 음악의 7요소를 고르게 키워주었다. 짧은 시간 내에 분석력, 연주력, 창의력을 계발시켜주고, 종합적인 음악교육으로는 작곡, 청음, 반주 법, 이론 학습을 다양한 교수법을 통해 체험을 할 필요가 있었다. 요즈음 바쁘고 지친 아이들이 음악을 통해 스트레스를 해소하고, 음악을 통해 매력적인 사람으로 성장하게 테크닉과 이론 학습도 지루한 연습곡이 아니라 멋진 곡에서 즐길 수 있게 한 교육 프로그램을 갖춘 것이었다.

7

오늘도 잠실에 사는 채원이를 레슨한 날이다.

연희가 채원이의 아파트를 가기 위해서는 버스를 한 번 타고 지하철을 두 번 갈아타야 한다. 그녀가 사는 동네에서 채원이네 까지는 한 시간이 넘게 걸린다.

전철에 오르자 그녀의 머릿속에서 생각에 생각이 꼬리를 문다. 아버지로부터 논어 이야기를 들었던 생각이 문득 떠오른다.

논어 위정 편에는 '학이불사, 즉강, 사이불학, 즉태(學而不思, 則罔, 思而不學, 則殆)'란 문구가 나오는데, 이를 한글로 옮기면 "배우기만 하고 생각하지 않으면 얻는 것이 없고, 생각하기만 하고 배우지 않으면 위태롭다."라는 말이었다. 요약하자면 쉼 없이 책을 읽되, 비판적인 분석과 통찰력이 필요하다는 말일 것이다. 그런데 요즈음 학교에서는 배움이란 것이, 한 예를 들어 인문학을 배우는 학생들은 세계문학이라든가, 동양 고전, 또는 한국의 유명 작품 등을 배우는데 그 작품을 어떻게 읽고 이해할 것인가 정도의 길잡이만 해줄 뿐, 그 작품을 직접 공부하고 고민하지 않는 것 같았다. 또 한 예로 톨스토이의 책 제목과 내용, 간혹 어느 소설의 한두 문단을 발췌해 간단히 해제하는 것 말고, 작품 전체에 대한 교육은 하지 않았다. 그래서 학교는 마치 톨스토이의 작품명을 암기하는 것이 공부의 전체인 것처럼 독점해 버리는 것이었다. 아니, 세뇌시켜 놓는다. 그것이 현대 교육의 현주소가 아닐까 싶다. 이런 부조리를 벗어나기 위해 우리나라에도 수많은 사립학교가 등장했지만, 그 사립학교 역시 크게 다르지 않았다.

연희는 클래식의 전통, 자신만의 음악 교육을 통해 작품까지 파고들어가는 정통 클래식 중심의 음악 교육 방법을 실행하고 있다는 자부심이 들었다. 고전은 영원하고 그 고전을 가르치는 그녀 또한 영원한 이상으로 생각하기 때문일 것이다.

연희는 교육제도에 대한 생각에 휩싸여 있는 와중에도 어느새 잠실 새내 역에 내려 채원이가 사는 아파트 현관에 들어서고 있었다.

"채원이, 태재, 안녕."

채원이는 초등학교 일학년생이고 태재는 7살배기인 채원이의 남동생이다. 얼마 전까지만 해도 누나가 피아노 레슨을 받는데 시샘이 났는지 말썽꾸러기이자 훼방꾼이던 아이가 지금은 미술 선생에게서 그림공부를 배우는 중이었다. 아이는 누나의 피아노 레슨 때마다 소외감을 느껴오다가 자기만을 위한 미술선생님으로부터 그림 공부를 하게 되자 나름대로 자부심을 갖고 있는 것 같다. 이제는 얼마 전처럼 짓궂게 굴지 않고 냉엄하게 피아노 선생을 대하는 태도가 달랐다. 성숙한 어린이처럼 꽤나 어른스러워 보인다.

"피아노 선생님 안녕하세요."

채원이는 영어와 한자, 미술 등 과외 선생이 다섯 명이나 되었다.

"지난번에 내준 숙제는 얼마나 연습했니. 채원아?"

"작품을 다섯 번 연습했어요. 그런데요, 둘째 단 악보가 좀 어려웠어요."

"그러면 내가 보는 앞에서 다시 한 번 쳐 보겠니?"

채원이는 곧바로 의자에 오르더니 피아노 건반을 누르기 시작했다. 채원이의 두 손가락이 건반 위에서 노는 것이 앙증맞기도 했다.

"응. 잘 연주했어! 그런데 이 건반은 간격이 머니까 새끼손가락으로 건반을 눌러 봐. 그렇게 되면 좀 더 자연스러울 거야. 여러 차례 연습해두면 이 작품은 잘해낼 것 같구나. 이제 오늘 배울 악보를 가져와. 피아노 꽂이에 펼쳐놓아 봐."

그녀는 채원이에게 아주 적절히 스스로 생각해 보도록 질문했다. 채원이가 선생에게 물어보아야 될 질문을 거꾸로 먼저 물어본다. 예를 들면

"이 소절을 어떻게 치면 좋겠니?"

"이 부분이 어떻게 소리 나는 것이 좋겠어?" 혹은 "이 부분을 어떻게 변형시키면 좋을까?"

채원이가 스스로 생각하는 힘을 기르도록 자주 질문한다. 채원이 혼자 힘으로 학습할 수 있도록 말이다. 교사인 그녀가 채원이의 질문에 답하는 횟수보다 질문하는 횟수가 훨씬 더 많았다.

그리고 획일적인 방법에서 벗어나 스스로 생각하고 창의적으로 연주할 수 있는 소질을 살려주려고 애쓴다. 그렇지 않아도 채원이는 스스로 곡을 창작하는 능력을 갖고 있다. 어떤 노랫말이 떠오르면 그 노랫말에 리듬감을 살려 노래를 부를 수 있도록 곡을 만들어 내는 탁월한 창작 법을 발휘했다.

"자, 그러면 레슨은 여기서 잠시 중단하고 채원이에게 특별히 카루소에 대한 이야기를 해주고 싶은데 괜찮겠니?"

"당근이지요. 선생님, 카루소가 어떤 사람인지 나는 잘 몰라요. 지금 이야기해주세요."

"그럼 조용히 잘 들어 봐? 궁금한 게 있으면 이야기가 끝나거든 물어보기로 하고."

카루소가 어느 날, 점심을 먹으려고 친구와 함께 레스토랑을 방문했다. 그가 들어오는 모습을 주방에서 발견한 요리사가 요리를 중단하고 밖으로 뛰어나와 정중하게 인사를 한다.

"카루소 선생님, 너무 반갑습니다. 이런 곳에서 선생님을 뵙다니 믿을 수 없습니다. 평소에 선생님의 노래를 직접 들어보는 것이 평생의 소원이었습니다."

"아, 그래요? 그렇디면 지금 여기서 불러드리지요."

카루소는 조금도 망설임 없이 흔쾌히 대답했다.

"이런 누추한 곳에서 노래를 부르셔도 괜찮을까요?"

카루소가 너무 쉽게 말하자 요리사는 오히려 당황해하며 미안해했다.

"괜찮습니다. 상관없으니 염려하지 마세요."

카루소는 그를 안심시킨 뒤 모자를 벗고 가볍게 인사를 하고 나서 즉석에서 노래를 불렀다. 요리사는 물론 레스토랑에 있는 손님들은 음식을 먹다 말고 갑작스럽게 들려온 성악에 어리둥절한 모습이더니 이내 그의 음악에 흠뻑 취했다.

노래가 끝나자 요리사는 눈물을 흘리고야 말았다.

손님들이 그가 유명한 카루소라는 사실을 모두 알게 된 것은 식사가 끝난 뒤의 일이다. 스칼라좌와 같은 유명한 극장에서 고액의 티켓을 사야만 감상할 수 있는 카루소의 목소리를 들은 그 날 식당에 온 행운의 손님들은 감동했다.

"아니 자네 그렇게 아무 곳에서나 노래를 부르면 어떻게 하나."

함께 점심을 먹으려던 친구는 카루소의 갑작스런 돌출 행동이 못마땅해 나무랐다.

"아니야, 나는 즐거웠네. 저 요리사도 요리를 맛있게 해서 남들을 기쁘게 해 주고 있지 않은가. 나도 다른 사람의 귀와 마음을 기쁘게 하는 것뿐이라네. 더구나 내 노래를 듣고 싶은 사람 앞에서 노래 한 곡 하는 것을 두고 그렇게 인색하게 할 필요가 어디 있겠나?"

"카루소 성악가는 멋있고 참 좋은 사람 같아요. 선생님, 그렇지요?"

채원이가 말했다.

"자, 그러면 다시 레슨을 시작해 볼까?"

"네. 좋아요 선생님."

다른 피아노 선생들은 무조건 빨리 연주할수록 칭찬을 많이 해주는 것을 보게 된다. 어릴 때부터 음악적이기보다는 어려운 곡에 가치를 두고, 빠르게만 연주하면서 마치 대단한 연주가가 되었다고 착각하고, 경쟁하는 모습이 연희는 안타까웠다. 결국 전문가가 되면 한 번에 칠 수 있는 음표의 수가 아니라 예술적 능력으로 평가를 받게 되는데 말이다.

이러한 '과시'가 꼭 나쁜 것만은 아닐 것이다. 청소년기의 자연스러운 현상이라 생각한다. 과시를 통해 성취감을 얻게 되어 더 열심히 연습할 수도 있기 때문이다. 단지 음악을 보는 눈, 음악의 진정한 의미도 모르고 중심 없이 성장하는 것이 그녀는 안타까울 따름이다.

지속적으로 어려운 난이도의 곡만을 배우려고 하면 기본 모션이 안 된 상태에서 힘으로 무리를 하게 되어 점점 나쁜 습관이 늘어날 것이다. 비효율적인 연습 때문에 한계가 올 것이고, 근육에 손상을 입을 것이다. 게다가 장기간의 연습으로 이런 나쁜 습관이 쉽게 고쳐지지 않는 것도 큰 문제였다. 빠른 연주 때문에 예술적인 표현력만 부족한 것이 아니라 결국 테크닉적인 문제도 계속 커지게 될 것이었다. 굳어버린 손목, 긴장된 엄지, 그리고 손가락 근육… 진도가 나감에 따라 문제는 점점 늘어난다.

반면 예술적 표현력이 우수한 학생들을 보면 테크닉도 안정이 되어 있고, 가장 효율적인 모션을 보임으로써 습득 시간이 빠르고, 테크닉도 지속적으로 향상되는 것을 볼 수 있다. 결국 고도의 테크닉이란 음악적 표현력과 뗄 수 없다. 상호 발전하는 관계이니까. 해서 아주 어린 나이부터 반드시 음악적 표현력을 테크닉 기초와 함께 습득시켜주어야 했다.

그녀는 기초 단계에서부터 음악의 참 의미를 일깨워주고, 표현력과 테크닉의 밸런스가 균형 있게 성장할 수 있도록 시간과 노력을 투자해야 했다. 단순히 어려운 곡을 연주하며 남에게 잘 보이려다 한계를 만나게 되는 교육이 아닌, 처음부터 진정 아름다운 예술성을 느끼고, 표현하도록 지도하고 격려해주어야 했다. 고도의 기교를 선보일 수 있는 명연주자가 되도록 이끌어주어야 하기 때문이다.

새벽을 여는 신문 배달

1

　매봉둔덕 기슭 북서쪽 고층아파트 단지에도 그날 새벽을 여는 사람들의 발걸음은 여전히 분주하게 옮겨지고 있다. 서린과 삼익 단지에는 아직 어둠은 거치지 않았으나 단지 아래 대로를 지나는 자동차 소리는 새벽 아파트 단지의 정적을 깨며 질주한다.

　아파트 주민에게 전달되는 신문 떨어지는 소리가 복도 여기저기서 들린다.

　우유와 유산균 음료를 배달하는 사람들, 주차장에 세워둔 승용차를 세차하는 아낙네, 출입구 박스에 들어앉아 목을 빠끔히 내밀고 밖을 살피는 경비원들. 그들은 낯설지 않은 나를 반겨준다. 그들 모두 어둠이 걷히기를 열망하는 사람들이다. 도둑은 자기가 훔쳐냈던 장소에 다시 와 본다고 했던가. 자신의 운신에 폭을 가늠해보기 위해서라고… 이제는 10여 년이 흘렀지만 한동안 신문을 옆구리에 끼고 새벽을 누볐던, 한때나마 정들었던 곳을 다시 살펴보며 회상에 잠겨본다.

　나는 이날 아침 JA일보 도 곡 지국 문을 두들긴다. 그때 문을 들어서자 미덥지 않은 듯 지국장의 곱지 않은 눈초리가 쏟아지는데, 내 의지를 무너뜨리려고 작정이나 한 것처럼 따가운 눈빛으로 쏘아봤다.

　"영감님, 본사에서 넘어온 이력서를 보았습니다."

　신문광고를 통해 본사에 이력서를 냈던 것이 해당 지국으로 송달된 것을 이야기하는 것이다.

　"어떻게, 해내시겠어요?"

　"국장님, 제 능력을 한 번 믿어주세요."

　"세상일이 어디 마음먹은 대로 됩니까? 체력이 달릴 때는 의지대로 되는 게 아니잖아요."

　"물론 그렇지요. 그렇지만 국장님, 저는 겉으로 보기에 체력이 약해 보여도 실제로는 강단입니다."

　강단인지 아닌지는 신문을 배달해보면 금방 드러날 일이다. 정말 그럴지는 두고 보면 알 일이지만, 내 의지는 보여주어야 한다.

　"저는 청소년 때 5년간 조석으로 신문 배달을 한 경험이 있어요. 그때는 아침저녁 배달에 신문대금도 수금해야 했고 신문 확장까지 했는걸요. 그런 경험을 살려 제 의지를 꼭 펼쳐 보고 싶습니다. 저의 생계가 달린 문제입니다. 건강을 찾는 일이기도 하구요."

골똘한 생각에 잠긴 듯 침묵으로 일관하던 지국장은 한동안 대답이 없다.

"그러면 일단 내일 새벽 3시에 나와 보세요."

나의 의지가 단호해서 그랬을까, 일단 반승낙은 받은 샘이었다.

'40년 전 경험을 한 번 살려본다.'

지국장의 되뇌는 소리가 사무실을 나서는 내 귓바퀴를 스친다.

담담히 집으로 돌아오는 길목에 수없는 부정의 소리가 내 귀를 때리며 결심을 풀라고 물고 늘어진다.

'내가 괜한 일을 해, 사서 곤욕을 치르는 것은 아닌가.'

기개와 번민 간에 갈등은 나 자신과의 싸움, 즉 내면의 문제가 더 심화된 것 같다. 부정적인 영향은 외부로부터 비롯되기도 하지만, 하느냐 마느냐의 결정은 결국 나의 심중에 있었다.

많은 비용을 지불해가며 헬스다, 골프다 하는 것만 훌륭한 운동은 아니라는 것이 평소 나의 굳은 신념이고, 약간의 보수를 받아가며 새벽에 뛰는 것도 건강증진에 얼마나 효율적인 일일까. 아침에 의무적으로 3시간만 시간을 투자하면 된다. 새벽을 여는 일에 길들여지면 체력이 뒷받침이 돼서 강렬한 힘이 발휘될 것이다. 처음 며칠간 잠자리를 거둘 때는 고도의 인내력이 필요했다.

그러나 차가운 공기를 가르고 움직여 정신이 들 때쯤엔 매우 상쾌한 기분이 들 것이 분명하다. '일을 시작하기를 참 잘했다'는 생각이 절로 날 것이다.

다음날 새벽 3시.

"안녕하세요, 지국장님."

몇 백부씩 뭉뚱그린 신문묶음 덩이는 이미 지국에 도착해 쌓여 있었다. 지국 사람들은 광고 유인물을 신문 속에 날렵하게 끼우고 있다. 지국장과 젊은 부인 할 것 없이 모두가 엄지에 콘돔과 같은 연질 성 골무를 낀 채 부지런히 손을 놀리고 있었다.

강남권에 신속한 배달을 위해 송파에 공장을 두고 본사와 동시에 인쇄되어 배달된 신문이다. 다른 신문사들도 예외는 아니다. 경쟁시대에 서로 뒤지지 않으려고 지방 일일시대를 열어가기 위해 지역별로 신문을 제작, 신속히 보급하고 시대의 급속한 흐름에 발맞추어 가고 있다.

차량이나 이륜차로 총무가 아파트 단지에 떨어뜨려 놓은 신문묶음덩이를 배달원은 손수레 등을 이용, 각 가정에 배달해야 한다. 개중에는 자기 소형 승용차로 지국에서 실어다 스스로 배달하는 이들도 있다. 나도 이들 중 하나다.

주거환경이 대부분 아파트로 변한 탓에 배달하는 일은 단조로워서 좋았으나, 에너지를 절감한다고 비상등 하나 밝히지 않아 사방이 칠흑같이 어둡다. 우유나 신문 배달원 등 새벽을 여는 사람들을 위한 배려는 안중에도 없다. 야맹증 환자처럼 나는 카드에 적힌 동, 호수 숫자들을 식별하기가 여간 어려운 것이 아니다. 엘리베이터로 가져가 문이 열리면 엘리베이터 안 전등불에 비추어 겨우 식별할 수 있다.

그런 어려움도 일주일이 지나고 또 1개월이 지나자 손전등이 없이도 글자를 조금씩 식별하게 됐다.

거추장스럽기만 하던 손전등은 이제 없어도 된다. 부엉이나 산짐승들이 어둠을 밝히는 눈동자의 푸른 섬광처럼 내 눈동자도 밤길에 차츰 익숙해지도록 푸른빛을 내는 것 같다. 밤눈은 밝을지라도 낮에는 직사광선이 내리쬐는 햇볕에 눈을 뜨지 못하는 올빼미처럼 눈꺼풀이 덮여 낮에는 활동하기가 불편하지는 않을까 염려되기도 했다. 2주 동안은 체력적 한계가 느껴졌다. 의지를 불태운 결과 나 자신을 이기고 환경적 여러 여건을 잘 극복해냈다.

2

매봉 산을 오르내리는 그날은 내게 순간의 여유도 주지 않는다. 어둠 속을 명멸하듯 내 의식은 한줄기 외로운 불빛에 감싸인 듯, 냅뜨게 내가 광활한 우주로 날아오르나 싶더니 어느 사이 40년 전 청소년 때로 옮겨간다.

내가 신문 배달을 자청한 때는 과거로 거슬러 중학 2학년에서 멈춰야 한다. 애당초 Y신문에서 C일보와 D일보로 옮겨가면서 고학으로 학업을 마칠 때까지는 당장의 생계와 학교 등록금을 충당해야 했기에 아침저녁 신문 배달은 불가피했다. 생활비가 넉넉하지 못해 판잣집 단칸방 사글세로 자취생활을 해야 했다. 당시 필동 남산골에는 무허가 판자촌이 진을 치고 있었다. 그곳 거주자들은 거의가 빈민에 가깝게 생활하고 있었다. 거주지는 충무로에서 을지로, 종로, 그리고 남대문 시장까지 이어지는 시내 중심가와 가장 가까운 남산 기슭에 위치해 있어 일상생활에서는 지리적으로 가까워서 좋았다.

거주인들 모두가 하루를 벌어야 겨우 하루 생활을 이어가고 있는 사람들이었다. 그들에게는 가까운 지역에 장이 서고 사람들로 바글대는 곳에 인접해 있는 그 판자촌이 시간과 교통비 절감에 보탬이 되었다. 그래서 남산 기슭은 가난한 사람들의 거주 지역으로는 더할 바 없이 좋았다.

그런 시절, 나는 지나친 굶주림에서 사경을 헤매던 때가 있었다. 보름 만에 억지로 목숨 줄을 다시 이어가게 되긴 했지만, 하루하루 일하지 않으면 안 되는 몹시 궁박한 시기였다. 신문 배달 자리를 잠시 놓았던 때라 물외에는 아무런 음식이 없었다. 아마 3일만 더 지났더라면 내 시신은 누가 장사를 치러 줄까 하는 그런 호사스러운 기대를 품어볼 겨를조차 없었을 것이다.

아마 그때의 삶을 살아보지 않은 사람에겐 굶어 죽는다는 것은 이해가 되지 않을지도 모른다.

'죽음에 이르는 병'이 들어 자연사했다면 누가 나의 죽음에 대해 가타부타했을까만, 키엘 케고르의 말처럼 다행히 나는 죽음에 이르는 병은 아니었다. 내가 소속한 지 얼마 되지 않은 교회 회원에게 발견되어 생명을 건졌다. 나의 주거 공간에는 먹을 것이 정말 아무것도 없었다. 일주일 내내 물 한 모금 마시지 않은 채 무력감에 빠져 밤낮 자리에 누워 있어야만 했다. 삼일에서 일주일간의 배고픔은 도저히 참기 힘든 처절한 고통이었다. '삼일 굶어 남의 담을 넘지 않을 자 없다.'라지만, 그것도 부지런한 자나 삶에 대한 강한 욕구가 분출되는 자라야 가능할지 모른다.

내 의지와 처지는 그런 것과 무관했다. 나는 그럴 용기조차 낼 수 없다. 삶에 대한 애착이 부족해서일까.

나는 그렇게 죽어가도록 내 몸을 방기했다. 그것은 신에 대한 대역죄를 짓는 일에 해당한다는 생각도 품지 못한 채, 일주일이 지나는 때부터는 정신이 또렷하지 않고 어렴풋한 의식 상태에 무아경에 빠져드는 것 같았다. 볼품없는 몸은 쇠잔했으나 마음은 몹시 평화로웠다. 죽음이란 공포감마저도 내게는 없었다. 그러기를 10여 일이 지났을까. 그때 나는 자리에서 일어나기가 몹시 힘이 들어, 일어나지 못한 채, 그런 편안한 상태에서 계속 머물고 싶어졌다.

간경화로 복수에 물이 차 겨우 60대 중반에 세상을 등진 장인의 임종을 병원에서 지켜본 때가 새롭게 떠오른다. 장인은 고통의 순간이 여러 날 지나고 마지막 운명의 순간, 길게 호흡을 몰아쉰 뒤 아주 평화로운 모습으로 숨을 거두었다. 나는 그 광경을 지켜봤다. 죽음의 장막을 벗어나는 순간, 우리의 생명력이 그렇게 편안한 마음으로 몸을 벗어나는 것일까.

죽음의 순간에 나는 지금까지 맛본 것 중에서 누구의 말처럼 '가장 위대한 자유와 평화와 기쁨과 사랑을 맛볼 것'이라고 하는 것을 실감했다.

70대 외숙의 임종이 임박할 때, 어머니가 자리를 지켰다. 그때 열 살인 나도 외숙이 누어있는 자리를 자주 드나들었다. 끓인 죽을 입에 넣으면 외숙은 싫다는 표시로 머리를 이리저리 저었다. 그러나 어머니는 포기하지 않고 끈질기게 매달려 한 숟갈을 겨우겨우 외숙의 입에 밀어 넣는데 성공했다. 두 번째 숟갈을 들여보내자 외숙은 몹시 괴롭고 화나는 표정을 짓더니, 그의 손은 죽이 담겨 있는 숟가락을 내리쳐 내동댕이쳐버린다. 말 한마디 낼 수 없어 의식불명이라고 믿었던 외숙이 세찬 팔을 움직일 수 있었던 것은 외가 식구들은 물론 어머니나 나로서도 지극히 경이로운 일이었다.

그런 후 어머니는 죽을 더 이상 외숙의 입에 밀어 넣지 못했다. 그러고 일주일을 넘기지 못하고 외숙은 운명했다.

교우는 내 입에 죽을 넣으려 했지만 나는 고개를 살래살래 저었다. 차라리 음식을 먹는 것보다 이대로 내버려 두는 것이 더 편안했다. 그러나 교우는 교회에서 배웠던 생명에 대한 경외감, 스스로 생명을 포기하는 행위는 큰 죄라는 것, 세상에서 열심히 노력해서 선행을 쌓아야 하늘나라에 갈 수 있다는 것 등의 말로 나를 일깨워주었다.

몸에서 음식을 받지 않을 때, 어른들에게서 들었던 '밥 먹기가 죽기보다 싫다.'라는 말을 나는 그때 알 것 같았다.

공복 상태에서는 물을 삼킬 때도 목이 부어 있어 통증이 심했다. 맹물로 시작해서 미음 한 숟가락, 그리고 두세 숟갈씩 꾸준히 내 입에 넣어주려 교우는 모진 애를 썼다. 그러나 그것을 받아먹는다는 것 자체가 내게는 커다란 고통스러움인 것을 어쩔까. 그냥 이대로 내버려 두는 것이 정말 더 좋았다.

그때 나는 그냥 나를 내버려 두는 것이 더 편안하다고 교우에게 간절히 애원했다. 삶에 대한 의욕 같은 것은 상실한 지 오래다. 생에 대한 애착을 그 순간은 전혀 느끼지 못했다. 아마 내 뜻을 받아들여 교우가 죽 먹이기를 포기하고 내 곁을 떠났다면 보름도 채 넘기지 못하고 내 영혼은 미지의 상태, 즉 다른 차원의 세계를 향해 떠났을지도 모른다.

맑은 죽을 겨우 목으로 넘기고 3일이 지나자 부어올랐던 목의 통증이 서서히 사라져 갔다. 시간이 흐르자 피골이 상접해 있던 몸은 서서히 살점이 붙어 회복되어 갔다. 죽음에 이르는 육체적인 병이 아닌 '영원한 죽음에 이르는 병'으로부터 깨어난 것이다. 잠시 망각했던 내 믿음을 교우가 그렇게 상기시켜 주었다.

"인간 본래의 자아에 대한 절망이야말로 죽음에 이르는 병이기 때문에 그 절망을 자각하지 않으면 안 됩니다."

그 절망에서 벗어나야겠다는 생각이 순간 뇌리를 스쳤다. '절망은 곧 신을 거부하는 죄이므로 그것이 바로 죽음에 이르는 병'이라고 교우가 강하게 일깨워주었다. 그 순간 신을 거부하는 절망이란 죄를 범하지 않으려는 믿음이 나를 생사존망의 갈림길에서 방향을 바꾸게 하지 않았을까 싶다.

3

한 걸음 더 뒷걸음질 쳐 나의 신문 배달 시절 문화적인 추억거리가 떠오른다. 그 거리를 어슬렁거릴 땐, 학생으로서는 방종이었다.

개봉관 두 개 극장에 신문을 넣은 대가로 무료티켓을 얻는다. 친구들에게 인심도 쓰고, 나는 사무실을 통하면 표 없이도 극장을 얼마든지 드나들 수 있었다. 사무실 직원들이 나의 얼굴을 잘 알고 있었다. 나는 흔치 않은 허탄한 특권을 누린 셈이다. 입장료가 비싼 탓도 있지만, 미성년자는 볼 수 없는 프로를 상영하거나, 공부에 열중해야 하는 학생 신분이라 사회나 부모가 허락하지 않아 마음대로 구경할 수 없는 영화가 많았다.

K극장이 국산영화만 전문적으로 상영하는 개봉관이라면, D극장은 외국영화 전용 개봉관이었다. 넓은 스크린 자막으로 D극장은 70미리 영화도 자주 상영하곤 했다. 나는 두 개 극장에 영화 프로그램이 바뀔 때마다 거의 빼놓지 않고 영화를 감상했다. 다른 청소년들보다 나는 일류 영화관을 자주 드나들 수 있어 달콤한 행복감에 젖어 있었다. 그 달콤함에 빠져 학교 성적은 곤두박질이었다. 나의 장래는 '떡 쪄 먹고 시루 엎는' 거나 진배없었다. 한때의 달콤함이 먼 미래를 시나브로 좀 먹고 있다는 것을 그때 신문 배달 소년은 알아차릴 리 없다.

그런 나의 옛 추억거리가 이젠 사라지고 없다. K극장은 이제 존재하지 않는다. 아니, 영화를 즐기던 70~80대의 추억거리가 송두리째 사라져 버린 것이다.

70밀리 영화 상영은 D극장에서만 가능했던 터라, 이 극장은 일류극장 중에서도 입장료가 가장 비쌌다. 그래도 인기는 대단했다. 벤허, 남태평양, 사운드 오브 뮤직을 상영할 때 극장의 인기는 절정에 달했다. 다른 개봉극장에서는 기껏 상영해야 1개월 안쪽이라면, D극장은 적어도 3개월은 넘게 상영했던 것 같다.

경쾌한 사운드 오브 뮤직에 등장한 발랄한 선생과 소녀들의 상큼한 율동, 어린 천사들의 노래는 관람객들의 마음을 사로잡기에 충분했다.

병거兵車가 끌던 경주용 수레바퀴가 치달을 때 바퀴의 쇠붙이가 달리는 병거끼리 맞닿으며 튀는 불빛의 벤 허 영화는 전율을 느끼게 했다. 손에 땀을 쥐게 하는 긴장감, 그리고 박진감을 주던 벤 허, 평생을 잊을 수 없을 정도로 스릴 만점이었다.

시네마스코프의 화려한 자막에 시원스럽게 펼쳐진 남태평양은 소년에겐 꿈과 낭만을 심어준 영화다. 몰아치는 광풍에 철썩철썩 파도치는 푸른 바다에 매료되지 않을 수 없다. 나는 바다 건너 미지의 저 넓은 세계를 꿈꾸며 그곳을 낙원으로 동경하기도 했다.

나는 신문 배달을 했던 덕에 서부 영화광이라도 된 것처럼 두세 극장을 매주 심하게 드나들었다.

그렇게 청소년기에 오락에 치우쳐 즐기던 결과가 무엇이었을까. 잃은 것은 학업 성적 부진이고, 얻은 것이라면 모두 흘러가 버리고 영상이 끊긴 몇 토막의 추억뿐이다.

신문은 아침저녁으로 배달되어야 했다. 새벽 4시부터 시작된 배달은 3시간 이상 지나서야 땀이 범벅돼 총각 냄새가 밴 궁색한 자취방에 들어서고 나서야 끝이 났다.

아침을 때우는 둥 마는 둥 책가방을 주섬주섬 챙기자마자 허둥지둥 학교 길을 재촉한다. 수업에 들어가면 첫째 영어 시간과 둘째 수학 시간은 졸고, 눈은 떴을지언정 몽롱함 속에 셋째 국어 시간마저 선생의 강의를 듣는 둥 마는 둥, 그렇게 시간은 흘러간다. 수업다운 수업을 받아보지 못했다. 그의 두뇌는 빈 깡통에 영어는 벙어리 공부다.

학교 수업이 끝나고 오후 4~5시면 어김없이 석간신문 배달을 시작해야 했다. 나에겐 이 일이 지상명령이었다. 영양 섭취가 빈약한 상태에 과로가 겹쳤던 터라 아침 잠자리를 털고 나올 때 코피를 쏟는 일이 다반사였다.

배달이 끝나고 저녁을 때우고 나면 잠자리에 곯아떨어진다. 나의 시답지 않은 고학은 궁핍과 고달픔의 연속이었다. 그때에는 대부분이 가난한 삶을 함께 짊어졌기에 오늘처럼 상대적 빈곤이니 하는 가난을 사회 탓으로 떠넘기는 소리는 들려오지 않았다. 자신의 무능력을 탓하고 채찍질할 뿐이다.

아침저녁으로 신문을 배달함은 물론이고, 신문 대금까지 수금해야 했다. 대금 중 반액은 신문사에, 남은 금액에서 또 반액은 보급소 소장에게, 마지막 남은 금액이 배달원 몫이었다.

다음 달 10일까지 완납해야 하는 것도 지상명령이었다. 대금 완납 일을 지키지 못하면 배달원 직을 내놓아야 한다. 때문에 수금이 걷히지 않으면 금액을 일부 꾸어서라도 완납을 해야 한다. 그것만이 배달원의 생명 줄을 잇는 길이었으니까. 상가라든가 시장 등 좋은 배달 구역은 수금이 잘 되어 신문사 대금 완납에 별 어려움이 없었으나, 내가 맡은 구역은 그렇지 않았다.

서민들이 사는(묵정 동, 오장 동, 쌍림 동) 구역에서는 그달 안에 신문 대금을 주는 세대가 절반도 안 됐다. 수금을 독촉하면 신문을 끊겠다고 으름장을 놓으니 어쩔 수 없이 다음 달로 미루어야 했다. 그럴 때마다 나는 힘없이 발길을 돌려야 한다.

지금 하고 있는 신문 배달은 아침 한때만 하면 된다. 주거 형태가 대부분 아파트라서 시간이 단축되어 좋다. 비가 오고, 눈이 올 때도 주택보다 배달할 때 불편함이 덜해서 좋았다. 그럼에도 청소년들의 지원자가 많지 않는가 보다. 생활 여건과 환경이 크게 다른 그때와 지금을 비교한다는 것 자체가 우스꽝스러운 일인지 모른다. 차이가 있다면 그때는 생계 수단으로 택해야 했다면, 지금은 건강 수단으로 택한 경우가 더 많다는 것이다.

4

내가 맡아 배달하던 어떤 독자 중 짧게는 6개월, 길면 1년 동안의 신문 대금을 연체한 가난한 독자도 여럿 있었다. 나는 목돈으로 받을 것을 생각하며 느긋했다. 그러나 대부분 물거품이 될 때가 많았다. 세 살던 독자가 야반도주한 일도 있었다. 내가 학교에서 수업 받고 있을 대낮에 슬그머니 이사를 가버리기도 했다. 나는 쫓던 닭을 우두커니 바라보는 강아지 꼴일 수밖에 없다. 이사를 가버리면 속수무책, 계속 추적해 찾을 수도 없는 일. 설사 찾았다 한들 오죽 없으면 신문 대금을 떼어먹고 갔을까 하는 연민이 앞섰다. 갚을 능력이 없어 떠난 사람을 다시 만난들 포기하리라는 내 생각은 왜일까.

때로는 월세 방 값이 밀려 쫓겨 다니다시피 해서 불가피하게 이사하는 사람도 있을 터. 세월이 조금 지나면 생활이 나아져서 신문 대금도 지불해 주겠지 하는 바람으로 차일피일 미루어 왔던 터에 불행히도 나의 뜻이 이뤄지지 않고 무산되어 버린 경우가 많았지만, 어린 내 마음은 오히려 가난한 독자에 대한 동정심으로 바뀌곤 했다.

'신문 대금은 염려하지 말고 아무 때나 생활이 나아지거든 주어도 된다.'면서 오히려 등에 업혀 보채는 아이의 등을 토닥이는 젊은 아낙을 위로해 주기도 했다. 그것은 쉬운 일이다. 내가 조금 손해 보면 해결되는 일이기에.

그러나 손해 보는 이치는 같은데 다른 어려움이 있다. 그때나 지금이나 새로운 독자를 확보하는 일이 그것이다. 매월 무가지無

價紙(새로운 독자를 확보하기 위해 신문사가 임의로 일정 기간 무료로 지국이나 보급소에 밀어내는 신문) 중에 최소한 기존 부수에 5% 정도는 새로운 독자를 확보되어야 한다. 의무적으로 확보하지 않으면 안 된다. 매월 말일을 기준으로 새로운 구독자가 확보되든 그렇지 않든 상관없이 배달된 독자의 신문 숫자 중 5%가 새로운 구독자로 계산되어 신문사에 입금할 신문 대금으로 산정된다. 독자들의 명단은 필요하지 않았다. 오직 신문 부수를 모든 계산의 기초적 근거로 두기에 그렇다. 때문에 수금할 독자는 없는데 입금해야 될 신문 대금만 불어난다. 그렇더라도 하소연할 길은 없다. 그 일로 신문 배달원의 수입이 줄어들어 생활이 점점 어려워져도 신문사와는 상관없는 일이다. 배달원과 맺는 계약조건 같은 것을 명시한 문서상 계약 행위가 따로 있는 것은 아니지만, 지역 관리소장 책임 하에 능력제나 책임제로 배달원을 채용하기 때문이다.

신문사나 지국장, 또는 소장의 입장에선 배달원이 무능력한 결과이니, 당연히 배달할 것이냐 아니냐는 배달원이 스스로 감당해야 하는 몫이다. 그걸 감당하지 못한다면 소장은 능력 있는 자로 교체해버리면 그만이다. 능력이 없는 약자는 밀려나 빈민굴로 떨어져나가야 한다. 강한 집단에 힘없는 개인은 추풍낙엽이라고나 할까. 가난한 자의 복지라는 말은 당시 신문 배달 소년에겐 없는 단어였다. 지금은 모든 독자의 인적사항을 컴퓨터에 입력해 신문사에서 직접 관리하고 지로 영수증까지 발급해주거나 은행 통장에서 자동이체 되니 보급소나 지국에서는 여간 편한 일이 아니다.

내가 배달할 때는 무가지 일부가 일정한 기간이 지나면 입금해야 할 신문 대금으로 계산된다. 독자가 확보되었든 확보되지 않았든 신문사와는 관련 없다. 배달원들의 부담액만 증가한다. 배달원은 그만큼 매월 수입이 줄어간다. 지금은 고액의 상품권이나 기타 경품을 내걸고 구독자를 구하는 것을 보니 그때와는 격세지감이다.

나는 학업을 위해서, 또는 생계까지 해결하면서 나의 장래를 위해 비교적 쉬운 신문 배달을 택했다. 그러나 그 일은 소년의 의지대로 되는 것은 아니었다. 거기에는 피나는 노력과 고통이 뒤따라야 했다. 그럼에도 나는 생산적인 고통을 자처하고 피나는 노력을 기울였던가. 그런 어정쩡한 태도의 직업의식은 주객전도가 되는 느낌이다. 가치 기준은 혼란으로 나를 어지럽혔다.

고래 싸움에 새우 등 터진다고 했다. 배달원의 몫은 얄궂은 독자로 인해 떼이고, 어김없는 신문사 상납은 독자 확보 여부에 상관없이 매월 증액되어 빚더미로 쌓여 갔다. 생각해 보면 배달원에 대한 극심한 신문사의 횡포는 이만저만한 것이 아니었다.

솔직히 고달픔 같은 것은 문제가 되지 않았다. 사람은 습관의 동물이기 때문이다. 아침저녁 체력이 허락하는 한 습관화하면 누구든 할 수 있었다. 거기에 약간의 끈기가 필요하긴 했다. 그런 모든 것은 개인이 처한 환경이 결정해주는 것 같았다. 어떤 일이든 생계가 절실해서 하는 일이라면 이를 누구도 거절할 수 없을 것이다. 일이란 숙명으로 받아들여야 할 때라 더욱 그랬다.

5

지루함을 조금 느낀 듯한 배달 시작 첫 달은 잘 넘어갔다. 그를 부정적으로 바라보았던 지국장이나 총무의 태도가 바뀌었다. 내리깔던 눈썹도 활짝 펴진 채 휘둥그레 한 눈동자로 바뀌었다. 그를 부르는 호칭도 선생님으로 바뀌었다. 정중하고도 예의를 갖춘 깍듯함을 갖추어서 말이다.

애당초 나에게 사용하던 '영감님'이란 존칭 속에는 늙은이라서 안 될 것이라는 뜻을 담고 있는 호칭이었을 것이다. '영감님'이란 사회적 지체가 높은 사람에게는 공경의 의미를 담은 것일 텐데, 그런 의미를 담은 호칭이 부적절함을 그들도 모를 리 없다. 그렇지 않고서야 호칭이 바뀔 하등의 이유가 없으니까.

생활의 궁박함을 느꼈던 그때, 한 달 수고비 몇 십만 원의 부수입은 긴요하게 쓰인다. 새벽잠을 줄여 얻은 소득인지라 돈의 가치는 유별스럽다. 그 실과는 자녀들에게 용돈으로 떼어주고, 아내에게도 일부를 내밀었을 때의 미묘함과는 좀 별스러운 것이다. 아빠로서의 뿌듯한 자긍심이 바로 그것 아닐까. 아내와 딸들이 단잠에 빠져 있을 시간에 무거운 몸을 이끌고 노력한 그 과실을 그들은 얼마나 소중하게 느끼며 손에 쥐었을까 하는 생각까지 미칠 때 느끼는 가장으로서의 마음, 흐뭇한 감정은 가족에게 건네지는 오감을 짜릿하게 하는 사랑이었다.

6월로 접어들면서 두 달째가 지날 때는 익숙해져 마음에 여유를 가져다주었다. 나는 다른 배달원들처럼 시간을 단축하기 위해 요령을 부리는 것은 바른 배달 태도가 아니라고 보았다. 복도식 아파트 상층에서 아래층 복도에 던지는 태도는 아무래도 좋아 보이지 않았다.

바람에 휘날려 온 복도에 흩어지고 비가 왔을 때 젖어 있는 것을 보았다. 나는 시간을 단축할 수는 없더라도 각기 현관 창틀에 꽂아놓거나 문 앞에 정중히 놓아두는 배달 형태의 고집을 꺾지 않았다. 신문이 바르게 놓이지 않았다는 생각이 들 때면 지나쳤다가도 마음이 찝찝해 되돌아가 바르게 고쳐놓아야 직성이 풀렸다. 돌아가지 않으면 내 마음이 편치 않았다.

세세한 것까지도 바른 행적을 탐하려는 강박관념에 사로잡힌 성격이라서 그런지 모른다. 그렇기에 젊은 청년들보다 시간이 더 필요했다.

신문 배달원에게는 우중충하게 비 오는 날이 몹시 싫은 날이다. 유리창 문이 설치되지 않아 비가 들이쳐 온통 젖어 있는 복도식 아파트의 경우 신문을 비닐봉투에 넣어 창틀 사이사이에 찔러 두어야 하는 번거로움이 있다. 그래서 시간이 곱절이나 필요하다. 지극정성으로 배달했음에도 불착 전화가 올 때 나는 마음이 상했다. 담당 총무들은 대수롭지 않은 듯 즉각 해결해 주지만, 배달 당사자인 나는 자신의 정성이 이렇게 헛된 건가 싶어 실망을 감추지 못했다. 총무의 말에 따르면 타 신문사 배달원들의 계획적인 방해로 불착 사례가 많아 한동안 잠복해 범인을 잡았던 때도 있었다고 한다. 나는 '그러면 그렇지.' 하는 안도감이 들었다.

배달 불착 소리에 몹시 상심해 할 때 지국장이나 총무는 분실되는 때가 빈번하다며 오히려 나를 위로해 준다. 불성실한 배달이 아니었음을 인정해 준 것이라 생각해 매우 고마웠다.

이런 때 나잇값을 한다는 것이 무엇일까. 책임감 있는 배달, 바로 이런 것을 두고 하는 말은 아닐까 싶다. 그런 정신력을 갖는다는 것은 세상을 앞서간 자들의 몫이고 양식 있는 자에게 있어 최후의 보루가 아닐까싶다.

그런 정신이 바탕에 깔린 결과는 기분 좋은 것이다. 옳고 그른 것을 판단하는 분별력도 고령자들에게 주어진 하나의 특권일 것이다. 이런저런 시행착오 끝에도 시간은 물 흐르듯 흘러 어느덧 7월로 접어들었다.

6

'새 아침 새 정보 섹션 신문 JA일보, 정보의 깊이가 다릅니다. 비교해 보십시오, 이 신문은 다른 신문과 비교해 보시도록 일정 기간 무료로 드리는 신문입니다.'

그렇지 않아도 배달 시작 초기에 안내문을 워드로 친 쪽지를 무가지 속에 넣고 싶었던 차에 예쁜 색상의 안내문이 인쇄되어 신문사에서 배부됐다. 배달원의 심중을 헤아린 신문사의 배려에 고마웠다. 아무리 공짜로 넣는다 하더라도 언론이라면 이 정도의 배려는 진작 갖추어야 한다는 게 지난날의 아쉬움이었다.

JA일보 도곡 지국 전화번호가 인쇄된 붉은 잉크 글씨가 크고 작게, 입체감 있게 혼용되었다. 엷은 황갈색을 띤 조그마한 메모지 안내문을 신문의 얼굴인 전면에 부착, 정중히 문 앞에 놓아 둔다.

일주일이 지나면서부터 현관문에 거절 표시가 게시되거나 문 옆에 펼쳐 보지도 않은 채 신문만 차곡차곡 쌓여 간다. 그런 곳엔 구독 여부를 확인해 볼 필요도 없이 중지해야 한다. 끈질기게 투입하는 다른 신문과 차별화해서 내가 배달하는 신문에 대한 이미지를 바꾸는 것이 나의 전략이었으니까. 이는 신문사에서도 바라는 일일 것이다.

반면에 달포가 지나도록 낮에는 만날 수 없는 무반응인 가정도 많았다. 그중에는 분명 일정 기간 비교해 보도록 기간을 안내문에 명시한 것을 빌미로 망연히 또는 어정쩡하게 배달원이 찾아줄 때까지 무작정 기다리고 있는 사람도 있을지 모른다. 아무런 흔적도 없이 매일 아침 신문이 냉큼냉큼 없어지기만 했다. 그런 가정이 많았다.

그날도 아내와 함께 무반응 가정을 골라 초인종을 누른다. 구독 여부를 확인하기 위해서다. 세대의 절반은 사람이 부재중인지, 전혀 응답이 없다.

인기척이 있는 곳은 대다수가 문도 열어보지도 않은 채 '누구냐'고 물어온다. 그럴 때마다 구독 여부를 묻는다. 대부분 "신문

안 봐요."라는 대답이 돌아온다.

'그렇다면 왜 한 달 동안 무반응이었어?'

입속으로만 중얼댈 뿐 차마 입 밖으로 소리를 내뱉지는 못한다.

"다른 신문 보고 있어요."

나는 '진즉 반응이 있어야지! 그저 사절이라 알리는 것조차 꼼지락거리기도 싫어서, 아니면 신문 넣으라. 말하지 않았으니 너희들 아무리 넣어봐라, 어디 신문 대금 주나 봐라 하는, 배짱으로 그러고 있었어?'라는 소리가 입 밖으로 튀어나올 듯이 치밀어 올랐다.

한결같은 여자들의 목소리가 대답할 여유도 주지 않고 문 사이로 새어 나와 "신문 안 봐요."라는 소리가 여운도 남기지 않고 허공으로 사라져 간다.

어느 세대에서는 "누구 허락받고 신문을 넣어? 당장 넣지 마!" 하고 호통 치는 남자의 목소리가 문틈 사이로 흘러나온다.

"여보시오, 주인 양반, 아무리 신문을 돌리는 하찮은 사람일지라도 야단을 치시려거든 문이나 열고 야단을 치시지요."

비록 점잖게 엉너리 쳐대긴 했으나 나는 몹시 마음이 뒤틀려 있다.

"젊은이도 아니고 세상을 살 만큼 산 사람이외다."

더욱 점잔을 가장한 나의 말투다.

"사람을 이렇게 문전박대해서야 어디 사람대접하는 도리라 하겠습니까."

끓어오르는 심장을 움켜쥐어 뜯으면서도 마음을 가라앉혀야 한다. 정중하고 또박또박한 어조로 창틀에 대고 파열음과 함께 입김을 안으로 밀어 넣는다.

"아, 어른이세요. 나는 아이들인 줄 알고 그만… 미안합니다."

무색한 듯 목소리는 낮아졌다. 반말을 뱉었던 것도 미안하다는 표현으로 바꾸어 사과한다.

"야단맞을 일을 했다면 야단맞는 것은 당연한 것이지요."

아직도 문은 열리지 않은 채다.

왜 떳떳하게 문을 열고 나와 마주 보고 말을 건네지 못하는 것일까. 달포가 지나고 두 달이 다 되도록 무가지로 본 뒤 거절하려니 차마 멀쩡한 얼굴을 두르고 나설 수 없는 갸륵한 양심일까. 아니면 처음부터 큰소리를 쳐 먼저 상대방의 의지를 꺾고 제압하려는 음흉한 속내를 차마 내보일 수 없어서 그런 것일까.

어찌하든 얼굴을 마주하기가 부담스러워 그런 것은 분명한 것 같다.

"여하튼 JA일보 이제 넣지 마세요."

"네, 잘 알았습니다. 진즉 거부 의사 표시를 했더라면 즉시 중단했을 텐데 너무 오랫동안 응답을 지체하셨네요. 어쨌거나 댁의 의사를 묻지 않고 일방적으로 제가 투입했으니 제 잘못입니다. 내일 아침부터는 중단하겠습니다. 그럼 다음 기회에 한 번 신문을 바꾸어 구독해 주시지요."

고즈넉이 돌아서면서도 허우룩한 마음은 달랠 길 없다.

다른 사람이 이 광경을 지켜봤다면 벽에 대고 혼자서 지껄이는 정신병 환자쯤으로 일축했을지도 모른다. "알았어요." 하고 내려왔어야 할 성질의 것을 십여 분 동안이나 창틀 앞 복도에서 지껄이다 내려왔으니 그럴법한 일이기도 했다. 아무런 소득 없이 시간만 허비한 채 씁쓸히 발걸음을 되돌려야 했던 내 마음은 허무감이 들었다. 그렇더라도 옴팡지게 할 말은 다 했다. 한때 뒤틀렸던 마음도 후련히 가라앉는다.

두 달이 다가오는데도 서로 만날 수 없는 데다, 어차피 계속 구독할 의향이 없었다면 거절한다는 것을 어떤 방법으로라도 표시하는 것이 두 달 동안 무상으로 신문을 봤던 보답이자 최소한의 도리가 아닐까 싶다. 승강기를 타고 내려와 아파트를 떠날 때까지도 그런 생각을 지워버릴 수 없었다.

다른 신문 투입을 항의하던 독자 중에 현관문에 사절이라고 오려서 부착을 해놔도 중단하지 않고 계속 투입을 하는 것을 참다못해 역정을 내고 하소연한 이가 있었다는 것이 떠올랐다. 모르긴 해도 그 남자도 그런 일을 겪었을지도 모른다고 이해하려 했다. 한 달이든 두 달이든 신문은 어차피 남아도는 것, 여느 때나 아쉽고 답답한 것은 배달원들이다.

독자로서는 배달원이 제 발로 찾아올 때를 묵묵히 기다릴 뿐, 무심코 지낼 수도 있다는 생각이 든다. 그러나 그것은 도덕 불감증이 번진 사회, 책임감이 결여된 곳에서나 합리화될 수 있는 생각이 아닐까싶다. 그래도 이런저런 시비의 발단은 신문사로부터 비롯된 것이 분명하다. 신문을 주민들 승낙 없이 임의로 투입하도록 밀어내는 '을'에 대한 '갑질' 행위는 지탄의 대상이 아닐까. 이러한 행위에 신문 윤리 강령까지 들먹일 필요는 없다. 피장파장 아닐까.

독자 수와 광고 수입은 정비례하는 일이다. 신문사 운영은 전적으로 광고 수입에 의존해야만 하기에 발행 부수를 늘려가야 하고, 그것에 병행해서 독자 수도 늘려야 하는 피치 못할 상황을 방관만 하는 현실이 후줄근해진 몰골처럼 느껴진다.

이제 언론은 비판만 가하고 외면으로 향하던 시선을 돌려 자신의 내면도 살펴야 했다. 자정작용으로 틀을 잡아가야 했다. 사회면에 미주알고주알 사회의 부패만 도배질하지 말고 긍정적이고 인문학적 미담들을 지면에 더 많이 할애했으면 더 좋았다.

사회의 부정부패가 만연한 사건을 본 독자들은 부아가 치밀어 신경질적인 반응이다. 독자들의 밝은 표정이 그립다. 생산적이고, 미래지향적인 기사를 독자들은 원한다. 세상일에 파급효과가 큰 모든 언론 매체는 세상을 부정적인 시각으로 보기에 앞서 긍정적인 일에 지면을 더 할애해야 한다고 생각했다. 그렇게 되면 얼마나 좋을까 싶다. 사회를 변화시킬 내용을 기사에 반영해야 한다. 그렇게만 된다면 신뢰받는 공익신문으로 정착하리라는 느낌이 강하게 든다.

과연 이런 일에 누가 앞장설까.

7

삼익 박스식 아파트 주민들은 인근 복도식 아파트 주민보다 생활수준이 높다. 규모가 많은 평수에, 출구마다 고용된 경비원 수도 더 많다. 그런데 그들은 생활수준과 상관없이 저소득 주민보다 검소했고 절제된 생활을 한다.

쓰레기 수거 양태라던가 절약이 몸에 밴 생활면을 두고 경비원들도 이구동성으로 지독하다는 표현을 써가며 자기가 담당하고 있는 세대를 혹평한다. 그렇다 하더라도 그들의 생활 태도는 항시 모범된 것이었다는데 어쩔까. 유대인처럼 지독하고 되놈처럼 인색하다 해도 그들의 경제적 생활양식은 본받을 만했다. 그렇듯 알뜰히 절제된 생활 습관이 몸에 밴 이곳 아파트 현관에도 예외 없이 구독 신청도 하지 않는 여러 조간지가 수북이 쌓여 있다. 유달리 새벽잠이 없다는 60대 후반이나 되었을까 한 반백의 곱게 늙어간 할머니가 현관문을 나서며 하는 말이다.

"이 많은 신문을 어떻게 아침에 다 볼 수 있소. 신문 하나면 족하지. 너도나도 무분별하게 이렇게 던져놓고 가면 어쩌자는 거야? 이것이 국가적 낭비가 아니고 뭐야."

할머니는 긴 호흡으로 푸하고 땅이 꺼질 듯 숨을 몰아쉰다.

"관리인에게도 넣지 못하도록 하라고 단단히 타일렀건만, 관리인이 눈을 잠시 붙이는 사이 살금살금 기어들어와 이렇게 현관에 내동댕이치고 가니 원, 관리인도 어쩌겠소. 별도리가 있겠소."

아침 현관문을 밀자 문 앞에 수북이 쌓인 신문 끌리는 소리가 들리고 힘겹게 연 문 뒤에 널브러진 신문들을 추스르며 한심스럽다는 듯이 쯧쯧쯧 혀를 차대곤 하는 할머니다. 그녀는 교양이 남달랐다.

할머니의 자조 섞인 푸념을 나는 물끄러미 바라다본다.

"아주머니, 신문 배달하는 저희들이 무슨 잘못이 있겠어요. 엄청나게 쏟아지는 무가지를 길거리에 버릴 수도 없고 해서 그러는 것 아니겠습니까. 신문이란 누구라도 보아야 하는 것이니까요."

"이봐요, 젊은 양반, 당신들은 그런 사정이 있다지만, 아 우리는 무슨 죄가 있기에 매일 아침 이런 꼴을 당해야 합니까. 신문을 거두어 분리 수거해야 하는 것이 어디 예사로운 일이에요. 왜 우리 주민이 이런 일을 사서 해야 한답니까. 공짜고 뭐고 이제 신물이 나요. 우리에게 소용되는 것이라야 소중하게 느껴지는 법이지. 기사라는 것이 온통 도둑질만 하는 내용만 지면을 채우고 있는데 이 짜증나는 기사를 누가 거들떠나 본답니까? 불필요한데 공짜인들 무슨 소용이 있겠어요?"

사리 분명한 할머니의 말에 나는 대답을 잃었다.

"신문 전부 천편일률적인 기사라 내용이 전부 비슷비슷한 데다 요즈음처럼 바쁜 세상에 누가 곱지도 않은 신문을 붙들고 있을 정도로 한가하답니까."

나는 언제나 그 시각이면 삼익 아파트에서 배달이 끝나는 것이다.

"아주머니 말씀이 백번 옳아요. 저도 이런 일을 신문사 차원에서 꼭 시정했으면 하는 바람인데 안타까운 마음뿐입니다. 저희인들 어쩝니까."

연배가 비슷해 아주머니로 격상시켜 대하고 싶었다.

"요즈음 신문용지난도 극심한가, 본데 왜들 비싼 종이를 가지고 과당 경쟁으로 낭비들을 하고 있는지 원, 전부 망국적인 행위들이여."

귀의 면역성이 떨어질 정도로 계속되는 쓴 얘기였지만, 그 소리는 신문을 다루는 종사자로서 귀담아들어야 했다.

신문의 부끄러움을 들추어낸 것이었지만, 신문 배달원도 감내하며 삼켜야 했다.

"저도 아주머니의 의견에 전적으로 공감합니다."

"우리 아파트 부녀자들은 신문 때문에 매일 아침 스트레스가 여간 쌓이는 일이 아니라오. 이웃에서 모두 아우성들이에요. 이런 상황이 계속되면 이것도 사회문제예요. 젊은이, 그런 생각 안 들어요?"

내가 허름한 잠바 차림에 등산모를 깊숙이 눌러쓰고 있는 터라 삼사십 대쯤으로 여겨 젊은이라고 부르는지 모른다. 늙수그레한 나의 행색에 젊은이 대접은 과분한 대접이라 여기면서도 그다지 싫지는 않았다.

"그러실 거예요."

그녀는 배달 당사자인 나를 붙잡아 현관 앞에 세워놓고 장장 20여 분을 설득력 있게 훈육했다. 아니, 아파트 부녀자들의 응어리진 스트레스를 대신 후련하게 털어 내고 있는 것 같았다. 발길을 돌리기가 아쉬운 듯 내게 던져준 인류의 이야기가 그녀의 서정적 눈망울에 여운이 감돌았다.

'자라보고 놀란 가슴 솥뚜껑 보고 놀란다.'라는 것을 무가지를 뿌린 후 주민들의 반응에서 알아차릴 수 있었다. 안내문을 부착해 투입했음에도 다른 신문사의 투입 행태로 인해 만성적 불신에 휘말려 무엇 주고 뺨 맞는다는 수모도 겪어야 했다. SO아파트 할머니의 스트레스 이야기는 무가지 때문에 신경질적인 주민들의 분위기를 대신 나타낸 반응이었다.

복도식 SL아파트 13층. 그곳에 아내와 또다시 함께한 것은 오후 3시경이었다. 아내는 가가호호 초인종을 누른다.

딩동댕…. 두어 번 반복해서 울린다. 일 분도 채 흐르지 않았을까. 한 아낙이 현관문을 빠끔히 밀고 얼굴을 내민다. 밤송이처럼 헝클어진 머리에 눈동자가 벌겋게 충혈 된 게, 선잠에서 깨어난 것 같다. 아니, 얼굴까지 험악스럽게 일그러진 것으로 보아 그가 누른 초인종 소리가 그녀의 단잠을 깨운 것이 분명하다.

"나는 또 누구라고, 안 봐요."

침을 내뱉듯 한 앙칼진 소리다. 문이 꽈다 당 닫히고 그 아낙의 모습도 사라진다.

우리는 대부분 주택에 거주했던 터라 아내는 이리 말한다.

"어째서 아파트에 사는 사람들은 주택주민보다 불친절하지요?"

"아파트 생활문화가 생활공간으로 편리한 점은 있을지 모르나 인성은 점점 황폐하는 것 같아."

144
/
산다화

"왜 그런데요, 여보?"

"글쎄. 콘크리트 벽이 이웃의 훈훈한 인간미를 흡수하고 차단해버려서일까."

"이웃과 자주 이야기를 하고 정을 나누면 될 거 아니에요."

"물론 그렇게 한다면 좀 나아질 수도 있겠지만… 근본적인 것은 프라이버시다 뭐다 한 것을 침해받을까 두렵고, 안일한 생활 속에 빠져들어 서로 왕래조차 싫어하는 우울증에 빠져든 탓 아닐까?"

"우리는 아파트 생활이라고는 인천에서 잠시 살아본 게 전부죠. 그래도 이렇게 심각하게는 느껴보지 못했는데."

"그때는 10년 전이고, 인천 지역이기도 하니까. 여기 서울과는 또 다르지."

"여하튼 사람 접촉을 않다 보면 사람이 싫어지고 두렵게 느껴지나 봐요."

"사람이란 흙과 밀접한 관계가 있으므로 태양의 에너지를 충전 받는 것처럼 흙에서도 원소인 에너지 충전을 받아야 하는데, 오랫동안 격리된 생활의 영향이 아닌가 하는 생각이 들어."

"어쨌든 사람 심성이 점점 메마르고 각박해져 가는 것만은 분명해요."

때마침 매봉 산 숲속에서는 맑고 시원한 바람에 나뭇잎 새가

새벽을 여는 신문 배달

살랑거린다. 활엽수가 무성한 도 곡에 8월을 예고하듯 검푸르죽 죽한 녹음을 드리우고 있었다. 강산풍월江山風月이라 했는가, 숲 속 아름다운 모습들이 각박한 이 도심 속에서도 밀려오는 갈바 람과 함께 신선한 충격으로 다가온다.

이곳 숲은 아름다운 자연을 보여줄 뿐만 아니라 도 곡동 지역 에 신선한 산소 공급원이기도 했다. 낮이 밝아오면 장기 울음소 리까지 들린다는 매봉 산 숲에는 지금도 이름을 알 수 없는 산 새들의 소리가 자연이 빚어내는 전원 교향곡처럼 청량감을 더해 준다.

이곳 정서가 좋아서인지, LK아파트에서 이사 왔다는 한 아주 머니와 나눈 정겨운 대화는 진솔한 마음을 서로에게 펼쳐 보인 다. 그렇게 공감하고 감격해 하는 것들이야말로 뼈마디 마디에 스며들도록 흐뭇한 것들이었다.

감정이 솟구치고 훈훈한 정을 북돋우는 인정미가 피폐한 아파 트 정서를 바꿔놓을 수도 있겠다는 희망으로 아내와 귀갓길을 서둘렀다.

조난

1

　회색빛 띤 산악의 분위기는 음울했다. 기온은 차갑지도 덥지도 않은 늦가을 저녁인데, 어둠이 사위를 둘러싸 황망했다. 시공간이 불명확한 곳에 장막이 드리워진 것이라고나 할까.

　나는 그런 상황에서 뜻하지 않게 소설가 강호길을 만난다. 그를 만난 것은 의심할 여지없는 사실이다. 만났을 뿐만 아니라 그와 함께 기묘한 산행 길에 오른다. 그러나 제대로 된 등산이라고 말할 수 있을까 싶다. 등산 준비를 해서 다녀온 것도 아니고, 산행을 했다고 하면 적어도 등산복과 등산화 정도는 기본적으로 착용했어야 옳다. 등반복이 조난당할 때 완전한 방어 복이 되리라는 보장은 없지만, 적어도 등산하고자 하는 사람들이 갖추는 최소한의 기본 복장이니까. 그럼에도 느닷없는 볼일로 평상복을 하고 가까운 곳에 외출했다 돌아온 기분이다.

　어쩐 일인지 살아있는 내 이 몸으로는 실감할 수 없다. 저녁

무렵에 산을 내려오던 기억뿐이다. 내려올 때는 저녁때라서 하늘에 별들이 총총히 떠 있었다. 그러니까… 개밥바라기 사라진 뒤쯤인가 보다. 개밥바라기가 다른 별자리로 이동을 해서일까. 아니면 다른 별빛에 가려 보이지 않았던 것일까. 결국 모른다고 해야 더 정확할 것 같다. 천하가 내려다보이는 정상이 아닌 산골이나 산 중턱, 또는 비탈 등에서는 시야가 좁아 더욱 그랬다. 그때 내가 바라보던 앞산은 지극히 가까이에 있어 현기증을 가져다줄 정도의 위압감을 느끼게 했다.

바로 코앞에 맞닿아 있는 산은 단단하고 결이 고운 화강암으로 이루어진 산이다. 하늘 높은 줄 모르게 솟아 있는 산. 중턱 상위 부분까지 불빛은 별처럼 무리를 이루어 박혀 있고, 정상 가까이는 암석으로 이루어진 북한산 백운대 바위보다 거대한 바위 덩이로 된 산이다. 민둥산 정상에선 불빛이 눈에 들어오지 않는다. 아니 불빛이 눈에 들어오지 않은 것이 아니라 아예 없다고 하는 말이 더 맞는 말일 것 같다.

그러나 바로 정상 중턱 지점엔 수많은 등불이 켜져 있었다. 산사에서 새어 나온 불빛일까. 산사가 그렇게 빼곡하게 들어차 있을 리 없으니 산사에서 불빛이 새어 나온다고는 말할 수 없다. 하늘에 떠 있는 수많은 불빛과 같았다. 성탄절에 점멸되지 않은 채 설치된 등의 불빛인 양 뽐내고 있었다.

나는 이미 강호길과 아직 방향감각을 잃지 않은 채 하산 길에 들었다. 내가 바라본 앞산이 어느 정도 높았는지 대충 가늠이 갔다. 그런데 내가 언제 올랐는지조차 모르고 하산하고 있는 이 산은 얼마나 높은지 가늠할 수 없다. 그때 나는 등지고 있던 산이라서 정상을 돌아 올려다 볼 경황이 아니었다. 설사 돌아서 고개를 들어 쳐다본다 한들 정상까지 눈에 들어올 리도 만무했고.

그날 아침에 조간을 펼치니 야당을 떠나 무소속으로 있던 정 아무개 의원이 또다시 소속했던 당으로 복귀하려는 의지가 있는 것처럼 보이는데, 그의 지지자 500여 명과 함께 무등산을 등산하면서 일행에게 "복당은 8부 능선을 넘었다."라고 말했다는 기사를 보면서 정치에 대한 야망과 그의 의지를 가늠했다.

무등산은 광주와 더불어 시대의 고뇌를 삭히고 대화합을 향한 창조적 미래를 갈망하는 빛 고을의 이상향이었다. 산을 사랑하는 마음은 자연과 더불어 영원한 안식처로 삼기 때문에 생겼으리라. 게다가 산이라는 대자연은 영험함 이 분명 존재하기에 언제나 인간에겐 의젓하고 엄숙함으로 다가오기에 그리리라.

광주의 성산인 무등산은 1,187m로 광주와 전남 담양군, 화순군 등 3개 지역을 품에 감싸고 있는데, 이름에는 '그 등급을 매길 수 없는 산'이라는 의미가 담겨 있다. 산에 올랐던 사람들이 수없이 옮겼을 말이었다. '비할 데 없이 멋진 산'이라는 무등산의 소감이 그대로 이름에 녹아들어 있는 것 같다.

무등산은 골골이 새끼 산을 낳고, 이름도 어여쁜 고갯마루를 수없이 만들었다. 결코 낮지 않은 산인 데도 완만한 등산로가 지천에 깔려 있어 어머니 품과 같다는 느낌이다. 산새가 그렇게 완만해 보인다고 동네 뒷산 오르듯이 할 수는 없다. 그 속내를 들여다보면 영험함이 골짜기마다 팽배해 그 기세가 맹렬하게 일어날 것 같다.

무등산은 역사와 문학의 산실로 더욱 빛을 발할 터였다. '먹줄을 퉁겨 깎아 세운 듯하다.'라고 해서 '입석대'와 '서석대'라는 각이 뚜렷한 바위기둥 무리가 천연기념물 제46호로 지정되었는데, 광주에서 올려다본 '입석 대' 북쪽의 '서 석대'는 수정처럼 빛을 발하고 있다. 그래서 별명이 '수정병풍'인가 보다. 광주 목사로 재직하고 있던 임 훈(호는 갈천葛川, 이조판서 추증)은 74세 되던 1574년(선조 7년)에 관리들과 주위에 사는 여러 선비를 초청해 그 자신은 가마를 타고 일부 선비들은 말을 타고 유람한 일이 있다.

그는 인사와 등산 취지를 지방 관리와 수종들, 그리고 선비들에게 이렇게 말한다.

"시사에 모두들 다망하실 텐데 이렇게 산행을 함께 해주셔서 고맙소이다. 여러분과 모처럼 어렵게 산행을 하게 되었으니 우리 한 번 산행을 흡족하도록 즐겨봅시다 들, 여러분 모두가 심신을 단련하고 몸과 마음에 묻은 세속의 거친 때를 말끔히 씻어내어 버리고 새롭게 눈을 뜨십시다. 세상을 바라보도록 하십시다 그려."

'마음을 비우는데' 산행은 더 할 바 없이 소중한 기회다.

그때 우리가 하산하기 시작하던 위치가 떠올랐다. 의식이 떠오른 위치가 바로 8부 능선이라고 감을 잡았다. 그전까지는 내려오는 것에 정신이 팔려 위치 파악 같은 것은 생각할 겨를이 없었다.

어둠 속 사위는 허망에 가까웠다. 장막에 가려진 산악이듯 말이다. 살필 수 있는 시야는 점점 좁아져 급박한 상황으로 접어들고, 사위스럽던 정황임에도 내 마음은 불안해하거나 그렇게 서두르지 않았다. 강호 길은 어느새 나도 모르게 부근에 있던 사찰 승려에게 우리가 지금 가야 할 방향을 물었던 것 같다. 가까이 있던 그가 어느 틈에 승려들에게 다가가 그들과 이야기를 나누었는지.

"스님이 그러는데, 이 아래로 내려가되 일단은 산골짜기를 따라 낮은 곳으로 가라는군요."

"체, 뭐 우리가 장님이라도 되는가. 생눈을 버젓이 뜨고 있는 사람이 그런 것도 모르는 어린이라도 되는가. 산길을 그렇게 가르쳐 주게."

아닌 게 아니라 조금 지나서 생각해 보니 맞는 말이다. 바로 그때가 밤이었으니. 밤이 되면 온 천지가 어두워 눈뜬장님과도 같을 것이니까.

"길을 찾아가다 헤매거든 자기들이 있는 길로 찾아오래."

강호 길은 예전 등산길에 오른 첫날 아무 일 없이 무사히 등산을 마치고 석주사釋周舍라는 사찰에서 일박했던 경험이 있어서 그랬을까.

나는 또 푸념했다. 뾰로통한 표정으로.

"저녁엔 성한 사람도 장님처럼 앞뒤 분간을 못하는데 사찰은 또 어떻게 찾아간담."

대답 아닌 이런 시큰둥한 군소리를 했다. 비록 달은 보이지 않더라도 칠흑 같은 밤은 아니다. 바로 그때 나도 모르게 이런 어리광이 내 입에서 터져 나온다.

"우리는 산에서 헤매는 미아다."

산사의 스님들 들으라고, 또는 다른 하산 객들에게 구조 신호라도 보내듯이 약간 억양이 높은 장난기 어린 소리다. 하지만 사람들은 내가 부르짖는 소리에도 쳐다보거나 반응하지 않는다. 묵묵히 한 사람 한 사람 순차적으로 우리 앞을 가로지나 산을 내려가고 있다. 그들은 마치 보이지 않은 저승사자를 따라 쥐 죽은 듯 음산한 분위기 속에 걷고 있다. 밤이라서 조난당할까 두려워 공포에 휩싸인 채 걷고 있는 것일까. 사실, 조난은 무섭다. 조난 사고는 비교적 젊은 층에게 많이 일어난다. 그들의 연륜이 짧고 지혜가 부족해서일까?

높은 산 오르기를 갈망한다면 자신의 체력과 등반 기술을 연마한 후에 도전해야 한다. 그리고 겸허한 태도로 산행에 임해야 한다. 산행에서 피로는 반드시 초조함을 불러일으킨다. 극도의 초조함은 정상에서 벗어난 정신 상태를 만들어낸다. 때문에 일몰과 기온의 급강하, 시계의 장애 등이 위험해 일몰 전에 산행을 마쳐야 한다.

강한 햇빛으로 몸이 쇠약, 권태, 수분 상실 등으로 근육경직이 일어날 때 조난은 찾아온다. 중국 고사에는 '술을 좋아한 사람이 사 먹을 수 없는 형편이라서 원 없이 마실 수 있는 군에 들어간다.'라는 말이 있다. 나는 끼니라도 때우며 세월을 죽일까 하고 군에 지원 입대했다. 당시 나는 이렇다 할 직업이 없었다. 무위도식하고 있을 때다. 철조망으로 둘러친 논산 수용 연대 정문에 들어가기까지 나는 자유의 몸이었다. 서울 HY대학교에서 징집 장병들은 환송식을 성대히 치르고 기차에 몸을 맡겼다. 나 같은 처지의 입대자에게는 훈련소로 떠나는 중임에도 논산에 들어가기 싫으면 당장 자기 고향으로 되돌아가도 상관없다고 수송 담당관은 말한다. 그런 처지인 나에게 점심때가 되었는데도 배당되는 음식은 없었다. 그에 대한 불만을 터뜨리자 내게 수송 담당관이 대답해주었다. 훈련장 울타리 안에 들어가기 전까지는 정말 푸대접이라고.

다행히 징집자의 결원이(뜻하지 않게 징집에 응할 수 없는 응소자의 자리가 생기면 그 빈자리를 충당하려고 소수의 확정되지 않은 지원병을 모집해 훈련소까지 의무감 없이 선택 의지로 따라간다) 있었나 보다. 내겐 행운이라면 행운이었다. 나로서는 훈련소에서 훈련을 받게 된 것이 몹시 흥분되는 일이었다.

논산 훈련소 26연대에서 8주간의 훈련을 마친 나는 곧 바로 동부전선 향로봉4) 근무지 부대로 배치되었다. 소총 소대원으로 근무할 때는 엄동설한이었다. 나는 꾀죄죄한 행색으로 소대 향도5)의 당번병 일을 맡았다. 낮에는 기관총 진지를 구축하기 위해 나무질통을 등에 메고 자갈과 모래를 퍼 나르는 진지 공사판에서 작업을 해야 했다. 나는 체력이 딸려 아침 세수할 때마다 코피가 흘러내리는 걸 주체하지 못했다.

향로봉 정상엔 5월 초여름인데도 주위 산골에는 눈이 아직도

---

4) 향로봉香爐峰 : 강원도 고성군 간성 읍과 수동 면 사이에 있다. 1,293미터
5) 향도嚮導 : 소대 선임하사를 대리하는 선임병

녹지 않고 있다. 비가 내린 후라서 그런지 살을 에는 듯이 추웠다. 채감 온도가 영하 10°는 되는 것 같다. 낮은 키의 잡나무에 한때 내린 비는 내리자마자 곧바로 고드름으로 변해 맺혀 있다.

내가 근무하던 향로봉 정상에서 10여 킬로미터 떨어진 지점에 인민군이 주둔하고 있는 무산[6]이 바라다 보인다. 진지에 들어가 포대경으로 관찰해 보면 흰옷으로 갈아입은 인민군 병사들이 밭갈이를 하는지 잠시 움직이다가 이내 자취를 감춰버린다. 아군이 주둔한 향로봉과 대치하고 있는 인민군이 주둔한 무산 사이에는 5월이 지나도록 나무에 새순은 안 보이고 눈도 녹지 않고 있었다. 그곳의 여름은 매우 짧고 겨울은 길었다. 물론 여름철이라고 해도 밤에 비가 오고 기온이 내려가면 나뭇가지에 고드름이 주렁주렁 열린 때가 많았다. 여름에도 예측할 수 없이 기온은 그렇게 급강하했다.

2

나는 어느 날 밤 보초병 경계를 교대하기 위해 막사를 벗어나

---

6) 무산巫山 : 강원도 고성(高城)군과 인제(麟蹄)군 사이에 있다. 1,320미터

경계초소를 향해 가다가 길을 잃었다. 낮에 보았던 위치를 향해 자신만만하게 찾아갔으나 정반대 지역이었다. 몇 시간을 그렇게 헤매며 방황했을까. 막사에서도 초소에서도 교대할 시간이 지났는데 교대병이 나타나지 않으니 소대가 발칵 뒤집혔다. 이쪽 정상에 오르면 거기가 거기 같고… 내가 꼭 여우에게 홀리기라도 한 것 같았다. 한참 헤매다가 어떻게 막사로 되돌아오게 되었는지 모를 정도로 제정신이 아니었다. 겨울철엔 그렇게 헤매다가 방향감각을 잃고 지쳐 결국 얼어 죽을 수도 있다.

여름철엔 분대별로 적진 가까이에 있는 산골짜기 거점에 나가 경계를 서는 일이 있다. 녹음을 틈탄 간첩들이 지나는 길목을 차단하기 위해서로, 3명을 한 조로 분산시켜 천막을 치고 적의 침투를 막기 위해 지키는 경계근무다. 명분은 그렇지만 실질적인 행동은 밤에 경계를 서고 낮에는 약초를 캐고 다래를 따고 머루를 따 빈 통에 발효되도록 저장하는 일이었다. 때문에 근무 규칙이 정상적으로 지켜질 리 없었다. 밤에는 교대로 잠복해 경계를 선다지만 밤에 뜬눈으로 지새우고 낮에 산실과를 딸 수는 없다.

거점 잠복근무는 분대장의 재량에 맡겨진 채 경계근무가 이루어졌다. 그렇게 6개월 동안 나가 있는 것은 내무반 생활에서 해방감을 맛보는 즐거움이었다. 병사들은 통제된 단체생활보다 자유로움을 언제나 그리워했다.

명사수인 선임 하사는 칼뱅 소총을 어깨에 메고 산돼지나 곰 사냥을 다니는 것이 일과였다. 부대장의 지시로 하는 모양인데, 부대장은 상급 부대장인 연대장과 사단장에게 곰쓸개와 살코기 일부를 상납하는 경우가 있다고 선임하사는 공공연히 자랑스럽게 말하곤 했다. 옛 풍습처럼 순수하고 진실한 마음에서 아랫사람이 윗사람에게 자발적인 공경의 표시를 하거나 윗사람이 아랫사람에게 아낀다는 증표로 분수에 넘치지 않는 것을 선물하는 것이라면 누가 나무랄까. 상납하는 물품이 다른 사람보다 먼저 높은 자리를 차지하려는 속셈을 드러내고 순수함에서 멀어져 엄청난 금액의 뇌물이 되어 군 사회를 병들게 한 것이 문제라면 문제다.

짙푸른 8월도 어느덧 거의 지나가고 있다. 9월 중순께나 되었을까. 산 다래를 따려고 그랬는지는 기억이 정확하지 않지만 적이 주둔한 지역 가까이 산골짝으로 내려갔다가 거의 하루를 방황한 일이 있었다. 나는 같은 상황의 분지에서 한동안 그렇게 맴돌았다. 그때 골짜기에 내려가 그만 방향감각을 잃고 만 것이다.

이 산 정상에 올라와 봐도 그곳 같고 저 산 꼭대기에 올라가 봐도 역시 마찬가지. 사방의 산 정상을 그렇게 수십 차례 오르내렸다. 이렇듯 나는 산악부대 근무 중 그렇게 사고를 잘 저질렀던 우둔한 병사다. 그때 머리에 떠오른 생각이 있었다. 훈련병 시절 독도법을 배울 때 익혀둔 것이 뇌리에 스쳐 지나간 것이다. 나무를 베어낸 그루터기에 나타난 나이테를 보고 방향을 알아내는 방법이었다. 베어낸 나무 등걸에는 반드시 나무의 연륜을 가리키는 동그란 선이 미완성된 거미줄처럼 둘러쳐져 있다. 연륜의 선은 나무가 자라면서 일 년에 한 줄씩 생겨난다고 교육을 받았다. 줄이 그어진 숫자를 보고 나무의 연륜을 판단할 수 있다고 했다. 그리고 나무의 몸체를 두르는 선과 선의 간격이 좁은 쪽은 북쪽이고 반대로 넓은 쪽은 남쪽을 가리킨다고도 했다. 차가운 북풍이 몰아쳐 오는 곳이 북쪽이라서 나무가 추위에 움츠러들어 더디 자란다는 것이다. 그래서 북쪽을 바라보는 쪽 몸체는 추위에 위축되어 성장 속도가 늦고, 남쪽으로 두른 부분은 북쪽을 등지고 있기에 따뜻한 햇볕을 받아 비교적 성장이 순탄하니까 선의 폭이 널찍해지는 것이다. 연륜선의 간격이 널찍하게 그려져 있다는 것은 나무의 키나 둘레가 빠르게 성장하고 있다는 것을 증명해 준다. 그래서 나는 나무의 연륜선 간격이 넓은 곳이 남쪽임을 곧 알아차렸다. 산 정상에 올랐다가 또다시 혼동이 일어났지만, 나는 무조건 나무의 나이테가 가르쳐준 남쪽 방향으로 걸어왔다. 그 결과 부대 막사에 이르게 됐다.

나이테와 관련된 사실을 모르면 영락없이 산중에 고립되어 조난당하고 말 것이 분명했다. 특히 산악에 근무하는 군인은 철저하게 그런 방법을 익혀 둘 필요가 있다. 그런데 훈련병 시절 교육받을 때는 명확하게 이해하지 못하고 대충대충 넘겼던 것 같다. 나는 어렴풋이 산악 훈련 중에 교육받았던 옛 기억을 살려 나이테를 활용한 덕분에 조난을 벗어날 수 있었다.

그러나 조난을 벗어나지 못하면 곧 죽음으로 이어진다.

선임 병들이 근무하던 때는 바둑판을 만드는 재료인 피나무라든가 목재로 쓸 만한 나무들이 향로봉 일부 중턱에 울창했다. 그랬는데 우거진 숲의 나무를 모두 베어내어 거의 민둥산이 되고 말았다. 간첩들이 남하할 때 은폐물이 되기에 우람한 나무들을 베어버린 것이다. 베어낸 나무는 삼판杉板을 만들어 후생복지사업을 돕는다는 명분을 내세워 후방으로 실어 갔다. 후생복지사업에는 군 지휘부의 정직하지 못한 일들이 벌어질 것이었다.

당시 군에 대한 사회의 신뢰도는 낮았다. 국방을 지키는 것이 군의 지상명령인데, 이유야 어떻든 삼판 사업권을 민간인에게 맡기지 않고 군 지휘부에서 손을 댄다는 것은 합당한 일이 아니다. 고물 철촉이나 전투 때 적을 향해 퍼부은 기관총 탄피 등을 사병들이 주어다 수집해 놓으면 이를 팔아서 부대장들이 사사롭게 처리해 버렸다. 정직성이 지휘관들에게 결여돼 있었다. 그뿐인가, 대대 취사를 할 경우에 어쩐 일인지 군량미 재고가 많이 남았다. 군에 납품되는 양이 많아서 그런 것이라면 모르되 사병들의 식사 분량을 줄이지 않았을까 의심스러웠다. 깊이 생각해 보면 사병들 개개인이 타지로 출타하거나 전입과 파견 생활, 그리고 전역 등 병력 이동이 수시 일어나고 있었다. 실질적인 군 보급량과는 다소 차이가 날 것이다. 물론 군 일보 상에 잡힌 병력 숫자와 공급량은 어느 시점에선 일치하긴 했다.

성이 이가인 대대장은 서울에 가족을 두고 수시로 서울로 군량미를 실어 갔다. 병참부에서 보급되는 보급품과 부식을 빼돌리는 일, 검문소나 특수 부대원에게 빼앗기고 나면 병사들의 몫은 그만큼 줄어들 것이 자명했다.

대대는 3개 중대와 대대본부로 부대 단위를 이루고 있었는데, 내가 중대본부로 내려와 복무한 지도 꽤 시간이 흘러 거의 전역할 날이 가까워지고 있을 때였다. 어느 날 밤중에 느닷없는 비상이 선포되었다. 왜 비상이 걸렸는지 아무런 징후도 없었다. 중대장까지도 비상 출동의 원인을 잘 몰랐다. 병사들은 완전무장을 하고 10분 내로 대대본부 앞으로 집합하라는 대대장의 명령이 떨어진 것이다. 비상명령을 내린 대대장은 작은 키에 성격이 좀 모 났다. 사병들이 언뜻 보아도 그의 인품은 쉽게 읽을 수 있었다.

　내가 속한 대대는 긴급 출동으로 향로봉 고지를 향해 허우적
거리며 구보를 했다. 향로봉 8부 능선쯤에서 다시 부대로 회군하
라는 명령이 내려졌다. 대대장은 보이지 않았다. 부대대장(소령)
에게 지휘 책임을 일임한 것 같았다. 무전기를 통해 대대장으로
부터 귀대 명령이 전해온 모양이었다. 부대원은 모두 북한군이
쳐들어온 것으로 믿고 있었다.

　한동안은 왜 부대가 출동했는지 정확하게 모르고 있었다. 나
중에 들려온 소문은 엉뚱했다. 그날 낮에 군단장이 예하 부대에
시찰을 나왔을 때다. 군단장은 거나한 대접을 받았다. 그런데 그
비용을 분담하기로 한 연대장과 사단장이 연회가 끝나자마자 슬
그머니 군단장 배웅을 핑계로 자리를 떠나버렸고, 연회비용은 고
스란히 대대장이 뒤집어쓰고 말았다. 대대장은 자기가 바가지를
쓴 것이라 생각했다. 그는 술이 거나하게 취한 채로 대대본부로
돌아왔다. 그리고 비용을 뒤집어쓴 것에 대한 화풀이로 부대원
들에게 비상 출동을 명령하는 것으로 앙갚음을 한 것이다.

　정말 있을 수도 없고 또다시 벌어져서는 안 되는 일이었다.

3

내가 산행을 한 것은 분명 잠시 동안이란 생각이 들었다. 그러나 조금 시간이 흐르자 이내 아니란 생각이 들었다. 내 마음이 변한 것일까. 시간과 상황이 바뀐 것일까. 내가 착각을 한 것일까. 정신은 들었지만 아직은 분명한 의식 상태라고 말할 수 없으니 그런 명징한 상태가 되기까지는 시간이 필요했다.

잠시 동안이란 것이 한나절인지 아니면 하루 동안이었는지 점점 시간이 흐르고 보니 분명치 않다. 애초에 강호길이 내게 광주에 있는 산이라고 말하면서 기묘한 산을 촬영했던 사진을 보여 준 데서 일이 시작됐다. 나는 어떤 이유로 혹은 어떤 동기로 물리적 기능을 가진 내 육체가 아닌 상태로 광주에 소재한 산으로 옮겨 간 것일까.

나는 6개월간 소총 소대에 배치되어 피나게 막 노동일을 했다. 중대본부의 행정병 깜이 되는 신병이 전입하면 초년엔 막노동과 잡역, 그리고 야전 훈련으로 단련을 시킨 후 중대본부 행정병 업무를 맡기는 것이 부대의 전통인 듯했다.

나는 서무 병으로 중대 병사들의 모든 신상을 관리하고 그에 대한 업무를 총괄, 처리했다. 행정을 책임지는 인사계 선임 하사가 있다고는 하지만, 인사계는 행정 실무엔 별 관심을 두지 않았다. 행정업무에 밝지 못한 것도 이유였지만, 대체로 부대 밖의 업무를 선호해 대부분 부대 밖으로 나돌았다. 행정반 업무는 담당 병사들이 각자 책임을 지고 처리했다.

얼마 전 소설가 강호 길로부터 『매머드 사냥』이란 이름의 작품집을 받은 일이 있었다. 책 표지는 앞뒤 검은 바탕으로 장식했다. 앞표지 아랫단엔 코끼리 두 마리가 황무지를 지나고 있는 사진이 곁들여져 있었다. 앞서가는 것은 어미고 뒤를 바짝 따라가는 것은 체구가 어미의 반 정도 될까? 그래도 출생한 지 일 년은 넘은 아기 코끼리 같았다. 뒤표지에는 코끼리 네 마리가 풀을 뜯는 뒷모습의 정경을 배치했다.

작가가 왜 매머드 급의 상징물로 코끼리 그림을 책 표지로 차용했는지 나는 알지 못한다. 화전민에게 달려든 짐승만도 못한 짓을 저지른 사람들은 분명 아닐 테고, 코끼리는 양순한 동물이기에 그런 사악한 자들을 상징적으로 대비되기에는 너무나 다른 이질감이 앞선다. 그렇다면 곽 노인을 대동한 화자인 당사자와 박가라는 대학교 재단 이사와 강 중령으로 대비되는 것은 아닌지 모르겠다. 그중에서도 가장 작은 놈이 있었으니 이는 강 중령을 상징적으로 내세운 것일까. 뒤늦게 깨달은 바지만 강 중령은 마음이 유약하다. 그러니 어린이의 이미지로 설정한다면 어떨까. 모질던 세상사에 휩쓸려 지내던 사악함에서 우주적 순수한 본심으로 돌아온 그는 고결한 성품으로 상징된 산령이 되어 자신의 업보를 치르고 영험한 경지에 이르렀는지 아무도 모를 일이다.

그가 삼라만상에 접어들어 철없는 인생을 위한 천사로 변신하여 작가에게 현시한 것일까.

그가 내게 보낸 작품 중에는 토속 신앙 차원에서 바라본 영험한 산의 분위기를 잘 묘사한 단편 「산령山靈」과 시사성이 높은 시대적 정치 상황을 사실감 넘치게 잘 그려져 있는 중편인 「매머드 사냥」 등의 이야기가 수록되어 있었다. 작품집은 중견 작가가 쓴 것이라는 선입견은 접어두더라도 대체로 호감을 불러와 잘 읽히는 소설이었다. 글의 성향이 나의 의중과도 맞아떨어진 것 같았다. 하지만 나는 지금 강호 길의 작품집을 논평하거나 그의 책을 작가로서 북 리뷰하려는 생각은 추호도 없다.

인사계는 군매점에서 군것질한 금액이 병사 개개인의 급여를 초과한 명단이 월초에 행정반에 올라오면 그 명단에 적힌 병사들을 행정반에 불러 엎드리게 만든다. 그리고 한 사람 한 사람 반성할 기회를 몽둥이찜질로 대신한다.

"아직 귀때기에 피도 안 마른 것들이 말이야. 시건방지게 피엑스 거래를 오버해? 그따위 버릇을 어디서 배워먹었어! 응? 돈이 모자라면 먹지 말아야지. 이 자식들이 아직도 군대 정신이 안 들었어. 내가 너희들 군대 맛을 빳다로 톡톡히 보여 주겠다. 알 았나!"

인사계는 나무 몽둥이로 10대씩 매타작을 해댔다. 그렇게 호되게 몽둥이질을 당한 병사들의 궁둥이는 시뻘겋게 부풀어 올랐다. 그러나 그런 매를 맞고 지나면 그때뿐이다. 언제 그랬냐는 듯이, 그렇게 혼쭐나고도 여전히 월급을 초과하는 병사들이 많아 그 일은 매월 반복됐다. 술을 즐기는 병사들로선 인사계로부터 매를 맞는 것은 차후 문제였다. 당장 갈증이 나는데 소주나 막걸리의 유혹을 어찌 피할 수 있을까. 그런 병사들은 술 마시는 재미 말고는 낙이 없다.

병사들에게는 매월 지급된다고 해서 봉급俸給 또는 월급月給 이라는 명칭을 달고 있지만 정당한 대가는 아니다. 아무리 국토방위의 의무가 있어 의무병으로 입대한 병사들이지만 너무나 현실성 없는 금액이 봉급이란 이름으로 사병들에게 지급되는 것은 낯 뜨겁고도 간사스러운 일 같다.

주특기 709의 행정 분류 사병인 나는 중대장의 위임을 받아 모든 인사행정을 맡아 처리했다. 물론 중대장과 소대장들의 신상까지 포함해서다. 장교나 사병들의 포상 휴가라든가 진급, 전역 문제, 중대원 월급이 도착되면 각개 병사나 장교에게 지급하는 등 헤아릴 수 없을 정도로 처리할 일이 많다. 차 상급부대 인사과에서 10여 명의 사병들에 의해 분담 처리되는 업무를 중대 서무계는 인사과 병사들이 요구하는 각종 서류를 작성해서 보고해야 한다. 업무범위가 그렇게 다양하고 폭이 넓다는 말이다. 몇 천 명을 지휘하는 차 상급부대와 정원이 170명인 중대 병력을 다루는 행정업무량은 병력 수만큼이나 차이가 있다.

4

　다시 사진에 대한 등산 이야기를 지속해야겠다. 나는 그때 그가 보여 준 사진을 분명 그와 함께 감상하고 있었다. 아니 감상이라고까지 격식을 갖추어 말할 게재가 못 된다. 그냥 고개를 바짝 들이대고 무심하게 보고 있었다는 말이 더 정확할 것이다. 디지털카메라 뒤쪽에 장착된 액정화면에 나타난 피사체인 산을 보고 있었다. 그가 얼마 전에 촬영해온 사진이라면서 내게 보여 준 것. 사진기는 그가 평소에 가지고 다니던 무게감 있는 니콘인지, 카논이었는지 정확하지 않으나 꾀나 고급스러운 사진기임엔 틀림없다.

　언젠가 소설가협회 지방 세미나에서였다. 그는 사진작가에 가까운 수준으로 능수능란하게 사진기를 다루고 있었다. 사진을 찍어 송부해 주는 그의 행동에 숨은 또 다른 뜻이 있는지 나는 알지 못했다. 내게는 그에 대해 그 이상의 사실을 알 이유도 없었다.

그가 촬영한 산이 광주에 있다는 기억으로, 지금 그 산을 이야기하고 있다. 그와 함께 동반해서, 구체적인 기억은 나지 않지만 미루어 짐작건대 그가 아주 경치가 좋고 위엄이 깃든 신령한 산이라서 한 번 가보지 않겠느냐고 내게 재의했을 테고, 나는 그의 카메라에 담긴 피사체인 산의 형상은 떠오르지 않았음에도 그의 제안에 가보고 싶은 충동을 느꼈을 것이다.

앞서 내려올 때 감지했던 앞산은 영험함을 느끼거나 위압감이 들다 못해 현기증까지 일으켰던 산임에 분명했다. 그런 산에서 소리 없이 부르는 산령이 된(강 중령이 아닌) 그 천사의 손짓에 나도 모르는 사이 따라나섰을 테고.

나는 산령보다 천사라는 이미지에 더 호감이 가기에 천사라 부른다. 그때 나는 이 세상인지 분명치 않으나 차원이 다른 경지에서 경험하고 있는 것 같았다. 그렇지만 그 상태가 몇 차원의 세계인지 나는 알지 못한다.

의식이 뚜렷해지고 보니 그 동기나 목적의식 여부에 관계없이 산행이 이루어진 것 같다. 현실의 경험과는 별도로 내면적이고 신비가 깔린 지구 어느 구석에서 일어난 것임엔 의심의 여지가 없다, 실제로는 볼 수 없는 산을 볼 수 있도록 가상으로 꾸민 것 같기도 하고.

어쨌든 나는 그의 안내에 따라 그와 함께 지금 산행 말미에 들어서 있다. 그럼에도 나는 그 순간 기억에 없는 사진을 보고 있었다는 사실 밖에 알지 못했다. 어떤 경로를 통해 강호 길과 함께 광주에 있다는 그 산을 오르게 되었는지조차 알지 못한 상태였다.

내게는 그것이 신비로운 일에 가깝다. 어떤 상황에서 산에 올랐다가 하산하게 되었는지 알지 못하나 산행에서 돌아온 것은 분명했다. 그 산에 언젠가 한 번 다녀왔던 것처럼 산의 모양새가 낯설지 않았다. 다행히 우리는 헤매지 않았고, 무사히 하산해 우리가 묵어야할 허름한 방으로 들어간 것까지는 기억이 생생하다. 옆에 있는 또 다른 방으로 사람들이 들어가는 것을 보면서 내가 말했던 것이 무엇이었는지, 시간이 흘러가자 점점 미궁 속으로 빠져들고 말았다. 어떤 말을 했는지 영영 기억에 떠오르지 않은 채.

5

한 노병사가 몇 차례 군 감옥에서 지내다가 10여 년이 넘도록 제대를 못하고 출옥해 우리 부대로 전입해온 일이 있다. 거의 40대에 접어든 노병 사였다. 그는 이 부대에서 지긋지긋한 군 감옥 생활을 청산하고 제대를 해야 하겠다고 다짐했다.

소총 소대에 배치된 어느 날 그가 소대 생활에 적응하기 힘들다고 행정반에 들어와 내게 통사정을 했다. 그는 취사병으로 근무하고 싶어 했다. 보병 아닌 취사병, 행정병 등 기타 특수병과는 일주일에 하루씩 별도의 교육을 실시하나 형식적인 교육일 때가 많다. 그러기에 일반 훈련이나 잡역 동원은 면제된다. 특수병과인 취사병은 사병들의 음식을 책임져야 할 책무가 있다. 그러나 그들은 고참병이 되면 보조 병들에게 지시나 하고, 밥하고 국 끓이는 일은 그들에게 맡긴 채 관여하지 않는다. 나는 인사계에 보고하고 그의 소원을 들어주기로 했다. 대대 단위의 취사이기에 대대본부의 소속 취사 책임자인 선임 하사에게 요청해양해를 구해야 하는 절차가 없는 것은 아니지만, 그렇더라도 보통은 중대 서무 병의 입김으로 그 정도의 소원은 해결해줄 수 있다.

노병 사는 10여 년 동안 군대 감옥 생활을 한 데다 나이가 40대에 접어들고 있으니 굳어 있는 신체는 활기 넘치는 소대 생활을 하기에 한계가 있다. 그의 몸은 여간 꿈 뜬 게 아니었다. 민첩하게 움직일 수 없어 결국 그는 소대원들과 일체감 있게 생활할 수 없다. 군의 생명이라 할 수 있는 민첩한 활동이나 훈련을 도저히 따라갈 수 없다는 것은 보통 문제가 아니다. 동작이 굼뜨면 선임하사로부터 몽둥이찜질이 쏟아지기 마련이다. 그런 상황에서 연령대로 보나, 그간 행적으로 보아도 군 생활이 몸에 배지 않은 그가 견뎌내기를 기대한다는 것은 무리다. 다른 부대에서 이런 그의 신체조건을 감안하지 않고 말단 소대 생활을 강요하다시피 한 결과 탈영을 밥 먹듯이 자행했던 것이다.

나는 개인 상담을 통해 그런 그의 처지를 잘 알았고, 그에게 소대원 생활을 강요하면 탈영을 부추기는 거나 다름없다고 생각했다. 같은 병사로서 그의 사정을 차마 거절하지 못했다. 그가 다짐했던 대로 군 생활을 마치고 이번만큼은 전역할 수 있는 기회를 놓치지 않도록 도움을 주기로 작정했다.

그는 취사장에 배치된 후, 몇 개월간 식당 일에 잘 적응해 나갔다. 급박한 보고사항이나 행정업무가 바쁠 때면 나는 식사도 제대로 챙겨 먹지 못하곤 했다. 그럴 때 그 노병 사는 특별부식

(육류나 생선)이 나올 때마다 반합에 따로 챙겨다 행정반으로 가져오곤 했다. 이를 사양한 내게 그는 한사코 "양 하사님을 내가 챙겨드리지 않으면 끼니를 굶고 있으니 어떻게 그냥 모르는 척하겠어요. 저의 소원을 들어주신 고마운 사람에게 이게 뭐 대수라고 그럽니까. 내 성의를 생각해서라도 사양 마시고 어서 아침을 드세요."라 말했다.

그의 정은 고마웠지만 그가 나이로 보나 군번으로 봐도 형님이 되어도 몇째 형님이 될 텐데 이런 심부름을 하게 용납한 것 같아 미안한 생각이 우선 앞섰다. 우리 부대로 전입하고 6개월 정도 된 어느 날, 그가 행정반으로 나를 다시 찾아왔다. 집에 노모가 몸져누워 계시다는 내용의 이웃 사람이 보낸 편지를 가지고 와 내게 보여 주었다. 이런 상황인데 어쩌면 좋겠느냐는 것이다. 참 딱한 노릇이다. 이를 어쩌면 좋을까.

그에게 필요한 것은 청원 휴가인데, 정말 난감했다. 사고 경력이 없는 정상적인 병사는 문제가 되지 않아 청원휴가를 신청할 수 있지만 이 노병 사에겐 거의 불가능한 상황이었다. 청원휴가를 신청할 때는 해당 병사에게 결격사유가 없어야 한다. 그는 사고자란 낙인이 찍힌 특별관리 대상이었다. 그에게 청원휴가를 주고 말고는 중대장의 제량에 달린 문제이긴 하나, 나는 인간적으로 그에게 연민의 정이 있어 그랬는지 개인적인 그의 신상에 결함이 있음에도 어떻게든 그를 도와주고 싶은 충동이 일었다.

중대장에게 사병의 소원을 가능한 한 긍정적으로 검토해 달라고 건의하고 인사계(상사)에도 통사정을 했다. 그러나 중대장은 물론 인사계까지 난감한 표정을 지었다. 그의 전력으로 보아 귀대한다는 보장이 없다는 것. 그는 그의 몸이 부대 밖으로 벗어나기만 하면 귀대하지 않은 전력을 수차례 갖고 있었다. 그의 전역이 1년 정도 남아 있는 상황이었다. 그런데 병석에 누워 있는 노모를 자식으로서 돌봐드려야 하는 처지가 됐다. 외아들로서의 그의 처지가 군율과 상치되니 어쩌면 좋을까. 그에게 군율은 차후 문제이고 어머니 문제가 더 우선일 거라는 생각이 내 마음을 사로잡았다. 결국 내가 책임지기로 작정하고 중대장과 인사계에게 매달렸다.

다행히 그들은 장교와 사병의 처지를 떠나 결국 인간적으로 동정심이 발동했는지 반승낙을 받아냈다. 나는 곧바로 그의 피치 못할 사정을 이유로 적어 청원휴가를 신청했다.

중대장과 인사계의 승낙을 받게 된 이유 중 하나는, 지금까지 내가 책임감 있게 중대 인사 행정업무를 하자 없이 잘해온 것일 터였다. 오래전부터 이어져 왔던 차 상급부대 행정부서 담당자들과의 유대감을 갖기 위해 전임자로부터 물려받은 방법을 활용해온 것도 보탬이 되었다.

유기적으로 차 상급부대 인사과의 병사들과 친분을 두텁게 쌓아두면 중대의 업무처리에 많은 도움이 되었다. 군 법률로 정해진 진급, 전역, 연가, 봉급 등 대통령령 또는 국방부령으로 하달된 것은 중대장의 재량이 미치지 못하지만, 사단 이하 부대의 권한에 속하는 모든 업무에는 유리한 점이 있었다. 사병의 복지 측면에서 다른 부대보다 더 많은 혜택을 받을 때도 있었다. 그것은 서무병사의 역량과도 무관치 않았다. 차 상급부대와의 유대는 이미 전역해 나간 선임 병들이 전통적으로 지속해 온 것이었고, 그게 그대로 나에게 물려 내려온 것을 지속적으로 유지해온 것이다.

나는 어떤 연유에서 이런 생각이 밤사이에 떠오른 것일까. 잠에서 깨어나고 보니 새벽 4시 30분이었다. 강호길이 말한 「산령」과 무슨 관련이 있을까? 감명 깊게 읽었던 그 「산령」을 다시 읽어본다.

죄 없는 화전민 세 가족을 죽이도록 방치한 것은 결국 자기가 죽인 거나 마찬가지라고 후회하고 자책했던 강 중령. 그는 군복까지 벗었어도 불쌍한 죽은 이들에게 지은 죄책감에서 벗어나지 못했다.

그러던 어느 날, 산행 중에 소낙비가 범람한 계곡물이 세차게 하천으로 흘러내린다. 급작스럽게 불어난 물을 미처 피하지 못한 강 중령은 급류에 휩쓸려 그의 주검까지도 사라져버린다. 군경 합동으로 헬리콥터까지 동원된 수색작업도 결국 그를 찾아내지 못했다. 그의 소지품이라던가, 그를 증명할 만한 증거물이나 흔적도 찾을 수 없다. 수색작업은 무위로 돌아가고, 작중 인물이기도 한 작가 일행은 우정과 윤리적인 책임감을 느껴 몇 년을 그렇게 산행을 통해 강 중령을 애타게 찾으려 했으나 그의 시신은커녕 그의 행적조차도 오리무중이다.

높고도 유명세를 지닌 산악은 기후변동이 보통 산과는 달라 유달리 심통을 부릴 때가 많다. 대표적인 백두산[7] 천지가 그렇고 절경이 아름답다는 금강산[8]이 그랬다. 이런 명산들은 설사 날이 맑게 갠 날에 등산을 한다 해도 어느 틈에 급작스럽게 물

---

7) 백두산白頭山 : 함경남북도와 중국 심양과의 국경 사이 장백산맥(長白山脈)의 동방에 자리 잡은 한국 제1의 산. 최고봉인 병사봉(兵使峰)에 칼데라호(caldera湖)인 천지(天池)가 있다. 2,744미터.

8) 금강산金剛山 : 강원도 북부에 있는 흑운암(黑雲岩)과 화강암(花崗巖)으로 형성되어 있는데, 기암괴석(奇巖怪石)이 많다. 1만 2천봉 곳곳에 폭포, 못, 사찰이 있어 그 경치가 세계적으로 유명하다. 철 따라 봄엔 금강산, 여름엔 봉래산(蓬萊山), 가을엔 풍악산(楓嶽山), 겨울엔 개골산(皆骨山)이라 부른다. 위치상으로 내로(內霧)재의 서쪽을 내금강(內金剛), 동쪽을 외금강(外金剛), 바다에 솟아있는 섬들을 해금강(海金剛)이라 부른다. 특히 외금강에는 신만물초(新萬物草), 구만물초, 내 만물초가 있다. 1,638미터.

안개가 서리거나 비가 내릴 때가 있다. 그것도 폭우로 퍼부을 때가 많다. 잠시 기온이 내려간다 싶으면 눈이 내려 산악인들의 발을 묶어 놓아 꼼짝달싹도 못하게 해 황당할 때가 있다.

　남쪽의 명산인 설악산[9], 지리산[10], 그리고 한라산[11]도 기후가 변화무쌍하고 일교차가 심한 대표적인 영산이다. 특히 백두산과 금강산은 비가 오거나 물안개가 자욱해 맑은 날이 흔치 않다. 날씨가 좋다가도 급작스럽게 비구름이 몰려오거나 기온이 급강하할 때가 흔했다. 내가 근무하던 낮은 향로봉에서도 여름밤인데 비가 오고 나면 수은주가 급격하게 내려가곤 했다. 그러면 나무에는 자동적으로 고드름이 맺히게 된다. 겨울에 내리는 눈은 초

---

9)　설악산雪嶽山 : 강원도 양양(襄陽)군과 인제(麟蹄)군 사이에 있다. 태백산맥(太白山脈)에 솟은 명산이다. 주봉은 대청봉(大靑峰), 태백산맥을 동서 경계선으로 하여 인제군 쪽을 내설악, 양양군 쪽을 외설악이라고 한다. 남한 3대 고산 중의 하나. 그 고준웅장(高峻雄壯)함과 아름다움을 보여주는 경관으로는 비선대(飛仙臺), 울산(蔚山)바위, 비룡폭포(飛龍瀑布), 금강굴(金剛窟), 장수대, 신흥사(新興寺) 등이 있다. 1,708미터.

10)　지리산智異山 : 경상남도 함양(咸陽)군, 산청(山淸)군과 전라북도 구례(求禮)군 사이에 있다. 소백산맥의 서남단 지역에 높이 솟아있는 잔구(殘丘)로 낙동강(洛東江)의 분수령을 이루고 예로부터 방장산(方丈山0, 두류산(頭流山)과 함께 삼신산(三神山)의 하나로 알려져 있다. 서남쪽의 노고단(老姑壇)에 이르는 일대의 산림은 놀라운 자연림으로 식물학, 임학(林學)의 좋은 연구다. 국립공원의 하나. 1,915미터.

11)　한라산漢拏山 : 제주도 중앙의 주봉. 산 위에는 둘레 3㎞, 직경 500m의 대분화구(大噴火口)였던 백록담(白鹿潭)이 있고, 산허리에서 산기슭에 걸쳐 300여 개의 측화산(側火山)이 있다. 화산체는 제3기 말에서 4기 초의 암류와 그 후의 현무암(玄武岩)으로 이루어져있다. 1002년과 1007년에 분화하여 많은 용암을 분출시켰다. 지금은 휴화산(休火山)이다. 삼신산의 하나, 북쪽 기슭에 있는 삼성혈(三姓穴)은 도민(道民)의 창조(創祖)인 세 신인(神人)이 용출한 곳으로 유명하다. 참나무, 산 벚나무, 단풍나무 등의 고목을 비롯하여 삼대(三帶)의 식물이 울창하다. 학술연구 자료의 수집 장소다. 국립공원의 하나. 1,950미터.

여름까지 녹지 않는다. 이에 비할 바 없이 높은 명산이라면 기후 변동이 오죽할까.

그렇다면 주검을 찾을 수 없었던 강 중령이 어떻게 신령으로 나타났을까. 죽음의 과정을 거치지 않은 채 외계인에게 납치라도 당한 것은 아닐까. 만약 그렇다면 외계인들이 지구를 내방할 때, 지구인들은 그들을 신이나 천사로 착각하고 있는 것이다. 그들의 비행접시는 이동할 때 지구인들이 식별할 수 없는 빠른 속도로 움직이기 때문에 그럴 테고, 지구인들의 심중을 모두 꿰뚫어보기도 할 것이며, 우주인들의 여러 정황이 지구인들보다는 훨씬 진보된 것이 신비에 가깝게 느껴지기 때문일 것이다.

6

아니나 다를까. 15일의 청원 휴가 기간이 다 됐는데도 노사 병으로부터는 감감무소식이다. 나는 불안한 마음으로 밤 12시(보통은 10시)까지 귀대 마감 시간을 연장하여 기다려 주기로 했다.

그날 24시간 내에 부대 미복귀자로 차 상급부대에 보고를 해야 하는 상황이었다.

노병 사에 대한 나의 결단을 부정적으로 봤던 주위 병사들의 시선이 곱지 않았다. 그들 시선에 어린 불만은 나를 질시하는 것이었다. 게다가 나는 이 일을 중대장과 인사계에게 책임진다고 우겨 청원휴가를 보낸 당사자라, 실질적으로 책임을 저야 한다. 어떻게? 일단 차 상급부대 담당 병에게는 실제 상황인 미귀자로 유선 보고를 했다. 그 담당병과 나 사이에는 사실상 묵계가 있었다. 사실은 사실대로 보고하되, 재량권이 있는 차 상급부대 담당 선에서 그 위 상급부대에 규정된 일정 시간 동안 최대한 보고를 늦추는 것이다. 군대에서 허위보고란 어마어마한 중징계 감이었다. 하사관인 서무계가 책임진다고 한 것은 중대 내부에서는 통용될지 모르나, 상급부대와의 공적인 보고에 대한 책임은 중대장에게 있다. 중대장으로서는 이런 때 참으로 불편하고 부당한 일이다. 사고는 믿었던 부하 하사관이 치는데 실제적인 책임을 지게 되니 중대장으로서는 부당한 군율이다. 사고가 일어나면 모든 것을 부대장인 자기가 처벌받아야 했으니까. 그런 중대장의 입장을 잘 알고 있는 내가 중대장의 처벌을 무책임하게 바라보고 있을 수야 없다. 이 일을 수습하기 위해 내가 발 벗고 나서야 했다. 이런 일이 일어날 때를 대비해 차 상급부대 담당 실무자와 언제나 은밀한 관계를 유지해왔다. 군인도 정이 있는 인간이다. 군 행정업무를 할 때도 인간적인 호소를 해오면 군 규정만을 주장하기 어려울 때가 있다. 한 인간을 기필코 처벌하기 위해서만 군율 존재하는 게 아니라는 것에 실 무진 간에 서로 공감한 것이다. 가능한 처벌을 받지 않게 하기 위해 내게 책임이 지워진 것이다. 어떻게 말인가? 이번 노병 사 미 복귀 사건은 그를 군 감옥에 보내지 않고 전역을 시켜야한다는 동정심이 강하게 작용했다.

나의 그런 의지가 중대장, 인사계, 차 상급부대 담당 하사관을 설득해 양해를 얻어낸 것이다. 나는 일주일 특별휴가증을 소지하고 서울 아현동에 거주하는 노병 사 집을 찾아 나섰다. 70이 지난 그의 노모는 판자로 가려진 오두막 같은 곳에 몸져누워 있었다. 그런 노모를 부양하기 위해 노병 사는 아현동 어느 쌀가게에서 쌀을 배달하는 일에 종사하고 있었다. 그는 나를 보자 움찔 놀라 며 당황함을 감추지 못했다. 자기를 체포하러 온 것으로 생각해 매우 놀라는 표정을 지었다. 그렇지 않아도 군 수사기관에서 곧 체포하러 올 것을 대비해 각오는 하고 있었다고 한다. 부드러운 내 말투와 자초지종을 듣고 그는 이내 철렁 내려앉은 가슴을 쓸어내리며 안정을 찾은 것 같았다. 그리고는 고마움에 복받쳐 눈물을 지었다.

그가 집에 와 보니 어머니는 몸져누워 계셨고, 병환 중에 누구 하나 돌봐줄 사람이 없었다. 병석에 있는 어머니를 내버려두고 차마 부대로 발길을 옮길 용기가 나지 않았다고 했다. 그 병사라고 이번만큼은 무사히 전역을 해야겠다는 각오가 어찌 안 섰을까. 하지만 발등에 불이 떨어진 현실 앞에 군에서의 처벌은 잠시 뒤로 미뤄둘 수밖에 없었다.

나는 부대의 긴박한 분위기를 자세하게 이야기해주고 일단 그를 안심시켰다. 더불어 그를 처벌하지 않고 이번에는 꼭 전역을 하도록 돕겠다는 중대장의 뜻과 부대원들이 용기 있는 귀대를 바라고 있다고 전했다. 내 말대로 따르면 중대장과 중대원들이 분명히 약속을 지킬 것이란 말도 덧붙였다.

그날 저녁, 나는 그를 앞세워 그가 일하고 있던 쌀가게의 주인을 만났다. 그와 함께 일하던 다른 사람에게, 그리고 이웃에게 그의 딱한 처지를 전해 주고 도움을 요청했다. 병석에 누워 있는 그의 노모를 보살펴줄 것을 애원했다. 그가 다시 특별휴가를 얻어 돌아올 때까지 그의 어머니를 맡아달라고 통사정했다. 그 은혜는 제대해서 꼭 갚겠다는 것을 노병 사는 눈물로 호소했다.

그의 이웃 사람들은 그가 이렇게 어려운 처지에 놓인 사실을 그동안 전혀 알아차리지 못했다. 그가 군인 신분이면서 이렇게 탈영을 밥 먹듯이 해왔다는 사실도 금시초문이었다. 그는 자신의 전력이 부끄러워 지금의 거주지로 옮겨 살게 된 지 그리 오래되지 않은 탓도 있었다. 그는 방 월세가 부담스러워 더 허름한

방을 얻어 현 거주지로 이사를 온 것이다.

그의 이웃 사람들은 노 병사에게 어머니 걱정은 하지 말고 부대로 돌아가라고 선뜻 격려해주었다. 쌀가게 주인은 그가 제대할 때까지 어머니가 필요한 식량을 대주겠다고 약속했다. 쌀가게에서 함께 일하던 이가 어머니의 뒷바라지를 돕겠다고 다짐하는 것도 들었다. 참 고마운 이웃들이다. 효의 측면에서 보면 그는 심성이 고운 효자가 분명했다. 그러나 나라에 대한 충성이 효보다 우선했다. 국법은 준엄할 수밖에 없다. 어쨌든 그에게는 병든 부모를 봉양하는 것이 최고의 선이다. 극한 상황에 처했을 때, 누구 한 사람 도와줄 친인척도 없었다. 그로서도 어쩔 도리가 없었던 것이다. 하지만 국법은 엄중했다. 그런 사사로운 일까지 배려할 수 없는 것이 군율이다. 아마도 지금 시대에 노병사와 같은 처지인 이가 있다면 군 법률적으로 군 생활 면제 등 완화된 대책이 있을 것이다. 물론 당시에도 비록 그런 삭막한 군율이 있더라도 이를 다루는 실무자들의 재량에 따라 군율을 벗어나지 않고 얼마든지 융통성을 발휘할 수 있는 일이었다.

그와 나는 다음 날 부대로 일찍 귀대했다. 겨우 안정을 찾아 부대에 돌아온 그는 어머니 생각에 처음엔 일손이 잘 잡히지 않았다. 그럭저럭 적응해가며 10일 정도가 지났을까, 이웃들의 지극한 보살핌으로 그의 노모가 병석에서 일어나 시장에서 노점상을 하며 생활을 이어가고 있다는 안부 편지가 부대로 날아왔다. 쌀가게에서 일하고 있는 사람과 동네 이웃으로부터 두 차례나 부대로 편지가 날아왔다.

나는 중대장의 인장을 소지하고 중대장이 바쁠 때는 내 마음대로 서명했고, 그 때문에 모든 문서는 서무 하사관인 내 손에서 처리되어 발송되곤 했다. 물론 권한이 주어진 만큼 책임도 따랐다. 그렇다고 내게 일임된 권한을 남용한 일은 결코 없었다. 차 상급부대에 공문서식을 상신하는데 규정 위반(차 상급부대의 공문서 규정은 상단 부문 2.5cm, 하단부문엔 2cm, 옆 부문엔 1.5cm씩 각각 간격을 두고 작성하는 것으로, 내용상 틀에 벗어나면 규정 위반이라는 고무인을 찍어 회송된다)을 세 차례 이상 받으면 중대장 견책사항이 된다. 군 기록카드에 반영이 된다. 중대 서무계의 행정업무 잘못 여하에 따라 중대장이 징계위원회에 회부되는 경우도 있다. 그러나 우리 중대는 전통적으로 차 상급부대와 인사과 장교 계, 사병계, 서무계 등 여러 부서 담당 행정병과의 유대가 돈독했다. 휴일이면 그들과 어울려 외출하여 함께 식사도 하고 새 작업복이나 소모품이 필요하다고 하면 보급 담당 병에게 부탁해 재고품에서 그들이 필요한 물건을 채워주곤 했다.

상급 부대에서 상금을 내건 아이디어 공모전에는 포상금 제도가 가끔 존재했다. 한 번은 상부에서 안전수칙 제안 공모가 있었다. 나는 다짜고짜 거기에 응모해 엉겁결에 당선되었다. 포상금을 받으면 그들과 함께 시간을 가지면서 그에 대한 비용을 충당하곤 했다. 그때의 포상금은 당시 내(일반 하사 급여는 800원, 병장은 200원) 급여의 10배가 넘는 큰돈이었다. 그런 기회를 적절히 활용한 덕에 부대장을 곤경에 빠뜨리는 일 없이 업무를 원활하게 처리하게 되었다. 전임 서무하사관들은 업무에 달관해 신속하게 끝내고 제대 6개월 전부터 차 상급부대 동료들과 어울려 요령껏 시간을 즐겼다. 그래도 자기 업무는 깔끔하게 잘 처리했다. 그들 모두 대대로 전통을 이어받아 업무에 유종의 미를 거두었고 모두 전역을 한 뒤 성공적으로 사회에 진출했다.

　　그러나 나는 제대 당일까지 업무에서 손을 놓지 못했다. 요령 부득인지 아니면 내가 일복이 터져 그랬던 것인지. 한 가지 분명한 것은 전임자들로부터 대대로 전해진 깔끔한 필체가 내게도 어김없이 대물림되었다는 것이다. 그들의 필체는 면사무소 호적계 담당자의 필체처럼 매끄럽고 유려했다. 원래 내 필체는 별로 자랑할 만한 것이 못되었으나, 서무 일을 보면서 그들의 글씨체로 바뀌어 사회생활에서도 보탬이 됐다.

7

한때 나는 아파트 건물을 맡아 근무한 적이 있다. 그때 엘리베이터에 설치된 감시카메라의 기록 칩을 모니터에 연결하고 검색해볼 기회가 있었다. 아파트 방문객을 확인해 보기 위해서다. 엘리베이터 안에서 적나라하게 펼쳐지는 개개인의 몸동작을 엿볼수 있다. 이래서는 주민들의 사생활을 침해하겠구나 싶었다. 남녀가 부둥켜안고 포옹하고 입맞춤하는 등 민감한 모습을 뜻하지 않게 엿볼 수가 있었다. 거울을 보고 자신의 옷매무새를 뽐내는가 하면 갖가지 표정을 지어보는 여자도 있었다. 내가 주민들의 사생활을 침해하는 것 같아 미안한 생각이 들기도 했다. 그런데 여기서 장면들을 반대로 되돌리거나 빠른 속도로 원점으로 되감으면 속도가 너무 빨라 사람의 형태조차 식별하기가 어렵다는 것을 알았다. 그때는 속도의 수치라든가 계수의 단위를 정확히 알 수 없었지만 더 빠르게 회전시키면 아예 물체의 흔적조차 확인하기 어려웠다.

외계인이 타고 온 나선형 비행접시는 그 빠르기가 사람의 시력을 초월한 상태라는 것을 안다. 유한한 우리 지구인의 시력으로는 포착하기 어렵다는 것을 인식했다. 그런 지구인의 약점을 이용해 자기 집 안방 드나들듯이 그들이 필요에 따라 언제라도 지구를 내방해올 것이라는 것은 너무나 자명했다. 그 일은 사실감 넘치는 현실이 될 것이었다. 때문에 지구를 드나드는 외계인들이 지구인의 눈에는 쉽게 띄지 않을 것이다. 그들에게 협조가 가능하고 이해심이 넓으며 심성이 고운 사람들만이 그들의 선택을 받아 개인적으로 접근할 수 있다고 봤다. 만약 지구인에게 그들이 발견되는 순간을 꼽자면 지구에 이착륙하기 위해 속도를 줄여야 할 때일 것이다. 하지만 그들의 조금도 오차 없는 작전이었는지는 몰라도 그들은 지구인에게 모습을 보인 적이 극히 드물었다. 어쩌면 그들은 지구인 개개인의 속성과 인격을 감지하는 휴먼전자파를 이용해 그들이 접선하기 좋은 곳으로 비밀리에 유도하는 경지까지 진보해 있을 것이었다.

「매머드 사냥」의 화자는 강 중령의 실종이 단순 실종 같지 않았다고 주장했다. 예기치 않은 실종이 아니라 사전에 충분히 준비된 계획적인 실종이었다는 것에 더욱 심증을 굳힌 것이다. 어디엔가 분명히 강 중령이 살아 있을 것이란 그의 믿음이 이를 뒷받침한 것이리라.

그의 말처럼 감쪽같이 공기 중으로 사라져 버린 것일까. 나는 또 다른 방향에서 상상해 보았다. 강 중령은 물길에 조난당했다.

그의 시신은 산골에서 흘러내리는 물길을 따라 흘러가다가 종국엔 강물에 잠겨버린 사태가 벌어진 것은 아닐까 하는 의심을 지을 수 없었다. 그런 상태를 가정한다면 조난을 당한 산악 지점에서 그의 주검을 찾는 것은 헛수고일 뿐이다.

그러나 그가 공기 중에 사라졌다고 하는 것이 맞는다고 하면, 강 중령은 분명 외계인의 구조로 사라졌을 것이라 판단했다. 그렇다면 강에서 그의 시신을 찾는 것조차 허망한 일이 될 것이다.

많은 사람의 실종이 있었다. 그중에 실종자의 흔적조차 찾지 못하고 미궁에 빠진 사건이 얼마나 많았던가.

매봉산 위에 부는 바람

1

매봉 산에 올랐던 지난 늦여름엔 대기의 온도가 유난스레 후덥지근했다. 이를 견뎌내고 은밀히 숨어 있던 가을의 낙엽 냄새가 어느새 '나 여기 있소!' 하고 코끝을 간질인다. 등성마루엔 바람에 스치는 활엽수가 신선한 향기를 뿜어내고, 그러면서도 고통을 호소하듯 신음소리를 내는 것 같다.

갈잎은 쐐기의 배를 채워주고, 유충은 씰룩거리는 몸짓으로 가냘픈 소나무를 오르내린다. 백양白楊은 가무러지듯 몇 그루가 드러누웠다. 외로이 자생하는 나무가 사방에서 밀려오는 시커먼 자동차 매연에 그을리면서도 힘겹게, 그러나 모질게 생명력을 이어가고 있다.

이때 귀에 보청기를 착용한 채 둔덕 외길을 지나는 노인이 있다. 나는 행여 노인을 놓칠세라 뒤따라가 그를 붙들고 매봉 산에 자생하는 수목 종류에 대해 물었다. 그는 상수리, 황철, 떡갈, 아카시아가 주류라고 말했다. 오뉴월에는 등꽃 모양의 하얀 아카시아 꽃이 만발해 짙은 향을 날려 곤충들을 유혹하고, 주위를 지나며 매연을 내뿜는 객들에게도 밉지만 어쩔 수 없다는 듯 향기를 연일 뿜어낸다고 했다.

정상으로 오르는 길목엔 널찍한 잎을 내민 떡갈나무들. 정방형의 구슬 같은 열매가 알알이 맺혀 있으나 아직은 푸르다.

일제 강점기, 홍 능 임업시험장에서 일본인으로부터 교육을 받고 산림 직종에 근무한 바 있다는 등뼈가 굽은 팔순 노인은 내가 묻기 무섭게 떡갈나무의 효용성과 가치를 역설한다.

"이 잎을 봐요. 표면에는 매끈하게 푸르지만 뒷면은 은백색 융단처럼 뽀송뽀송 거리잖아요."

"어떤 이유라도 있나요? 어르신."

"이 갈잎은 바이오 작용을 해요. 그래서 일본사람들은 예전에 이 잎을 일 년에 200톤씩이나 우리나라에서 뜯어갔어요."

내가 적극적인 관심을 보이자 깡마른 체구인 그는 이마에 굵은 주름을 접으며 갈잎을 뒤집어 보인다. 그가 임업시험장에서 근무하면서 터득하고 체험했던 산림 지식을 바탕으로 자상하게 설명해 주려고 애썼다.

"일본 사람들은 그것을 무엇에 쓰려고 가져갔답니까?"

"여보시오, 나이 줄이 50도 넘어 보이는데 여태껏 그것도 모른단 말이오?"

원망 어린 눈빛으로 나의 무지함을 나무란다.

"저야 일제강점기 때는 어린이였으니까요."

"당과糖菓라고 들어봤어? 일본인은 그것을 제일 좋아해요."

"아, 예. 속에 팥고물이 든 조그마한 찹쌀떡 같은 것이지요. 저도 그것을 먹어봤어요. 감칠 나게 맛있더라고요."

노인은 맞는다고 고개를 주억거린다.

"그런데 어르신, 그것과 떡갈잎과 무슨 관계가 있어요?"

"어~허, 이런, 당과를 먹어봤다면서… 그 당과를 싼 이파리가 무엇인지 몰라? 이 잎이 바로 그 갈잎이오."

"저는 그 잎이 여태까지 감잎인 줄로만 알고 있었는데요."

"쯧쯧쯧…"

노인은 내가 숙맥이라는 듯 혀만 차댄다.

"이 갈잎으로 당과를 싸두면 쉬지 않는다는 것도 모르겠구면…"

노인은 갈잎을 내 눈앞 가까이에 가져다 보여주면서 말한다.

"그것이 감잎이 아니라 떡갈잎이었군요! 그런 것도 모르고 있었으니… 원~참 나도…"

나는 그 떡갈나무 잎을 만지작거리다 계면쩍어 속으로만 중얼거렸다.

"일본인들은 이 잎을 여러 곳에 방부제 대용으로 사용한다오. 냉장고에 몇 잎만 넣어두어도 음식이 변질되거나 부패하지 않아요. 이 갈잎 뒤 부분에 있는 바이오가 냄새를 흡수하기 때문이야."

예전 산림청 직원답게 노인은 각종 수종과 기능에 이르기까지 해박한 지식을 갖고 있었다.

"이것이 바이오 작용을 한다는 것을 아는 주부들은 한 움큼씩 뜯어다 냉장고에 넣어 둔다는구면."

"아, 그렇군요. 저는 그 사실을 미처 몰랐습니다. 정말로 그런 작용을 한다면 한 번 실험해 보겠습니다."

몇 잎 뜯으려 했으나 갈잎은 심하게 변색된 채 매연 가루 투성이었다. 잎도 여러 곳에 구멍까지 뻥뻥 뚫려 있었다.

"그리고 어르신. 저기 길게 뻗은 저 나무는 지난번에 바람이 그렇게 심하게 불지 않은 것 같은데 왜 저렇게 쉽게 쓰러졌지요."

"응. 저 나무는 말이야, 버들과에 속하는 황 철인데 미루나무라고도 하고 사시나무라고도 하지."

"대모 산에서도 저 나무가 쓰러져 있는 것을 본 것 같은데요."

"저 미루나무는 뿌리가 워낙 얇게 뻗어 있어 약한 바람에도 스스로 지탱할 힘이 모자라 잘 쓰러져요. 그런데 저 나무 이파리는 약재로도 이용되고 그 사용처도 아주 다양해, 성냥개비를 생산하고, 세공물이나 무늬목, 또는 경문經文 등으로 쓸 수 있어요. 재질이 가벼워 포장 상자나 화약 상자로 만들지. 제지용으로도 손색이 없어. 그 외에도 개발 여지가 많아."

　나무 하나하나의 특성과 재질, 사용처까지 꿰고 있을 정도로 노인은 나무에 대해 폭넓은 지식을 갖고 있었다. 직업적인 경험을 통해 얻은 산림 지식은 나이가 들어도 잊히지 않는 모양이다.
　"그러나 나는 식물학자가 아니요. 그래서 자세한 학문적인 것은 말할 수 없어요. 더 자세하게 알고 싶거든 홍릉 임업시험장에나 가서 물어봐. 그러나 사람들이 분명히 새겨두어야 할 것이 있어. 나무는 공기 중의 이산화탄소를 취해서 대기 가스의 탄소 부분을 탄수화물로 만든다는 것을. 이 나무들이 맺는 열매는 물론 과일까지도 대부분 탄수화물로 이루어져 있다고."
　노인은 땅 위로 드러난 나무뿌리를 더듬었다. 어느새 손이 나무 등걸로 옮겨진다. 그러더니 또다시 잎사귀를 가리킨다.
　"탄수화물을 그렇게 인간에게 공급해주면서도 나무는 가스의 산소 부분을 또 방출해요. 그것이 바로 나무의 '분비물'이라는 거요."
　"나무는 자기가 하는 산소 동화 작용이 무엇인지 알든 모르든 상관없이, 그런 작업이 사람의 생명을 보존케 한다는 거군요."
　"그것이 다 우주의 만물을 만들고 질서를 관장하는 조물주의 소관이므로 피조물에겐 커다란 은혜야. 모든 동식물이 생존하기 위해서 그것들이 모두 필요하게끔 조물주가 계획해 놓은 것이지 암. 여하튼 이산화탄소를 가지고 산소를 만드는 나무가 없다면 인간은 살 수 없는 법이여. 그 대신에 동물도 가스를 내놓지 않는감. 나무가 생장하는데도 이산화탄소가 절대적으로 필요하지, 암."

"동물과 나무, 즉 동식물은 상대적 관계에 놓여 있지만 서로 의존하는 관계를 벗어날 수 없겠군요. 어르신, 그런데요. 아까 '나무가 없다면 인간은 살 수 없는 법'이라고 하셨잖아요. 그렇다면 나무가 희귀하거나 아예 없는 중동지방과 사하라 사막 같은 지역엔 산소 방출 량이 턱없이 모자랄 텐데 사람이 어떻게 살아가는 거죠?"

"아, 그거야 태풍과 홍수, 바람이 회오리쳐 지구상의 공기와 산소 등 필요한 물질을 공급해 균형을 맞추는 거겠지. 온갖 오염물질은 중화시켜 동식물을 위해 골고루 쓰이게 하지 않는감. 밀림지대에서 발산된 산소를 중동지역 같은 메마른 지역으로 옮기지 않겠소! 에이치투오(H_2O)가 뭐요? 물 아닌감? 그렇다면 물은 또 뭐야 그것은 산소의 원천 아니야. 그쪽 중동 지역 사람들은 해변에서 기체 상태의 산소가 해풍을 타고 밀려올 테니까 그런대로 살아가겠지."

"원소들이 한 방향에서 다른 방향으로 움직이는 것을 보았을 때, 인간은 산림자원을 체계적으로 파괴하고서도 자연재해를 잔혹한 신의 장난쯤으로 여기고 있지 않나요?"

"장난을 치는 것은 인간들이지, 결코 신의 저주가 아니란 말씀이야. 인간이 해코지한 자연의 반사작용이 일어난 것뿐이오. 잔혹한 것은 인간의 법칙인데 모든 책임을 부정한다 이 말이지. 참기가 막혀서 원."

"네. 다른 어떤 것도 인간보다 자연에게 더 잔혹하지 않아 보입니다. 인간은 이제 지구의 정교한 생태계를 향한 공격을 멈추어야 되겠군요?"

"암. 그렇고말고. 진즉부터 그래야 했어. 사람들이 베어내는 고목들만큼, 많은 산소를 배출할 정도의 크기로 자라는 데만 300년은 족히 걸리지. 아마존 열대 우림 같은 것이 한 번 불타거나 벌목되어 열대 우림이 한 번에 사라져버린다면 그 산소 제조공장을 다시 세우는 데는 무려 2,000~3,000년이 걸려. 그 시간이 지나도 원상태로 회복될까 말까야. 지금 생태계가 서서히 죽어가고 있어요. 우리가 사는 지구가 대형 재난을 당하고 있다, 이 말이야. 어쩌면 지구의 축이 기울어지는 재앙까지 일어날지 몰라. 우리 인간은 빨리 움직여야 해. 이 땅덩어리는 너무나 많은 피해를 오랫동안 입어왔어. 인간들의 마음가짐에 일대 전환이 이루어져야 한다고. 그렇잖으면 이 지구에 붙어사는 모든 생명체의 멸종을 보게 될 거야. 이런 잘못된 인간 법칙을 과학자들이 누누이 역설했건만. 끌끌끌… 불쌍한지고."

노인은 탄식하면서 내게 공포감을 심어주었다. 숲과 많은 종류의 식물이 우리의 보금자리인 지구에서 사라져간다고.

수잔네 파울젠은 "인간은 번영할지 모르나 지구는 점점 가난해지고 있다."라고 했다. 인간은 이렇게 하고도 별 위기의식이 없다. 자연재해를 그저 운명으로 여기고 있는 것은 아닐까.

노인은 자연을 정말 사랑하는 것 같다. 자연을 왜 사랑해야 하는지, 명쾌한 답을 내게 들려주었다. 나는 자연히 노인을 향해 고개를 숙였다.

노인은 꾸부정한 허리를 펴지 못한 채 바쁘다는 듯이 총총걸음으로 발길을 옮겨 산 중턱을 내려간다. 나는 그를 물끄러미 바라만 보고 있다.

'할아버지, 건강을 유지해 천수를 누리세요.'

2

오늘, 또다시 나는 매봉산 등성이에 올라와 있다. 심호흡을 겸

한 가벼운 몸 풀기 운동을 하고 나서 주위를 살펴본다. 내가 서 있던 위치보다 조금 더 높은 곳에서 몸 풀기를 하고 있는 사람이 있다. 그의 곁으로 가까이 다가가 보니 나와 연배가 비슷해 보인다. 그의 곁에 서서 한참동안 몸동작이 끝나기를 숨죽여 기다렸다. 몸동작이 끝나기 전에 조심스럽게 더 가까이 다가가 정중하게 인사를 했다.

"안녕하세요, 선생님! 산이라고 부르기엔 좀 낯간지러울지 모르지만, 그래도 우리 동네에서는 숲이 있는 유일한 둔덕이지 싶은데, 그래도 기분은 상쾌하시지요?"

"네, 기분이 매우 좋습니다. 이 지역에서 이 언덕은 보물 동산이지요."

"저도 공감합니다. 이 매봉 산에 대해 저와 같은 생각을 가지신 분을 만나게 되어 기쁩니다."

그는 한눈에 봐도 모습과 언행에서 이지적인 분위기가 느껴진다. 뭔가 전문적인 지식을 쌓아온 품성을 읽을 수 있다.

"선생님! 우리는 자연을 중시하는 사람 같은데 자연과 인간의 숙명적인 관계에 대해 궁금한 것이 있습니다. 선생님 같은 분을 뵈면 염치 불구하고 많은 것을 얻고 싶은 욕망이 좀 지나칩니다. 새로운 지식을 깨우친다는 것이 제겐 한없는 즐거움이거든요."

"참 장하십니다. 나이가 들면 대체로 배움에 데면데면하고 생각이 느슨하기 마련인데. 탐구하려는 열정이 아직도 식지 않았다는 것은 미래지향적인 일일 뿐만 아니라 그만큼 정신적으로 건재하다는 증거니 어찌 즐거운 일이 아니겠습니까? 세상을 알고 깨닫는다는 것이 중요하지 나이가 무슨 상관이겠습니까. 저의 미천한 지식이 선생께도 도움이 된다면 기꺼이 나눠 공유해야지요. 혼자서만 간직하고 있으면 뭘 합니까. 그건 죽은 지식이지요."

"선생님, 정말 감사합니다. 세상살이에 대한 이치를 바르게 이해하고 계신 것 같군요."

"저는 다행히 대학에서 자연과학 분야인 생물학을 전공해 지금은 식물을 연구대상으로 삼아 학생들을 지도하고 있습니다. 이제 얼마 안 있으면 정년을 바라보고 있고요."

"그렇지 않아도 제가 알고 싶은 분야를 전공하셨으니 저의 갈증을 해결해주시리라는 믿음이 앞서는군요. 제대로 스승을 만난 것 같습니다."

"지금이야 상식이 되다시피 한 학문입니다만…. 그래도 기초부터 알아두시는 것이 좋을 것 같아서 그러는데 동식물의 세포학을 먼저 생각해보시면 어떨까요?"

"아, 좋고말고요. 저 역시 그런 기본 지식부터 단계적으로 쌓아가야 할 테니까요."

"인간을 포함해서 동식물의 생체를 구성하는 요소를 맨 처음 말한 사람은 독일 식물학자 셸든(schelden)이에요. 1838년에 그는 모든 식물은 세포로 구성되었다고 발표했습니다. 같은 해 티스완(T. schwonn)은 동물의 몸도 세포로 구성되어 있다고 선언했지요. 그러자 한 차원 높여 세포로 구성된 동식물의 원형질의 성분을 분석해놓은 것이 있습니다."

"구미가 당기는데요. 그런데 선생님의 시간을 이렇게 안하무인격으로 빼앗아도 되는지 모르겠습니다."

"괜찮습니다. 그러면 먼저 성게(섬게) 알의 원형질, 성분을 한번 들어보실까요? 물이 77.3%이고, 그다음으로는 단백질이 15.18%, 지질은 지방, 납, 유기질은 나트륨, 마그네슘, 칼륨, 철, 유황, 인 등을 말하는데, 이는 4.81%로 되어 있더군요. 그리고 탄수화물은 탄소, 수소, 산소와 같은 3대 원소로 이루어진 화합물인데, 이것은 00.9%이고. 당류는 전분과 섬유소, 함수탄소 성분으로 이것은 1.38%. 마지막으로 회분(석회질)은 0.34%인 것을 밝혀낸 것이지요. 좀 이해가 되세요?"

"아, 그렇군요. 선생님께서 말해주신 성분 가운데, 성게 알의 경우는 탄수화물 비중이 가장 낮군요. 사람도 구성 물질에 탄수화물 비중이 성게 알처럼 그렇게 낮나요? 사람들은 과일을 많이 먹잖아요. 저도 과일을 꽤나 좋아하는데요."

"아, 예. 그게 궁금하셨군요. 사람의 경우 탄수화물을 많이 섭취하지만 인체가 힘을 쓸 때마다 체내에서 각종 혼합물질이 소비되죠. 에너지(energy)화된 물질들은 사람이 힘을 쓸 때마다 태워져 없어집니다. 아기가 어른으로 성장해 가는 과정에서도 새로운 세포를 탄생시키느라 에너지가 많이 소비돼요. 그중 탄수화물은 아무리 소비하고도 남는 여분이 있을 때, 지방으로 바뀌어서 우리 몸에 축적되지요. 그래서 우리 몸을 구성하는 비율은 매우 낮습니다. 요약하자면 탄수화물이 적은 이유가 있는데, 첫 번째는 소비되는 양이 많고, 두 번째는 남은 여분의 탄수화물은 지방으로 바뀌어 우리 몸에 저장되기에 때문에 몸 구성비에서 차지하는 비율이 낮다는 겁니다."

"인체에서 탄수화물이 작용하는 것까지 생각하게 되는군요."

"지구의 생명체는 주어진 기능을 수행하는데 최대의 경제성을 유지하는 아주 영리한 존재입니다. 지구에서 볼 수 있는 모든 생명 현상의 뿌리에는 세포의 화학 반응을 조절하는 단백질 분자와 유전 설계도를 간직한 핵산이 있어요. 더욱 놀라운 사실은 본질적으로 같은 단백질 분자와 핵산 분자가 모든 동물과 식물에 공통적으로 관여한다는 겁니다. 그렇기에 생명 기능이라는 점에서 이해할 때 참나무와 인간은 같은 재료로 만들어졌다 해도 과언이 아니지요. 좀 더 먼 과거로 올라가 본다면 동물인 우리와 식물인 참나무의 원천은 같다는 거예요.”

“동물과 식물의 원형질이 결국은 동일한 성분이라고 이해해도 괜찮을까요?”

“그렇습니다. 살아있는 세포는 은하와 별의 세계만큼 복잡하고 정교한 체계를 이루고 있어요. 세포라는 이 지극히 정교한 기구는 40억 년의 긴 세월을 거치면서 힘들게 걸어온 진화의 결정체입니다. 우리가 먹는 음식물에 있는 영양분은 세포라는 장치를 통해 그 모습과 성격이 계속해 바뀐다는 겁니다. 오늘의 백혈구 세포가 엊그제 먹은 시금치나물이라는 이야기죠. 그렇다면 세포는 어떻게 이 일을 수행할까 궁금하지 않으세요?”

“그럼요. 몹시 궁금하고 말구요. 저는 선생께서 이야기해준 것 하나하나가 꿀처럼 달콤하게 느껴집니다.”

“세포 안에는 아주 복잡하고 정교한 구조물이 미로처럼 늘어져 있는데, 이것들이 세포 형태를 유지하고 한 물질을 다른 물질로 변화시키고 에너지를 저장하며 자기 복제를 준비하는 등 생명현상에 필요한 다양한 기능을 수행합니다. 세포 안에 있는 분자 덩어리들은 거의 대부분 단백질이에요. 왕성하게 활동 중인 것들이 있는가 하면, 대기 중인 것들도 있지요. 가장 중요한 단백질은 세포 안에서 화학 반응을 조절하는 효소인데, 이 효소는 공장의 조립라인에서 일하는 숙련 노동자와 같아서 자신의 맡은 바 기능을 분자 수준에서 수행합니다."

"선생님, 생물 세포 이야기가 '인간의 인체는 소우주와 같다.'라는 말처럼 정말 신비스럽기만 합니다."

"그러면 마지막으로 세포의 핵 안을 한 번 들여다볼까요. 수많은 코일과 가닥이 서로 얽히고설켜 있는데, 디엔에이[12]와 알엔에이[13]라는 이름을 가진 두 가지 핵산을 말합니다. 디엔에이는 무엇을 해야 할지 업무 수행의 구체적 단계를 알고 있어요. 그 내용을 기술하는 코드를 갖고 이에 따라 지침을 하달합니다. 알엔 에이는 디엔에이가 하달하는 지침들을 받아서 세포의 여기저기로 전달하는 임무를 수행하지요. 이들은 40억 년에 걸친 진화의 정수로 세포가 또는 나무가 혹은 인간이 생명 현상을 유지하는 데 필요한 활동의 모든 정보를 자기 안에 담고 있어요. 인간의 언어로 기록한다면 인간 디엔에이의 총 정보는 두꺼운 책 100권이 되고도 남을 겁니다. 그래서 디엔에이는 자신을 복제하는 데 필요한 정보도 모두 간직하고 있어요. 복제는 아주 완벽하게

---

12) DNA(Deoxyribo Nucleic Acid:디옥시리보 핵산)는 핵산의 일종으로 유전정보를 담는 화학물질이다.

13) RNA의 종류는 3가지가 있다.
  ㄱ. 디엔에이에서 유전정보를 받아 리보솜에 전달한다.
  ㄴ. 아미노산을 리보솜까지 운반한다. 특이한 점은 입체구조를 한국 사람이 발견했다는 것.
  ㄷ. 단백질 합성장소인 리보솜 구성 유전정보가 아닌 효소 기능을 한다.

이루어지지요. 디엔에이는 '나선' 층계처럼 이중 나선의 구조로 형성되어 있어요. 하나의 나선 가닥을 따라 늘어서 있는 뉴클레오타이드[14]의 배열순서가 생명의 음악을 기록하는 악보인 것이지요. 인간의 디엔에이는 10억 개의 뉴클레오타이드로 연결된 두 개의 나선을 이루는 매우 긴 사다리처럼 생겼어요. 다시 말해 디엔에이 분자는 가로대를 10억 개나 가진 사다리에요. 디엔에이는 참으로 엄청난 양과 질의 정보를 갖고 있는 셈이 됩니다."

"이제는 제 머리가 좀 복잡해집니다."

"이 같은 원형질을 구성하고 있는 유기화합물 중에서 단백질이 가장 많은 양을 차지합니다. 원형질을 구성하는 기본물질인 단순 단백질과 핵산, 색소, 탄수화물 지질과 결합, 복합 단백질의 모양을 형성하고 있다는 것이지요. 즉 몸-음식-물-산소=음식물-액체는 물과 고체로 혼합된 것인데, 동식물의 생명을 유지하기 위해 하나의 에너지로 작용하는 것이죠. 결국 영양분의 성질을 가리키는 것입니다."

"네, 그렇군요. 머리가 좀 복잡해져 가는 느낌이 듭니다만, 제가 궁금히 여기던 분야라서 그런지 가슴에 속속들이 스며드는 것 같군요."

---

14) 뉴클레오타이드nucleotide : 염기, 당, 인산의 세 가지 요소로 구성된 화학적 단량체로서, 디엔에이 사슬의 기본 구성단위이다.

"신체감각기관, 그리고 사람, 움직임, 곡식, 싹틈, 식물, 꽃핌, 열매 등의 에너지 작용과정은 동식물이 모두 다 같아요."

나는 사람의 생체에 미치는 영양소, 즉 에너지를 크게 구분해 보면 단백질, 지방인 지질과 탄수화물 등으로 구분해 이해했다.

"여기 생명체의 구성요소를 자연적인 측면에서 관찰해본 것을 열거해 보면, 태양, 즉 에너지인 열과 지구자력(음) 흙地 물水 불火 바람風 등을 들 수 있는데, 이는 기초 에너지인 기氣, 즉 생체를 운영하는 힘의 작용의 원소인 토양과 식물과 산소로 구분하게 됩니다."

"사람의 몸은 흙으로 빚어 그 속에 생령을 불어넣어 살게 했다고 성서에 있던데요. 흙과 몸은 성질이 서로 다른데 어떻게 융합이 가능하죠?"

"화학변화를 일으키면 가능하죠. 토양은 흙 속의 원소와 동질성을 같습니다. 흙 속의 원소는 모든 동식물의 원천이 되죠. 원소의 변화는 수많은 형태와 색상을 만들어내는데 이를테면 사람, 나무, 야채, 과일, 풀, 기타 등으로 말입니다."

"정말 신비롭기 짝이 없네요."

"위에서 밝힌 불은 실질적으로는 열기를 지적한 것인데, 몸을 따뜻하게 해 주지 않으면 몸속의 원활한 에너지인 혈액의 순환이 불가능하지요."

"네, 그건 저도 이해합니다. 제 복부는 항상 차가워서 배를 따뜻하게 해야 했습니다. 그래서 일정한 온도가 유지되어야 소화 기능이 원활해지고, 깊은 잠을 잘 수 있습니다. 냉랭한 배를 노출시킨 상태에선 깊은 잠을 이룰 수가 없을뿐더러 심하면 한 여름철에도 설사를 해요. 좀 유별난 체질이지요? 저의 모친은 제가 아기 때부터 일본방식인 배 옷감으로 저의 배를 감싸 메어주시곤 했다고 합니다. 그런 습관이 길들여진 영향이 아닌가 싶습니다."

"사람마다 체질이 다 다르니까요. 선생은 차가운 체질인가 봅니다. 그런 체질은 언제나 따뜻하게 보호하셔야지요."

3

"선생님! 그리고 보니까. 우리 통성명도 없었습니다. 저는 성이 공가입니다. 회사생활을 20여 년 했는데, 나이가 차 퇴물이라 여겼는지 정년퇴임을 당하고 이렇게 무위도식하고 있습니다. 오늘 초면임에도 이렇게 선생님께 무례를 저지르게 되어 송구합니다."

"송구하다니요. 별말씀을 다 하십니다. 저는 김 종성이라 하고요. S대학에서 학생들을 지도하다가 몇 년 전에 공주 사범대학으로 옮겨 재직하고 있어요. 주말엔 서울에 올라옵니다. 그리고 주초에 내려가는 주말부부 생활을 하고 있죠. 시간이 서로 맞아 떨어진다면 1주일에 한 번은 뵐 수 있을지 모르겠군요."

"고매한 인격을 갖춘 선생님을 알게 되어 저로서는 광영입니다."

"그러면 아까 이야기하던 것을 마저 마무리해 드려야겠군요."

"고맙습니다. 교수님!"

뒤늦게 국립대학 교수라는 것을 알고서 그에게 더욱 존경의 눈빛을 보내게 되었다.

"김 교수님! 우리가 사는 이 지구상에서 바람은 왜 필요할까요. 바람이 불고 나아가서 태풍(typhoon)이 불면 인류와 동식물에게 대형 피해를 안겨주는데. 그까짓 바람이나 태풍이 일지 않으면 지구의 모든 생물이 생존하는데 지장이 있습니까?"

나는 태풍의 위협이 인류에게, 아니 지구상에 있는 모든 생물에게 이로운 점이 많다는 사실을 알면서도 다시 확인 차 넌지시 물어보았다.

"이 지상의 동식물은 자연과학의 가르침대로라면 자연에서 태어나 다시 자연으로 귀속된다고 합니다. 그런 과정에서 발생하는 물리적인 현상에는 순기능과 역기능이 있게 마련이지요."

"네, 김 교수님!"

"태풍이 기본적으로 수많은 비구름을 동반해서 가뭄 해갈에

도움을 주고 있다는 것은 분명하지요. 지나가는 모든 나라와 지역에 물을 공급하는 역할을 하고 있다는 것도요. 육지에 있는 물의 30% 이상은 태풍이 공급해준다고 합니다. 기본적으로 비는 공기를 정화하는 역할을 하고 있는 셈이죠. 공기와 오염물질이 비와 바람을 통해 깨끗하게 바뀌는 지역도 있어요. 태풍은 적도 부근에서 축적된 에너지를 북쪽으로 이동시켜 지구의 남반구와 북반구의 온도가 균형을 이루도록 도와줍니다. 태풍이 지닌 에너지 크기가 조금씩 다르지만, 보통 1945년 8월 12일 일본 나가사키에 투하된 원자폭탄의 1만 배 정도의 위력을 발산합니다.”

“와, 태풍의 위력이 그렇게 대단한가요?”

“태풍이 바다를 지나는 동안 바닷물을 뒤섞어 순환시킴으로써 플랑크톤 등을 끌어올리거나 주변 바다 생태계를 정화시키는 작용을 하는 것이죠. 바닷물이 섞이는 과정에서 바다 속의 플랑크톤이 떠오르면 물고기의 먹이가 풍부해지죠. 태풍의 그런 위력 때문에 산소 등을 지구상의 생명체가 공급받게 된다는 것을 생각하면 인류와 자연에 미치는 역기능인 피해 정도는 불가피한 거죠. 그래도 그 역기능에 대처하기 위해 늘 경각심을 갖고 대비해야 하겠죠.”

“이제 자연의 속성을 조금 알 것 같군요.”

“조금 더 나아가 자연에 대한 근본적인 것을 이해할 필요가 있어요, 10억 년 전부터 식물들이 협동 작업을 통해 지구 환경을 엄청나게 변화시키기 시작했어요. 그 시절 바다를 가득 메운 단순한 녹색 식물들이 산소 분자를 생산하자마자 자연스럽게 산소가 지구 대기의 가장 흔한 구성 물질 중 하나가 되었습니다. 원래 지구의 대기는 수소[15]로 가득했거든요. 그래서 지구 대기의 성질이 근본적으로 바뀌었습니다. 생명현상에 필요한 물질이 그때까지는 비 생물학적 과정을 통해서 만들어졌으나, 산소 대기의 출현으로 지구에는 생명에 대한 신기원이 세워진 겁니다. 산소는 유기물질을 잘 분해하지요. 지구 대기의 질소는 산소보다 화학적 활성도가 많이 떨어지기 때문에 훨씬 무해한 분자입니다. 그렇지만 지구 대기에 질소가 유지되는 과정에도 생물이 크게 관여하고 있어요. 지구 대기의 99퍼센트가 생물활동에 그 기원을 두고 있다고 해도 과언이 아닙니다."

"물리적 화학적 작용을 거친 일련의 지구의 원소들이 결국 동식물의 생장을 돕는 에너지원이라는 것이군요."

"그렇습니다. 이 모든 우주의 작용은 생명체들이 생존하도록 만든 방편이 되죠."

---

15) 수소水素 : 무색, 무미, 무취의 가연성이 높은 기체 원소. 모든 물질 가운데 가장 가벼운 원소. 자연계에 널리 다량으로 존재한다. 인위적으로는 물을 전기분해하거나, 아연에 묽은 황산을 작용시켜 만든다. 암모니아, 염산 등의 원료와 각종 불포화 화합물의 첨가제나 기구 충전 등.

"여기 우주와 자연을 노래한 시詩가 있습니다. 교수님!"

"한 번 불러주시겠습니까? 공 선생님."

"차라리 돼지 목 따는 소리가 더 듣기 좋을 텐데요."

"괜찮습니다. 스트레스도 풀 겸 목청 높여 한 불러보세요."

"네, 그러죠. 크흠…."

목소리부터 먼저 가다듬었다.

내가 사는 산골

우라노스에 사는, 날개 단 사향노루가

별빛을 물어다 내가 사는 산골 계곡에 흩뿌려 놓을 때

웅덩이는 반짝반짝 별을 가득 담고 빛납니다.

적적한 능선으로 은색 구름 피어나는데

또~옥 또~옥 뽕잎 움트는 소리에

살포시 귀 기울이는 앵무새도 소리 내네.

보리이삭이 사각사각 바람에 물결치고

뻐꾹새 슬 피울 때 계곡자락 꿈의 능선으로

까마귀 소리 아스라이 멀어져 갑니다.

산새소리 모두 잠든 고요한 밤은

온 숲은 나무들이 터트리는 폭죽소리에

나는 노을빛으로 붉게 물든 꿈을 꿉니다.

"잘 부르셨습니다. 뱃속으로부터 뿜어져 나온 소리가 목이 좀 트인 소리네요."

"제가 작사한 노래입니다만 성량이 풍부하지 못해 부끄럽습니다."

"청량감 있는 숲과 산새들, 자연의 노래 소리가 고마운 것은 어디 사람뿐이겠습니까. 곡식이 쓰러져 부러뜨릴 정도가 아니라면 곡식들도 시원하고 고맙게 여길 것입니다. 사람이나 동물만 움직여야 성장하는 것이 아니라 나무나 식물도 제자리에서라도 자연의 힘으로 적당히 흔들어 주어야 합니다. 습도와 온도 등을 조절해 주고 성장 촉진제로 운동을 하게 합니다. 쑥쑥 자라게요."

운동은 사람이나 동물만 필요한 것이 아니었다. 무더운 여름에 더위를 식혀주는 역할도 한다. 내 몸이 적절한 온도를 유지해야 깊은 잠을 청할 수 있는 것처럼 모든 작물도 온도가 일정하게 유지되어야 한다고 생각했다. 그리고 수면은 동물에게만 있는 것이 아니라 식물에게도 필요했다. 어두운 저녁은 만물이 숨죽여 휴식하기 위해 수면을 한다. 휴식을 통해서 축적된 피로를 풀고 생체리듬을 회복해야 온전한 생장을 지속할 수 있기 때문이다.

"이야기를 하다 보니 시간이 이렇게 지났네요. 집에선 웬일로 들어오지 않나 기다릴 것 같습니다. 오늘은 이만 실례해도 괜찮겠습니까?"

"당연히 그러셔야죠, 교수님! 오늘은 제게 매우 유익한 시간이었습니다. 감사합니다."

나는 한때 살았던 곤지 암 산골의 밭작물을 떠올렸다. 수양산 골 초입에서 마을로 들어가는 길목엔 밤새 흐르는 수은등 불빛 아래 밭작물이 자라고 있었다. 그럼에도 오히려 정상적으로 자라는 작물보다 웃자라는 것에 의심이 생겼다. 결국 가을 결실 때는 알곡을 맺지 못했고 대부분 쭉정이뿐이었다. 작물도 분명 휴식이 필요했던가 보다. 닭장에 갇혀 있는 닭에게 대낮처럼 전등을 밝혀놓고 다량의 알을 낳게 강요하는 잔인한일처럼 밭작물도 휴식을 취하게 해야 함에도 이를 방해하는 것은 짐승보다도 못한 일이다.

인간 스스로 자연을 역행한 결과 알곡이 아닌 쭉정이로 갚음을 받았다. 식물이 무수히 많은 생장작용을 거친 후에야 우리가 필요한 에너지원을 얻을 수 있는데, 균형 없는 빛의 과잉 공급은 결실을 맺지 못한다는 것을 새삼 깨닫는다.

모든 식물에게 내재된 유전자 지도에 의해 반응하지 않고서야 어찌 생장하고 그렇게 반응할 수 있을까. 식물이 소리 질러 반항하지 않는다고 해서 우리가 식물의 이상 징후를 모른다는 것은 단순히 관찰력 부족이었다. 우리가 식물의 특성을 잘 이해하고 이 지구에서 그들과 조화롭게 살아가기를 바란다면 우리는 식물을 있는 그대로 받아들여야 했다.

매봉 산기슭 북서쪽 고층아파트 단지에도 그 이튿날 아침 형사람들의 발걸음은 여전히 분주하게 옮겨가고 있다. 그곳엔 아직 어둠이 거치지 않았으나 언덕 아래 대로를 지나는 자동차 소리는 새벽 아파트 단지의 정적을 깨며 질주한다.

피아노 교사

1

'문화가 아름답다.'라는 것은 강압적인 권력이 아닌 문덕文德으로 백성을 이끌어간다는 형태의 용언이다.

한때 문화가 융성했던 나라 중에 옛 러시아가 있다. 문학과 예술을 사랑하는 나라였다. 시인 릴케는 '활화산 같은 열정을 마음에 간직한 채, 산처럼 침묵하는 깊이 있는 민족'이라 했다. 공산주의 70년의 폭압 정치 하에서도 경제적인 어려움을 잘 견뎌내며 정서적으로 안정감을 잃지 않았다. 우리의 정서는 어떨까? 어린아이 때부터 문학적인 소양을 길러주고 있을까? 연극을 보고 시를 감상하면서 상상력을 기르도록 말이다.

겉치레하게 외쳐대던 문화가 아니라 깊은 이해를 갖고 바르게 누릴 줄 아는 문화민족이기를 바랐다. 부모의 의식부터 되돌아보는 것은 어떨까. 유아기 때부터 연극과 시 낭송을 수시로 감상하고 자라도록. 그것이 학교 교육과 사회교육으로 이어진다면 더욱 좋을 것이었다. 느낄 수 있도록, 문화예술을 향유할 수 있는 기회가 이렇게 확대된다면 얼마나 좋을까싶다. 머리로만 아는 지식보다 가슴으로 느끼는 정서와 예술적 감흥을 불러일으키도록. 그렇게 되면 좋은 시를 읽게 되고, 시인은 좋은 시를 쓰기 위해 노력하고, 문화가 살아 숨 쉬는 사회가 오지 말라고 해도 정녕 올 것이었다.

이런 소망을 늘 간직하고 있던 그녀 역시 지도하는 어린이들이 원하는 것을 아주 빨리 받는 것에 익숙해져 있다. 아이들은 몇 초안에 원하는 것을 얻지 못하면 참지 못했다. 그들은 하는 일을 멈추고 무엇인가 다른 것을 찾아 움직인다. 다른 사람에 대해 사려 깊게 생각할 줄 모르는 것은 더더욱 우려스럽다. 아이들은 피아노를 배우고 연주하지만, 자신이 무얼 하고 있는지 선뜻 의식하지 못한다. 생활의 의미라는 것을 찾기에는 아직 이른 나이일 것이다.

그녀 역시 오래된 리코딩 같은 것은 들을 기회가 없다. 훌륭한 연주회에도 가지 못한다. 아주 대단한 사람이 연주할 때도 그녀는 거의 관람하지 않았다.

애석하게도 이것이 오늘날 문화의 추세를 대변하는 것 같아 서글퍼진다. 민주주의, 아니 자본주의 원칙이 정치적, 사회적, 경제적으로 윤택한 삶을 만들어 줄지는 모르지만 이 원칙이 문화 부문에 적용되었을 때는 불가피하게 평범한 사람만 양산하게 될 것 같다.

그녀에게 어떤 어린이가 피아노 악곡을 배우러 오든지 간에 똑같은 것을 가르쳐 주더라도 받아들이는 것은 각각 달랐다. 어린이의 자세가 궁극적으로 어떻게 다르냐에 따라 여러 어린이 중 평범한 어린이가 되느냐, 그렇지 않느냐가 정해진다는 것을 그녀는 스스로 깨닫고 있었다.

예술은 패션과 같이 오고 가는 그런 것이 아니었다. 대우를 받거나 천대를 받는 것과는 전혀 상관없는 중요성을 가진 것이 바로 음악예술이었다. 예술과 음악의 '중요성-가치'는 자동차 제조처럼 어떤 상품 개수를 헤아리듯 평가할 수도, 평가해서도 안 될 것이었다. 전반적 예술 교육, 특히 음악 교육은 아무리 사회가 어지럽더라도 필요했다. 이런 교육은 배울 준비가 되어 있고 탐구하고 싶은 어느 누구에게 든 아주 중요한 동기로 작용했다.

음악과 예술을 천대하는 인류의 미래 모습은 어떤 재앙을 불러들일까. 예술 없는 인류의 삶은 색깔과 깊이가 없는, 그리고 아주 평범한 표면적인 삶이 될 것이다. 동물 중에서도 지능이 저

속한 동물의 생존과 같을 것이지 싶다. 아니, 좀비와도 같은 행태로 전락해버리지 않을까 하는 두려움까지 엄습해왔다. 예술과 문화의 가치는 아주 특별해서 그 자리를 대치할 것이 이 세상엔 존재하지 않는다고 보았다.

그녀가 보아온 아이들은 조중, 조급증에 걸려 있었다. 참을성을 필요로 하는 음악과 예술을 등한시했기 때문이라고 믿고 싶었다. 닭과 달걀, 혹은 달걀과 닭, 이 양자론은 이 세상의 영원한 수수께끼다. 요즈음 조급증은 어떤 분야에서든 집중하고 시간과 노력을 투자하는데 결코 도움이 되지 않았다. 비단 음악뿐일까. 어떤 것이든 시간과 노력을 다분히 투자를 요구한다. 허나 조급증이 오고 간다. 어린이들이 팝 문화와 음악과 예술 사이에 대한 확실한 이해와 선택을 하게 해야 한다는 것이 그녀의 생각이었다.

통제되고 규격화된 엄격한 교육과 자율과 창의를 중시하는 교육. 자율과 창의 단련과 엄격한 교육은 서로 외면해서는 안 된다고 본 것이다. 최고의 방법은 두 가지 모두를 병용하는 것이다. 음악 자체가 모든 것이다. 음악은 그 자체가 많은 요소와 다른 모든 방식을 포함하고 있기에 다른 음악과 전통 사이에 분쟁과 대조가 없었다. 단지 서로 조화롭게 충족시킬 뿐이었다.

교육과 철학은 전해주지 못했을 때 잃는 것이었다. 음악은 언어였다. 음악 연주는 청중과 대화하는 과정이었다.

2

이 시간 첫 번째 레슨은 혜은이다. 초등학교 3학년인 이 여자 아이는 훤칠한 키에 미모가 뛰어나 아동복 의상 모델을 겸하고 있다. 부지런하고 책임감이 강한 소녀다. 레슨 후 내주는 과제는 열심히 연습을 해 다음 과정으로 넘어가는데 무리가 없다. 혜은이는 하고 싶은 것이 너무나 많다. 피아노 연습만 하기도 힘들어할 나이인데 아동복 모델에다 미술, 보컬 그룹, 바이올린까지 욕심을 낸다. 얼마 전부터 선생인 그녀가 실용 음악에 관심을 두고 작곡과 보컬까지 배운다는 이야기를 듣고부터 아이도 따라서 배우고 싶은 욕심이 생겼다.

그런 소녀가 하루는 자기 방에서 꼼짝 않고 문까지 잠가놓고 열어주지 않고 있었다. 피아노 레슨 선생님이 왔다고 할머니가 소리치는데도 요지부동이다. 놀란 그녀가 "뭐하니?" 하고 큰소리로 부르고 문을 두드리자 그때야 심드렁하게 대답한다.

"고민하고 있어요."

미적미적 마지못해 문을 여는 것 같다.

"고민? 무슨 고민?"

"사는 것에 대해서요."

"사는 것? 누가? 너는 고민이란 것이 뭣인지 알고 있는 거니?"

그녀가 다그친다.

"내가요, 앞으로 어떤 길로 나가야 성공할지에 대해 고민하는 중이에요."

"참 기가 막혀, 초등학생이 벌써부터 그런 고민에 빠져있으면 어떻게 해."

"진로를 빨리 생각해 두어야 노력해서 남보다 먼저 가죠."

"네가 하고 있는 피아노를 열심히 배우고 모델 일을 열심히 하다 보면 어떤 길이 네 적성에 맞는지 판단이 들 때가 올 거야. 더 크면 말이다. 알았니? 그리고 그렇게 지나치게 고민에 빠지다 보면 네 앞길이 위험해질 수가 있어 내 말, 명심해 두는 것이 좋을 거야."

아직 어린 것이 벌써부터 자신의 앞일에 대한 고민에 빠져 있으면 어쩌자는 것일까?

물론 아이작 스턴은 미국 맨해튼 남북을 오가는 버스를 수십 번 타며 자기 삶을 고민했다고 한다.

그녀는 제각기 다른 아이들을 틀에 맞추어 조율해야 하는 레슨에 부담을 느낄 때가 있다. 다른 선생들은 이 배움을 '눈물과 분노와 독설이 뒤범벅된 과정'이라 되게 혹독하게 다룬다고 했다. 그런 어려운 과정을 거친 아이라야 독보적인 가치를 생산하게 되는 것이라 말하면서.

　설사 그럴지언정 그녀는 부드러운 사랑의 감정으로 가르칠 수는 없을까 고민한다. 그런 강압적인 말보다 감각과 표정과 모션을 우선으로 해서. 예술은 말보다 율동이 더 설득력이 강할 것 같아서다. 피아노의 특성과 음악, 테크닉에 대해 말로 설명할 때 초등학교 일학년 아이들인 태재나 준 원이에게서도 언제나 느끼기 때문이다. 무척이나 힘이 드는 모양인가 보다. 얼굴 표정에서 몸놀림에 이르기까지 반복된 불편한 반응을 보이기에 그렇다.
　"선생님이 그렇게 말하면 내가 얼마나 힘들게 고민하는지 아세요?"
　태제가 항변하면서 그렇게 투덜댄다.
　"그러면 선생님이 어떻게 하면 힘이 들지 않고 고민도 되지 않을까? 태재야."
　"선생님이 피아노 치는 것을 따라 하고 싶어요. 선생님은 피아노 치는 것이 너무 예뻐요."

태재는 아이답지 않게 선생을 기쁘게 할 줄도 안다. 그러면서 어른들이 하는 것을 따라 하고 싶은 아이들의 특성인 모방심리를 고스란히 드러낸다.

"그래, 알았다. 태재가 하는 말을."

그녀는 아이들의 말을 경청하는 것이 아이들에게 어떤 도움이 될까를 진지하게 생각할 때가 있다. 꼭 해야 할 필수적인 문제의 설명은 풀어서 쉽게 하되, 가능한 입으로 설명하는 것은 아주 많이 줄여야 한다고. 대신 경청에 많은 비중을 두고자 한다. 경청에는 사랑의 표현이 담겨 있다는 데 어찌 이를 데면데면하고 허술히 여길 수 있을까.

진심으로 아이들의 말에 귀를 기울이고, 때때로 그녀가 말하고 싶은 것을 포기하고 오히려 아이들이 하고 싶은 말을 다 할 수 있게. 이런 것들이 아이들에게 선한 가르침이 됐다. 그들의 말에 그녀가 귀를 기울일 때, 가르치는 초점을 아이들이 필요한 여러 호기심과 관심에 맞추었다. 그런 뒤부터 그들의 아이디어, 생각, 그리고 표현을 존중하게 되었다. 무엇보다도 아이들 개개인에게 주의를 기울이고 있다는 것을 보여주어야 했다. 아이들의 통찰력(피아노에 대해 훤히 꿰뚫어 보는 능력)이 아주 중요하다는 것도 알게 되었다.

그런 후로 서서히 아이들은 가르침과 그녀의 제안을 매우 긍정적으로 받아들이고 피아노 숙제에 열의를 보였다. 사실 아이들은 학원에서 두세 가지 과목을 배우고 또 다른 과외 공부를 하는 등 할 일이 많기에 연습할 시간을 갖는 것엔 관심이 없고 놀고 싶은 마음밖에 없다. 이런 아이들의 열망을 충족시키지는 못할망정 강제로 억제하면 그들은 정신적 압박을 느낄 것이고, 결국 육체적 건강에 적신호가 켜지게 될지 모른다. 그럼에도 아이들은 이를 잘 극복하고 피아노 연습 시간을 늘려 과제에 충실했다. 이런 개인적인 관심을 통해 훈훈한 정을 쏟았던 것이 주효한 것 같다. 그들은 선생인 그녀가 매일 기다려진다고 했다.

그녀는 아이들을 일주일에 한 번 아니면 두 번 만나게 된다. 그들은 새롭게 만날 때마다 자신의 생각과 학교에서 있었던 일과 어머니·아버지의 비밀스런 이야기를 몰래 엿들었던 것까지 미주알고주알 설명하면서 즐거워했다.

초등학교 3학년인 채원이는 자기 부모에 대해 이야기했다. 누구에게도 발설하지 말라는 당부까지 하면서. 그녀가 가르치는 아이들 10여 명은 대체로 배운 것을 일상적인 생활에서 잘 응용하고 있다.

물론 아이들이 숙제도 잘하지 않고 때때로 그녀에게 짜증내거나 퉁명스럽게 반응하는 적도 있었다. 심지어는 '짜증나'라는 소리를 서슴없이 내뱉곤 했다. 잠실에 사는 아이와 함께 했을 때 있었던 일이다.

김아 라라는 소녀. 아라는 초등학교 고학년이다. 어느 날 연습 과제를 확인하려고 아이의 집에 들어서자마자 물었다. 그랬더니 대뜸 하는 소리가

"정말 짜증 나. 하지 않았어요."

"김 아라, 너 말투가 왜 그래. 짜증난다고? 나는 20년이 넘도록 피아노를 가르치면서 그런 소리를 한 번도 들어본 적이 없다. 그런데 네가 선생한테 그런 소리를 해? 그리고 숙제는 못한 것이 아니라 안 했다? 그러니까 사정이 있어서 못한 것이 아니라 고의로 안했다 이거지? 참 기가 막히네.…"

"짜증나니까 짜증난다고 한 게 뭐 그렇게 기분 나쁘세요, 샘? 그리고 숙제를 못한 거나 안 한 거나, 거기서 거기 아니에요. 그런 말을 갖고 물고 늘어지세요, 왜?"

"네가 선생을 우습게 보는 모양인데, 이렇게 대놓고 무시해도 되는 거냐?"

"……."

김아라의 부모는 외국에서 공부를 하고 돌아온 유학파 부부였다. 아버지는 유수의 전자회사를 다닌다. 꾸며놓은 집안과 아이

의 여러 과외 과목을 보면 생활은 상류층에 속한다. 아이가 신경질을 잘 내는 탓에 많은 선생이 진도를 나가지 못하고 이내 손을 들고 물러났다. 사실 평소 선생인 그녀의 옷차림이 협수룩함을 보고 은근히 모멸감을 느낄 때가 많았다. 그래도 그녀는 3년을 참았다. 사람을 만들어 보려고 그녀의 모든 것을 걸고 지도하려 애써왔다. 그러면서도 그녀의 마음에 그런 앙금이 조금씩 쌓여왔던 터라 한 번은 혼내주려고 벼르던 참에 오늘 이윽고 그녀가 폭발한 것이다.

아라의 어머니가 자기 아이를 엄하게 대해서라도 사람을 만들어달라고 신신당부한 게 벌써 3년 전의 일이다. 당부에 이어 오랫동안 지도해 달라고 애원했다. 선생이 자주 바뀌어 아이의 정서에 악영향을 끼쳐 그런다고 했다. 그녀는 한 아이를 지도하더라도 피아노보다 인성을 우선으로 삼았다. 피아노 레슨은 바른 심성을 갖춘 다음, 그 바탕 위에 예술이 더해질 때에야 온전한 예술로 승화된다고 믿었다. 오늘은 더 이상 아라를 지도할 기분이 아니다.

이날은 아라 역시 피아노 레슨을 받고자 하는 태도가 아니었다.

"나는 너에게 더 이상 피아노를 지도할 능력이 없구나. 계속 만나야 할 명분도 없어진 것 같고. 넌 나보다 더 훌륭한 선생님을 만나 배우는 것이 좋겠다."

그녀는 그렇게 아라에게 최종 선언을 했다.

그녀는 곧바로 휘황찬란하게 꾸며진 아라의 집 아파트 현관문을 나섰다.

그리고서 2~3일이 지났을까? 아라 어머니에게서 전화가 걸려왔다.

"선생님, 대단히 죄송해요. 아라 때문에 많이 속상하셨지요. 그렇게 퉁명스럽게 선생님을 대하고는 지가 뭘 잘했다고 울고불고 야단이 났어요. 지금 선생님과 아주 멀어져서 억울하고 슬프데요. 짜증난다는 아라의 말에 선생님이 발끈하셨다면서요. 선생님이 아시다시피 요즘 아이들은 부모나 학교 선생님을 가리지 않고 짜증난다는 소리를 식은 죽 먹듯 하잖아요. 물론 선생님 앞에 그런 태도는 불손한 태도인 줄 잘 압니다. 그런데요, 자초지종을 들어보니까 아라는 큰 의미를 두고 한 말이 아니었데요. 자기도 모르게 불쑥 튀어나온 것이래요. 선생님께서 너그럽게 이해하시고 계속해서 지도해 주셨으면 좋겠어요. 아라가 선생님이 싫다면 어쩔 수 없지만 그래도 선생님이 좋다는데 어떻게 합니까. 이렇게 제가 정중히 사과드립니다. 부디 화를 푸세요. 부탁드립니다."

그녀는 전화기 너머에서 들려오는 아라 어머니의 말소리를 아무런 반응 없이 조용히 듣고만 있었다. 긴 설명이 이제는 끝났나 싶어 답했다.

"아라 어머님 말씀을 듣고 보니 참을성 없는 제가 너무 경솔했던 것 같군요. 저도 그렇고 아라에게도 냉각기를 두고 반성할 시간을 좀 주시지요. 제가 가부를 연락드리도록 하겠습니다."

그렇게 부탁하고서 전화를 끊었다. 그리고 한 달여를 끌었던 것 같다. 그때까지도 그녀를 필요로 하는지 확인하고, 또다시 그런 일이 없을 거라는 아라의 다짐을 받고 나서 다시 피아노 레슨을 시작하게 되었다.

그들의 필요사항을 들어주지 않고 부모들의 일방적인 강요로 피아노를 배우는 아이들이 대체로 그랬다. 그런 아이들은 그녀에게도 부담이 되어 일면 스트레스로 작용했다. 이를 어떻게 극복해야 할지가 여간 고민이 아닐 수 없다. 그 원인을 해결해야 가르치는 사람으로서 덜 힘들 것 같았다.

그러나 그녀에게도 한계가 있었다. 큰 문제는 다양한 방면으로 배움의 범위를 넓혀 피로가 쌓이고 쌓여서 신체적으로도 정신적으로도 압박감을 이기지 못해 건강에 적신호가 켜져 있는 상태라는 것이었다.

그녀는 아이들을 위해 피아노를 기본으로 하여 다양한 방면을 복합적으로 가르치기 위해 다양한 음악 장르를 대학에서 배우고 있다. 실용적인 음악을 통해 작곡을 배웠고 보컬 그룹을 통해 뮤지컬 등을 배우는 등 다양했다.

무엇보다도 전인교육을 위한 다양한 활동과 건강한 통합교육을 위해 노력하지 않으면 경쟁 시대에 도태되기 마련이다. 그녀는 발레, 오케스트라, 작곡가 탐험 등 다른 교육으로 채워줄 수 없는 고급 예술을 현장에서 체험하게 한다. 영어와 피아노 테크닉은 물론 전인적인 잠재력까지 개발시켜주는 유아 음악 프로그램으로 아이들을 만난다.

3

그녀는 초등학교 때 산수를 가르치는 선생님이 그녀에게 관심을 갖고 자상하게 대해주던 때를 떠올렸다. 평소 산수 점수가 그다지 높지 않던 그녀는 산수 선생님을 실망시켜드리고 싶지 않아 다른 어떤 과목보다도 열심히 예습 복습을 했다. 모르는 문제는 고민하면서 해답을 찾으려고 무던히 애쓰던 때가 있었다. 그런 후 그녀도 모르는 사이 산수 성적이 쑥쑥 자라는 것을 발견했다. 산수 선생님은 그 후로도 관심과 칭찬을 아끼지 않았다. 그녀도 산수 선생님을 롤 모델 삼아 관심과 사랑으로 아이들을 대해주어야 한다고 생각했다. 그 결과 아이들은 그녀를 살가운 태도로 따랐다. 피아노 레슨에 흥미를 갖고 집중했다. 피아노 레슨 시간이 끝나고 헤어지려 하면 벌써 시간이 다 되었냐고 확인하며 떨어지기를 매우 아쉬워했다.

아이들이 그들의 생각을 말할 때 그녀가 주의했던 것은, 말하는 아이와 '아이 투 아이(서로 눈을 마주치며 바라보는 것)'법을 실천하는 것이었다. 그리고 그녀는 성급하게 판단하여 충고하거나 조급하게 대화에 끼어들지 않았다. 그 분위기에 빠져들어 아이들에게 방해하지 않는 선에서 그들의 생각을 정확하게 표현하도록 도와주곤 했다. 다만 아이들이 무슨 말을 하는지를 이해하고 있다는 것을 보여주는 반응, 즉 '그러니.', '그랬구나.', '이를 어쩌나.', '선생님이 도울 수 있으면 좋겠다.' 등의 짤막한 공감을 표시하는 것으로 아이의 행위에 장단을 맞추어주자 분위기는 고양되었고 레슨의 능률이 올랐다.

물론 아이들의 생각을 다 이해하거나 당장에 해결하기 어려운 점도 있었다. 이해할 수 없을 때, '그것에 대해 더 자세히 이야기해주겠니?' 더 나아가 '그런 일이 일어났을 때 너의 느낌은 어땠어?', '이해하기 힘들어요. 무엇에 대해 이야기 한 것입니까?', '그 것을 선생님에게 설명해 줄 수 있을까?' 등으로 말을 유도했다.

아이들의 말을 경청하고, 사랑하고, 그들의 생각과 의견을 존중할 때, 그들이 적극적으로 따른다는 것을 알게 되었고 얼마나 많은 것을 배우고 있는지 알게 됐다. 그들의 필요사항도 보다 더 잘 이해하게 되었으며 낙담이나 다른 것에 몰두하는 것처럼 배움을 제한하는 장애를 인식하고 이를 제거하는 데 도움을 주었다.

중요한 것은 그들을 힘들게 한 질문이나 과제 확인에 대해 더 잘 이해하게 되었다는 점이다. 아이들이 답할 수 있도록 간접적인 이야기를 해주었더니 오히려 그들에게 스트레스가 아니라 즐겁게 하는 가벼운 이야기로 작용했다. 유머러스한 비유로 지나간 이야기처럼 흘려준 것이기에. 또한 아이들에게 중요한 것을 계속 가르쳐야 할 때가, 그들이 말할 기회가 필요한 때가 언제인지도 알게 됐다.

아이들의 말을 경청한 행동은 피아노 선생인 그녀에게 커다란 혜택을 가져다주었다. 그들에게서도 배울 점이 많다는 것을 깨달은 계기가 되었다. '세 살 먹은 아이에게도 배울 점이 있다.'라는 고사가 결코 헛된 말이 아니었다.

특히 그들이 학습 과다로 건강을 해칠 염려가 생길 때면 그들의 부모와 대화할 시간을 가져야 했다. 그리고 세상이 모두 경쟁으로 구성되어 있어 하나라도 더 많이 가르쳐야 하고, 아이가 경쟁에서 뒤처지는 걸 보고 싶지 않다는 부모의 의중을 깨달았다. 그중에서도 채원이 부모와는 대화가 통했다.

채원이 어머니는 채원이가 하고 싶지 않은 과외는 끊고 아이가 하고 싶어 하는 것만 배우게 허락해주었다. 그런 면에서 채원이의 부모는 어떤 것이 자기 자녀들에게 중요한 일인지 분별할 줄 아는 사람이었다.

그녀가 가르치는 또 다른 아이 중에 초등학교 3학년인 채림이라는 소녀가 있다. 소녀는 심한 이명耳鳴(귀의 질환이나 스트레스로 정신이 흥분되어 청신경聽神經에 병적 자극이 생겨 어떤 소리가 잇달아 울리는 것처럼 느껴지는 일)을 앓고 있다. 밖에서 들려오는 소리도 자기 집안에서 뭐가 부서지는 소리로 들리곤 한다고 했다. 학교에서는 억센 아이들로부터 받는 스트레스와 소음에 노출되어 있는 아이였다. 그 아이는 여간 시달리는 것이 아니었다. 아이의 어머니는 이비인후과에서 진찰을 받았다. 아무런 징후를 발견하지 못했다는 담당 의사의 말이 나오자 엉뚱하게 화살이 아이에게 튀었다.

"피아노를 치기 싫으니까 꾀병을 앓고 있는 거지, 너!"

"내가 꾀병은 무슨 꾀병이야! 나도 모르는 것을 어쩌라고 그래! 자꾸 귀에 쿵쾅하는 소리가 들리는걸!"

아이는 그렇지 않다고 대답하려 했지만 말투가 퉁명스럽게 나왔다. 어머니는 반신반의하면서도 아이를 다그치기만 했다. 원래 소심했던 아이는 여간해서는 어머니가 걱정할까봐 자신의 괴로움 같은 것은 말하려고 들지 않았다. 묵묵히 어머니가 하라는 대로 따르려고 애써왔다. 그렇지만 그녀는 아이의 집중력이 떨어지고 산만해서 아이를 더 이상 가르칠 수 없다고 판단했다. 피아노 진도를 빼려고 해도 이명이 걸림돌이 되었다. 부모가 알아차려 정신건강의학과에라도 가서 근본적인 원인을 알아보도록 말을 꺼내려 했으나 조심스러울 수밖에 없었다. 아직도 어머니들은 정신과를 드나들며 치료받는 것을 꺼려했다. 주위에서 알게 될까봐 쉬쉬하는 것이 우리 사회의 현실이다. 딸아이의 정신적인 병을 피아노 레슨 선생이 알고 있다면 얼마나 당황해할까를 상상하면 차마 아이의 어머니에게 신경정신과에서 진찰을 받아보라는 말을 건넬 수가 없었다.

아이의 레슨을 중단하면 그녀의 수입은 줄어든다. 허나 그것은 두 번째 문제다. 아이의 질병의 원인을 찾아 치료를 하는 것이 급선무다. 어떤 질병이든 발병이 되면 초기에 근본 원인을 찾아 치료해야지, 치료시기를 놓치면 중증이 되어 치료가 점점 더 어려질 것이다. 치료비가 증가함은 물론, 치료기간도 그만큼 길어질 것이다. 아이의 고통이 더욱 커지는 것은 말할 필요조차 없다. 이런 급박한 상태를 무시하고 레슨을 계속한다 해도 진도는 기대할 수 없다. 그렇다면 이유야 어떻든 가르치는 선생의 책임으로 돌아올 수밖에 없다.

그녀는 이런 어려움에 봉착했을 때 어떤 것이 우선이고 차선이 되는지 분별력을 가질 수 있어 다행이라 생각했다.

4

국제콩쿠르 심사를 맡아 보는 은사가 이런 이야기를 들려주었다. 그가 보기에 '한국이나 일본 아이들의 연주는 유럽 대학생과 비슷하지만 해석과 표현은 너무 똑같아 민망할 정도'라고 했다. 그녀의 미국인은사는 '중국 아이들에게서는 대륙의 호탕함과 자신감이 묻어나지만 전체적인 색깔은 역시 서로 닮아 있다'고도 했다. 그래서 그녀는 정돈된 틀 안에서 아이들이 마음껏 느낌을 표출하고 표현의 진폭도 다른 연주를 하도록 이끌어주려고 애썼다. '콩쿠르 입상에 욕심내는' 은사님 자신을 발견하고 놀랐다는 말도 그녀는 잊지 않고 있다.

때문에 그녀는 20년 이상 활동하며 인정받는 피아노 선생으로서 이름을 알리기보다 학생만 바라보고 그들에게 필요한 것을

설계해 주는 선생이 되고 싶었다. 그러려면 그녀 자신부터 천성
天性을 뜯어고쳐야 했다.

천성을 바꾸기 위해선 우선 6가지 객관적인 틀을 만들어야 하
는데, 어떤 '소리'를 내는지, '박자'를 잘 맞추는지, '리듬감'이 있는
지, '악구(프레이징, 음악 주제가 비교적 완성된 두 소절에서 네 소절 정도
가지의 구분)'에 대한 느낌이 몸에 배어 있는지, '페달'을 깨끗하게
쓰는지, 마지막으로 '끼'가 있는 지였다. 틀을 제대로 갖추면 개성
있게 흥을 담아 치더라도 무너지지 않을 것이다. 물론 고통스럽
고 눈물을 많이 쏟아내야 할 때도 있을 것이다. 기본 틀을 파악
하기 위해 아이들의 연주는 반드시 집중적으로 살펴야 했다.

그녀는 전주 전체에 대한 아이들의 느낌을 일기처럼 적어둔다.
그렇게 쌓이는 파일이 1년에 60개 이상으로, 한 번 만든 파일은
학생이 장차 대학을 졸업할 때까지 각각의 아이들에 대한 최신
정보를 포함하기 때문에 10년쯤 지나면 해당 아이의 장단점과
연주 변화를 한 눈에 파악할 수 있을 것이기에 필수적이라 판단
했다.

혜은이는 한 번 가르쳐 주면 흡수가 대단히 빠른 아이다. 같은
곡을 계속해서 치면서 똑같이 친 적이 한 번도 없다. 대단한 장
점이다. 그러나 '다름'을 틀 안에 넣어 '개성'으로 다듬어 줄 필요

가 있다. 단점을 하나하나 지적하기보다, 좀 더 열정적으로 치면 좋겠다는 큰 방향만 가르쳐 준다. 대신 6가지 틀을 옭아맨다는 느낌이 들 정도로 강하게 강조한다. 그래도 혜은이는 한 번도 짜증내거나 화를 내본 적이 없는 아이다.

5

피아노 음향의 세계는 무한한 우주와도 같았다. 물리적인 힘 중에서도 가장 강력하고 빠르다는 빛의 속도로 질주해 가더라도 목적지에 도달하기는 어려울 것이었다. 짙은 운무에 가려 일상을 헤매던 그녀는 이날 '피아노 교사를 위한 연수 과정 세미나'장에 조금 늦게 도착했다. 도착시간을 조금 더 앞당겨지지 않을까 싶어 평소에 타던 노선이 아닌 다른 노선의 지하철을 이용했다가 그만 지각이라는 낭패를 맛본다. 비좁은 세미나장은 피교육자들인 피아노 교사들로 자리를 거의 매웠다. 그녀는 장내를 이리저리 두리번거리다가 이윽고 옆 구석진 한자리에 시선이 멈춘다. 그러나 의자를 앞으로 당겨 입구에 앉은 사람이 일어나는 수고를 끼쳐야만 한다. 그렇지 않으면 도저히 비좁은 곳을 비집고 들어갈 수 없다.

"저 안의 빈 의자에 들어가려고 하는데 좀 실례하겠습니다."

먼저와 앉아 있는 선생들은 '왜 늦게 와 민폐를 끼치느냐.'는 듯 시큰둥한 표정이다. 마지못해 일어섰지만 비집고 들어갈 수 없다. 그녀는 속이 상해서 들어가기를 포기하고 음료수를 사기 위해 로비로 나와 버렸다. 음료수를 준비한 그녀는 또다시 선생들 곁으로 다가가 다시 용기를 냈다.

"대단히 미안합니다만 의자를 앞으로 좀 당기어주시겠어요. 그러면 들어갈 수 있겠는데요."

여전히 그녀들은 모든 것이 귀찮다는 표정을 노골적으로 나타내었다. 그녀는 순간 서글픈 감정이 솟구친다. 자제력을 잃고 그만 화까지 치밀었다. 그렇다고 표정만 일그러질 뿐 표출할 수는 없다. 한 선생은 일어서서 의자까지 밀어 넣기를 주저주저하다가 억지로 일어나 자기가 앉았던 의자를 앞으로 힘겹게 당기었다.

무대 연단에 이미 등장한 교수를 바라보면서 사회자는 세미나가 시작된다는 안내를 했다. 자리를 터준 선생은 태도와는 다르게 곱게 화장을 한 얼굴에 머리는 곱게 꾸몄고 차려입은 의상도 꽤나 세련미가 덧보였다. 어렵게 비켜준 덕에 부대끼면서 그녀(경은)는 좁은 통로를 겨우 들어가 빈 의자에 앉았다. 처음부터 그녀에 대한 경은의 인상이 좋지 않았던 터라, 교재도 갖고 있지 않은 그녀는 빈손으로 앉아 앞에 있는 사회자만 바라보고 있다.

경은 이는 속으로 중얼거렸다.

'교재도 없이 빈손으로 와서 무엇을 어쩌겠다는 거야, 무엇을 배워가겠다고 저리 목석처럼 앞만 바라보고 있을까?'

경은은 그녀로 해서 기분이 몹시 상해 있지만 자기도 모르게 '그러나 어쩌랴. 내가 소지한 교재를 함께 보는 수밖에…' 그녀의 시선이 닿도록 경은은 이날 배울 교재 페이지를 열고 내민다. 경은의 행동이 의외였는지 그녀는 의아해하면서도 멈칫한 표정을 짓는다. 경은의 의연한 태도가 그녀를 계면쩍게 했는지 얼굴 표정이 좀 언짢아 보였다. 그러니 경은도 썩 달가워할 리가 없다. 그래도 경은은 지도 교수가 지적하는 페이지를 넘겨 그때마다 다소곳이 그녀 앞에 디밀어 주곤 했다.

2시간이나 소요되는 첫 세미나는 어느새 끝이 나고 휴식 시간을 갖기 위해 피교육생들이 로비로 물밀 듯이 몰려나왔다. 학원을 운영하는 사람이나 경은처럼 출장 개인 레슨을 하는 사람, 대학에서 배우고 또는 강의하는 사람들로, 오늘 세미나에는 새로운 지식과 기술의 연마를 위해 모여든 것이다.

언제 뒤따라 나왔는지 옆자리에 있던 그녀가 경은을 붙들고 먼저 말을 건넨다. 경은은 좀 의아했지만 시치미를 떼고 반겨 귀를 기울여 주었다. 그녀의 표정은 좀 전과는 다르게 매우 밝아

보인다. 교육을 받는 중에 경은에 대한 감정이 누그러져 오히려 고마운 마음이 들었던 것일까.

"교재를 보여주어서 고마웠어요. 저는 얼마 전까지 미국에서 애들에게 어드벤처 교재로 피아노를 가르쳐왔어요. 귀국한 지 얼마 안 되었거든요. 최근 들어 생각한 것은 한국에서는 어드벤처 교재를 어떻게 가르치는가였어요. 궁금해서 세미나 신청은 했는데 경황없이 오느라 미처 교재를 준비하지 못했어요. 그런데 교재 내용은 같은데 표지디자인이 좀 다른 것 같더라고요."

"네, 그러셨군요."

교재도 없이 참석하게 된 자신의 처지를 해명을 해주어 경은은 오해도 풀리고 한편으론 고맙기도 했다. 피아노 음악교육이 미국과는 어떻게 다른가를 알아보기 위해 처음 참석한 터라 본 협회에 등록된 회원은 아니다.

아마도 그녀는 자기가 처음 자리를 비켜주어야 할 때 서로 간의 감정이 대립한 상태를 감지한 것 같다. 그래서 미안한 마음으로 경은을 정중하게 대해 준 것 같았다. 사람의 심한 감정 상태는 표정에서 금방 감지되는데, 그녀는 서로 간의 응어리진 감정을 풀고자 용기를 내어 경은에게 말을 걸어온 것 같다.

그런 뒤 그녀와의 좋지 않았던 경은의 감정은 봄눈 녹듯이 스르르 녹아버린다. 그녀의 말을 들으면서 경은이 놀란 것은 그녀가 차림새의 고운 맵시와는 다르게 약간 다리를 저는 장애를 갖고 있었다는 것이다. 그녀의 걸음걸이를 보는 순간 경은의 얼굴은 붉게 달아오르고 울컥해 눈언저리에 눈물이 핑그르르 돌았다. 이때 바로 경은은 그녀가 왜 그렇게 주저주저 하면서 일어나기를 거북해 했는지 알 것 같았다. 오히려 성급하게 굴었던 자기가 그녀에게 큰 죄를 지은 기분이다. 그녀의 처지와 사정도 잘 모르면서 그렇게 쉽게 안 좋은 판단을 하고 인상을 찌푸렸던 것이 몹시 후회된다. 지금 그녀가 어떤 고통을 겪고 있는지 모르면서 섣불리 그녀에게 미운 감정을 품었던 자신이 오히려 미워지기까지 했다. 그녀가 그런 비좁은 공간에서 일어나는 것이 얼마나 불편했을까를 뒤늦게 생각하니 정말 그녀에게 정중하게 인사를 건네고 자신의 경솔한 마음과 행실을 용서해주기를 바랐다.

경은은 그런 경솔한 태도가 그 자신의 생활 속에 스며 있어 은연중에 스스럼없이 반복되었다는 것을 깨달았다. 상대방을 쉽게 넘겨짚고 판단해 버릴 때가 많았다. 오늘 급박했던 세미나장에서 생각지도 않았던 그녀야말로 경은의 감정을 크게 조절해준 스승이다. 첫 번째 세미나는 뒤틀린 심기에 꼬인 마음 상태에서 들었던 터라 강의는 가슴에 와 닿지 않은 것 같았다. 그래도 두 번째 강의 시간에는 안정된 마음으로 즐겁게 경청할 수 있다. 많은 가르침이 경은의 가슴을 속속들이 파고든다. 오늘 세미나에서 배운 것은 모두가 경은의 것인 것처럼 기분이 고조된 느낌을 갖고 세미나장을 나선다.

6

채림이 어머니가 면담을 요청해왔다. 평소 피아노 교사인 경은을 존중하는 태도를 보여 오던 분이다. 계획표를 만들어 보여주면 일정과 시간에 대해서는 이의를 제기하지 않고 잘 따라주던 채림이 어머니가 무슨 일로 면담을 요청해온 것일까. 궁금하면서도 의아했다.

"안녕하세요, 채림이 어머니. 그간 어떻게 지내셨는지요?"

"네. 잘 지냈어요. 선생님도 건강하게 지내셨어요?"

"컨디션이 좋아 상쾌했던 한 주였어요."

"다름이 아니라, 우리 채림이가 아직 완전히 손모양이 안 잡혀 있는 것 같아요. 선생님, 우리 아이가 아직 뼈와 관절이 다 자라지 않아 미숙해서 그런가요?"

"네, 그렇습니다. 어머님, 채림이는 손 근육이 분화(分化: 손가락이 피아노 건반을 동시에 누를 수 있도록 자라지 않거나 충분하게 벌려지지 않는 상태)되지 않아서 처음부터 둥근 손 모양을 만들기 쉽지 않아요. 하지만 지금 배우고 있는 프로그램 과정 중 1급 테크닉의 비밀 중 '꽃이 피어나듯'을 연습하면 아이들이 둥근 손 모양을 자연스럽게 배울 수 있게 됩니다. 그런데 둥근 손 모양을 지나치게 강조하면 손 모양이 경직될 수도 있거든요. 제가 좋은 손 모양 모델을 계속 보여주며 자연스럽게 흡수하도록 하는 데는 시간이 필요합니다."

"아, 네. 그렇군요. 짐작은 했습니다만, 제가 마음이 성급해서요. 그런데요. 시디(CD)를 통해서 배우는 과정이 있던데, 그것의 강점은 무엇입니까? 그리고 어떻게 활용해야 하나요?"

"어머님, 말씀대로 정말 성급하시네요. 반주 법까지는 채림이에겐 아직 이릅니다만 듣는 것 자체만을 생각한다면 안 들은 아이보단 더 유익하겠지요. 어머님께서 먼저 이해하셔야 할 것은요. 어드벤처 시디 1~6급 레슨 교재의 곡들이 스타일에 맞게 오케스트라, 실내악, 밴드 음악, 피아노, 하프시코드 연주 등 다양한 편곡으로 녹음되어 있어요. 각 곡은 느리게 한 번, 빠르게 한 번 녹음되어 있는데요, 느린 트랙은 학생이 혼자 연습할 때 활용을 할 수 있고 감상용으로도 아주 좋습니다. 스페인, 러시아, 스코틀랜드 민요 등 각 나라를 대표하는 스타일과 악기 소리를 체험하는 것인데요. 시디를 통해 다양한 반주 패턴을 경험하게 되므로 반주법이 저절로 향상됩니다. 거기에다 앙상블의 묘미를 느낄 수 있어요. 리듬감도 좋아지고 연습에 흥미를 느끼게 되지요."

"아, 예. 그런데요. 어드벤처 소나티나가 기존 소나티나와 다른 점은 무엇인가요?"

"아, 그거요. 기존의 소나티나에서는 볼 수 없었던 하이든, 모차르트, 베토벤의 쉬운 소나티나를 비롯해 다양한 시대, 다양한 작곡가의 소나티나가 수록되어 있습니다. 어드벤처 4~5급부터 병용할 수 있어요. 난이도순으로 되어있어서 체계적인 학습을 할 수 있다는 것이지요. 악상 기호가 음악적으로 섬세하게 되어 있어 콩쿠르 효과가 뛰어납니다."

"선생님, 많이 바쁘신지 알지만 만나 뵌 김에 한 가지만 더요. 피아노 어드벤처 올인원 교재의 장점은 뭔가요?"

"영어 교육이 과거의 문법 중심에서 통합 교수법(listening, speaking, reading, writing, phonics, grammar)으로 완전히 바뀐 것처럼 최신 피아노 교수법에서도 균형 잡힌 통합교육이 가장 중요하지 않겠습니까. 음악에 대한 아이들의 흥미는 물론, 독보력, 청음능력, 테크닉, 음악성, 이론 중에서 한 가지만 빠져도 피아노 실력이 늘지 않아요. 올인원 교재는 한 권으로 순서대로만 배워도 마치 네 권의 교재를 배우는 것처럼 저절로 통합교육이 이루어지도록 디자인되어 있습니다. 최근 교육학에서 일어나는 현상으로, 에빙하우스(주기적 학습 이론)를 바탕으로 배운 개념을 잊어버리기 전에 다양한 방법으로 반복, 강화시키고 있어요. 과거의 피아노 교육은 완전히 익히기 전에 계속 진도를 나가서 오래 배워도 제대로 외워서 연주하는 곡이 없는 경우가 많았는데, 올인원 교재는 완전히 몸에 체득시켜 실력을 탄탄하게 쌓고 초보 단계부터 바로 연주 실력을 발휘할 수 있도록 이끌어줍니다."

"아 그렇군요. 그런 프로그램대로만 배운다면 아이들이 정말 재미있어하겠네요."

"원어민 발음을 많이 들어야 정확한 영어 발음을 잘 익힐 수 있는 것처럼 음악은 설명으로 가르치는 것이 아니라 소리를 통해 감각적으로 흡수하게 되지요. 여기서 중요한 것은요, 현대 피아노 교수법이 아동 발달 학을 바탕으로 하고 있어요. 각 연령에 따른 음악능력 발달단계를 과학적으로 분석한 결과에 따라 교육프로그램이 짜인 것이 큰 장점입니다. 결론적으로 말씀드리자면 어린이들은 소 근육이 개발되지 않고, 손의 신경이 세분화되지 않아 연주능력이 매우 떨어져요. 그래서 유아기에 독보나 피아노 연주에 집중하면 피아노를 싫어하고 그만두게 되지요. 또 귀 개발이 가장 중요하고, 귀 개발의 청력 정도에 따라 평생의 음악적 잠재력이 결정된다는 것에 부모님들은 관심을 기울이서야 해요."

"고맙습니다. 선생님, 많은 참고가 되었습니다. 피아노를 배우는 자녀를 둔 엄마가 알아두어야 할 것들을요."

"어렸을 때 되도록 많은 다양한 것들을 경험하도록 장려해야 한다고 봅니다. 젊었을 때는 무엇을 해도 좋다는 말입니다. 만약 채림이가 독서를 좋아하고 문학에 관심이 있다면 대학을 문과로 가고 음악을 복수전공할 수도 있습니다. 미국 부모들은 자녀들의 감수성이 예민할 때 폭넓은 지식이나 친구들과의 좋은 관계를 유지하는 것을 더욱 중요시합니다. 그러려면 이웃과 사회에 대한 봉사도 하도록 해야 하겠지요. 훌륭한 인덕仁德을 쌓기 위해서, 평생을 두고 좋은 일을 하는 것을 몸에 배게 하기 위해서죠."

7

학부모와 상담을 하고 나서 벌써 달포가 지났다. 이번에는 채림이의 학습과 진도를 점검해 보았다.

※ 채림이는 꼬꼬마 2권에서 8분 음표 개념이 일찍 나왔는데도 매우 잘 소화했어요.

※ 연습곡은 어땠어?

※ 곰 세 마리 열 꼬마 인디언 두껍아….

※ 나의 첫 번째 피아노(My First piano)!

※ 안경 손 번호 만들기(Making Glasses) 손가락 관절이 뒤로 휘어지는 것을 막아주고 단단한 손끝을 갖도록 도와주는 기법이란다.

※ 웍북(Giddy-up pony)-다섯 손가락 스케일이 들어간 곡으로 매일 연습함으로써 빠르기에 따라 걷는 조랑말 또는 뛰는 조랑말을 표현해 볼 수 있어(독립적인 손가락)-듀오 연주도 도전해 보아요.

※ 오선 독보훈련은 계속 복습이 되어야 해요.

※ 가운데 도 C '왼손', '오른손' 구분이 중요해(그려보기~)!

※ 차례가기 개념: 오선에서 음표가 줄에서 칸으로 혹은 칸에서 줄로 이동하는 것!

※ 호박파티 : 손목띄우기 테크닉(Nice job) 너무 놀랐다!

※ 손목의 릴랙스를 잘 이해하면서 연주하였어요.

※ 이빨요정(Tooth Fairy) 양손 번갈아 연주! Very Good!

※ 같은 패턴을 찾아보세요. ♪

※ 매일매일 연습 시간을 규칙적으로 정해서 단 몇 번이라도 연습하는 것이 중요합니다.

채림이 어머니에게 편지를 띠운 것은 그로부터 3개월이 지난 뒤다.

이런 내용이 어머니에게 좋은 인식으로 작용할지 경은은 궁금해 하면서 발송했다.

채림 어머니께!

안녕하세요? 채림이의 현재 상태를 점검해 보았습니다. 매우 양호한 편입니다. 어머니, 오늘은 '진정한 예술적 기교는 어떻게 길러지는가?'라고 문제를 재기한 렌달 페이버(Randall Faber)의 이야기를 인용하고자 합니다.

"그동안 아시아 여러 지역 투어를 하며 느낀 점을 전하려고 한다. 얼마 전 중국의 학생들을 가르쳐본 결과, 중국 학부모와 학생들은 1초 동안 얼마나 많은 음을 연주하는지에 따라 실력을 평가했다. 악보에 음표가 많이 그려져 있을수록, 무조건 빨리 연주할수록 칭찬을 많이 해주는 것을 볼 수 있었다. 어릴 때부터 음악적이기보다는 어려운 곡에 가치를 두고, 빠르게만 연주하면서 마치 대단한 연주가가 된 듯 착각하고, 경쟁하는 모습이 참 안타까웠다. 결국 전문가가 되면 음표의 수가 아니라 예술적 능력으로 평가를 받게 되는데 말이다.

물론 이러한 '과시'가 꼭 나쁜 것만은 아닐 것이다. 청소년기의 자연스러운 현상이기도 했다. 과시를 통해 성취감을 얻게 되어 더 열심히 연습할 수 있게 되기도 하기 때문이다. 단지 음악을 보는 눈, 음악의 진정한 의미(heart and soul of music)도 모르고 중심 없이 성장하는 것이 안타까웠을 뿐이다.

지속적으로 어려운 난이도의 곡만을 배우려 하면 기본모션이 안 된 상태에서 힘으로 무리를 하게 되어 점점 나쁜 습관이 가중되고, 비효율적인 연습 때문에 한계에 다다른다. 근육 손상을 초래하고, 게다가 장기간의 연습으로 인해 이런 나쁜 습관이 쉽게 고쳐지지 않는 것도 큰 문제이다.

빠른 연주 때문에 예술적인 표현력만 부족한 것이 아니라 결국 테크닉적인 문제도 계속 커지게 된다. 굳어버린 팔목, 긴장된 엄지, 그리고 손가락 근육에 누적되는 피로 등 진도가 나감에 따라 문제가 점점 늘어나게 된다.

반면 예술적 표현력이 우수한 학생들을 보면 테크닉도 안정이 되어 있고, 가장 효율적인 모션을 함으로써 습득 시간이 빠르고, 테크닉도 지속적으로 향상되는 것을 볼 수 있다. 결국 고도의 테크닉이란 음악적 표현력과 뗄 수가 없는 것이다. 상호 발전하는 관계이니까. 아주 어린 나이 때부터 반드시 음악적 표현력을 테크닉 기초와 함께 습득시켜 주어야 하는 것이다."

저는 기초 단계에서부터 다양한 놀이 방법과 시청각 보조 자료를 가지고 음악의 참 의미를 일깨워주고, 표현력과 테크닉의 밸런스가 균형 있게 성장할 수 있도록 시간과 노력을 기울입니다. 이를 바탕으로 채림이를 위해 전력을 다하려고 합니다. 단순히 어려운 곡을 연주하며 남에게 잘 보이려다 한계를 만나게 되는 그런 교육이 아닌, 처음부터 진정 아름다운 예술성을 느끼고, 표현하며 나아가서 고도의 기교를 선보일 수 있는 명연주자가 되도록 말입니다. 어머니께서는 자부심을 가져도 좋으실 것입니다. 그럼 채림이가 훌륭한 예술가가 되려는 꿈을 실현하기를 빌며 이만 줄입니다.

감사합니다.

2019. 08

피아노 기능 지도 교사 경은 올림

8

해연은 초등학교 4학년인 중급과정 수준에서 배우고 있다. 비교적 잘 나가는 학생이다. 지난 숙제가 제대로 연습이 되었는지 살펴본다. 그런대로 봐줄 만 했다. 한두 가지가 조금 미흡했으나 대체적으로 잘 해냈다. 해연이에게는 다시 연습 과제를 주고 해연이 어머니와 잠시 담소를 나누었다. 해연이 어머니 역시 조급해졌는지 진도 문제와 어려운 작품은 언제쯤 들어가는지 궁금해했다.

"해연 어머님, 레슨 시작한 기간에 비해 진도가 조금 문제가 되는 것 같지요?"

"네. 그것도 그렇고… 해연이가 감당할 수 있는 작품 수준은 어느 정도 되나요?"

"개인적 재능에 따라 다릅니다만, 해연이의 경우는 조금 더 시간을 두고 레슨을 하려고 합니다. 지금도 가능하지만 부담이 되면 스트레스가 되어 중도에서 포기하는 경우가 비일비재해서요. 그래서 조심스럽습니다. 조금 더 살핀 후에 가부를 결정하려 합니다. 사실 음악은 악기나 기술보다 삶에서 느끼는 감정이 중요하거든요."

"예를 든다면요?"

"미국 미시건 앤아버(Ann Arbor) 크리스토퍼 하딩(Christopher Harding) 교수는 한국 대학에서 음악 교육에 순위를 매기는 것은 아무런 의미가 없다고 지적했습니다."

"……"

"한 예로 '모차르트와 베토벤 중 누가 음악을 잘했을까?'를 묻는다면 어떤 대답이 나올까요? 여러 가지 대답이 나올법하지만 정답은 '없다.'예요. 여기 모차르트의 '플룻(Flute), 13개 목관악기'와 베토벤 교향곡 '엘리제를 위하여'를 듣고 평가해 보시겠어요?"

컴퓨터에 시디를 삽입하여 버튼을 누른다. 연습하고 있던 해연이도 불러 세 사람이 함께 감상했다.

"들어봐서 아시겠지만, 아마도 자기 취향에 따라 주간적인 선택이 나올 수밖에 없어요. 객관적인 판단은 어려울 것입니다."

"뭐가 뭔지 통 감을 잡을 수가 없네요. 내가 듣기 좋은 음악을 좋아할 수밖에 더 있겠어요?"

"베토벤은 모차르트보다 작곡 등에서 훨씬 늦게 시작했어요. 그렇지만 누구의 음악이 더 뛰어나다고 말할 수 없잖아요. 모차르트는 신동 소리를 들으며 6살부터 연주 여행을 다녔습니다. 그런데 그는 35살에 세상을 떠났습니다. 그러나 베토벤은 35세인 1808년에야 '짜자자짠' 하는 5번 운명 교향곡을 작곡해 세상에 내놓지 않았습니까. 모차르트는 궁정 악장으로 있는 아버지가 있어 집안이 부유하면서도 긍정적인 교육을 받으며 자랐습니다. 그는 천재적인 기질이 있어서 그랬는지 모릅니다만, 쉽게 영감이 떠올라 작곡이 화려했습니다. 그러나 베토벤은 궁정악단에서 연주하는 아버지가 있었습니다만 심술이 고약한 술주정뱅이였습니다. 베토벤은 가정교육을 스파르타식의 경직된 환경에서 받으며 자랐습니다. 다행히 그를 인정해준 자상한 어머니가 있었지요. 어머니는 그의 재능을 의심 없이 믿어주고 격려를 아끼지 않았어요. 그는 영감이 잘 떠오르지 않았는지 작품 하나를 만드는 데도 그렇게 힘겨워했습니다. 결국 그는 청력을 잃어 불운한 인생을 마감했지요."

"그들은 우열을 가릴 수 없는 천재 작곡가들이 맞네요."

"네, 바로 그렇습니다. 하딩 교수는 '음악에서 순위를 매기는 것은 한 사람을 평가하는 방법 중에서 가장 쉬운 방법일 뿐'이라고 했어요. 음악은 작곡가나 연주가 모두가 나름대로의 독특한 색깔을 가지고 있습니다. 그런 것을 어떤 기준에서 평가할 수 있겠어요?

그는 '한국에서는 고등학교를 비롯해 대학교에서도 A학점이 전체의 30%를 넘지 못하게 순위를 매기고 있다.'고 지적했습니다. '이런 순위를 좋아하는 문화가 한국 음악 교육의 가장 큰 숙제'라는 말을 덧붙였어요. '식물도 심어놓으면 싹을 틔울 시간을 주는데 한국에서는 그렇지 않다.'는 거예요. 정말 한국 음악 교육을 잘 꿰뚫어 보고 바르게 지적한 것입니다. 그래서 '음악에 순위를 매기는 것은 그 자체가 무의미한 일'이라고 단정적으로 말했지 뭡니까. 이 말을 듣고 저는 우리 교육이 얼마나 수치스럽게 느껴졌는지 몰라요."

"그 교수님의 지적이 옳은 것 같군요."

"그는 지난 9월부터 SO대학에서 교환 교수로 일했다고 합니다. 1999년부터 한국을 찾았어요. 이번이 8번째 방한이라고 합니다. 지난 3달간 SO대, OH여대, SM여대, DD여대, BS대에서 학생들을 가르쳤어요. 예술 중, 예술고를 비롯해 학원가도 둘러봤다고 합니다."

해연이 어머니는 이야기를 듣고 나서 마음에 여유를 갖는 것 같다. 그녀가 한말에 공감이 가는지 자주 고개를 주억거렸다. 자기 아이가 중도에 포기하지 않고 끝까지 배우게 하기 위해서 노력하겠다는 듯이 이야기에 집중했다.

"한국 학생들은 어려서부터 음악 교육을 받아 기교가 좋고 음악에 대한 정보나 이해도가 빠르지만 일정 수준에 이르면 그 발전이 더디어 진다고 합니다. 다른 나라 학생들은 상대적으로 이해가 느리지만 스스로 터득해 이해를 넓혀간다고 해요. 음악은 악기나 기교보다 삶에서 느끼는 감정이 중요한가 봐요."

그녀는 "음악 교육은 계단식으로 이루어진다."라고 했다. 아이들이 한 발 앞으로 나갈 수 있도록 부모나 선생님들이 기다려 주어야 한다는 이야기였다. 그녀는 음악의 조기교육에 대해서도 일침을 날렸다.

"미국에서도 5~6살부터 부모님의 손에 이끌려 피아노를 시작하긴 하지만 아이들이 이해하지 못하는 곡은 치지 못하게 한다는군요. 감정적으로 성숙하지 못한 아이들에게 기교만 강조하는 곡을 강요해서는 안 된다는 거예요."

벌써 일주일이 지나가 버렸다. 오늘은 채원이에게 가는 날이다. 그 아이를 만나러 간다는 사실에 그녀의 마음이 설레었다.

"채원아. 지난주 숙제, 베토벤에 대해 알아봤니?"

"네, 교향곡 9번 '기쁨의 노래'에 대해 공부했는데 아주 감동적이었어요."

그녀는 채원이에게 베토벤에 대해 아는 데까지 이야기해보라고 했다.

베토벤 교향곡 9번(1824년 완성된 곡) '기쁨의 노래'는 실러의 시를 작곡한 내용이다. 실러는 괴테와 함께 독일이 낳은 뛰어난 시인이다. 먼저 채원이가 입을 연다.

"이 시는요, '친구여 소리 높이 노래 부르자! 기쁨의 노래를!' 하는 것으로 시작되는 음악이거든요. 세계 사람들에게 감동을 준 노래예요. 모든 사람들이 형제처럼 손에 손을 잡으라고 하는 합창곡이에요. 선생님도 잘 아시죠?"

그녀는 마음이 흐뭇해 어쩔 줄을 몰라 했다. 숙제를 미루지 않고 그때그때 이행한 성의가 고마웠다. 영특한 채원이가 말하는 것이 깜찍하고 귀엽기도 했다.

　그녀가 말을 이었다.

　"그래, 베토벤은 이 교향곡으로 세상의 모든 사람이 한마음이 되어 평화의 기쁨을 노래하길 바랐던 것 같구나! 그런데 말이야, 이 음악은 당시 유럽뿐만이 아니라 태평양 건너까지도 잘 알려져 너무나 유명했다는구나. 작곡가가 베토벤이라서 이 대음악가의 새로운 작품이 발표된다는 말을 듣고 구름처럼 몰려든 청중들로 연주회장이 초만원을 이루었는데, 베토벤 최고의 걸작이라고 할 수 있단다. 베토벤은 30년이 넘는 기간 동안 작곡을 했어. 그 형식이나 내용에 있어서 고전주의의 완성이자 낭만주의 문을 여는 기가 막힌 작품이라 할 수 있지. 베토벤이 이 곡을 작곡해서 맨 처음 공연한 것은 1824년 쾨른 투나투어 극장이라고 하는구나!"

　"선생님, 고전주의와 낭만주의에 대해 말씀해주세요."

　"고전주의 음악은 18세기 중반에서 19세기 초반에 걸쳐 주로 오스트리아 빈을 중심으로 융성했던 〈빈 고전파〉 음악을 가리킨단다. 편의상 바흐가 죽은 1750년부터 베토벤이 사망한 1827년까지를 고전파시기로 보기도 해. 그리고 낭만주의 음악은 빈 고전파(Viennese Classics)와 현대의 중간인 19세기의 음악을 가리키는 말인데, 이것을 낭만주의 음악이라고 한단다. 그 초기는 고전파 말기와 겹치지. 그래서 고전주의 말기는 근대음악의 발단과 겹친다고 볼 수 있지. 네게는 어려운 설명이 될 거야. 이런 음악의 역사는 학습을 해가면서 차차 알게 될 테니 너무 서두르지 않아도 돼."

어찌 됐든 채원이는 그녀의 이야기를 들으며 즐거운 듯 미소를 감추지 않고 있다. 자기가 아는 것을 이야기하고 싶은지 서두르는 기색이 보인다.

"그런데요 선생님, 연주를 시작해야 하는데 베토벤은 그때 어땠는지 아세요?"

"그래. 네가 아는 대로 자세히 말해봐."

채원이가 이야기를 계속한다.

"베토벤은요, 자기가 지휘해야 하는 데도 지휘할 생각은 않고 무대 위에서 청중들에게 등을 돌리고 앉아 있었다지 뭐예요. 그러면 어떻게 되는 거예요? 선생님! 연주를 해야 하는데 청중들은 어떻게 해요…. 일 난거지요?"

"그래. 마냥 그렇게 멍청하게 앉아 있었는데. 왜냐하면 베토벤은 병을 앓고나 서 청각장애인이 된 상태였거든. 그러면 어떻게 되겠니?"

"아무것도 들리지 않는 거겠죠."

"그래, 귀머거리 아저씨가 된 거지 뭐니."

그녀는 이야기를 계속 이어갔다.

"그날 연주해야 할 것은 모두 4악장인데 악장이 끝날 때마다 우레와 같은 박수가 터져 나왔지."

그때 채원이가 그녀의 말을 가로막는다.

"아니, 선생님. 그날 연주 때 베토벤이 지휘를 해야 하는데 무대에서 청중을 등지고 가만히 앉아 있었잖아요? 전 그 후에 어떻게 되었는지 몰라요. 그 이야기부터 해주셔야지요."

"채원이는 참 급하기도 하네. 그래 맞다. 그 사이 이야기가 빠졌구나? 그래도 조금 더 이야기를 들어보면 차차 알게 될 거다. 박수가 좀처럼 멎지 않아서 다음 악장을 도저히 진행할 수 없었는데."

"아, 그랬어요? 그래서요?"

"합창이 붙은 마지막 악장이 끝날 때는 한동안 소리 하나 없이 조용했어. 잠시 후 폭풍우와 같은 박수가 터져 나온 거지. 하지만 청중에게 등을 돌리고 있던 베토벤은 그것을 알 수 없었어. 정말 기가 막히지? 청중들에겐 환희와 기쁨을 선사했을지 모르지만 베토벤에겐 눈물겨운 장면이었던 거야. 바로 그때, 여자 가수 한 사람이 베토벤의 곁으로 다가갔어. 그 가수는 베토벤 어깨에 살며시 손을 얹었지. 그때야 비로소 베토벤은 뒤를 돌아봤단다. 베토벤은 귀에 들리지 않아서 몰랐던 청중의 박수를 눈으로 똑똑히 보게 된 거야. 베토벤은 방긋 웃고 일어나서 조용히 머리를 숙였어. 숨죽이고 있던 청중들의 박수 소리가 이때 폭포수처럼 또 터져 나왔지."

"와! 제 가슴이 뭉클하고 눈물이 나오려고 해요. 선생님!"

그날 지휘는 두 사람이 하기로 했다. 상임지휘자는 베토벤의 마음을 존중하는 뜻에서 스스로 일어나기를 바랐는지 모른다. 지휘자는 잠시 기다리다가 하는 수 없이 연주회 지휘봉을 혼자서 휘두르기 시작한다.

"이야기가 참 감동적이었어요. 선생님! 그런데요, 제가 선생님을 어떻게 부르는 것이 더 좋으세요? '샘'이라고 불러도 돼요? '선생님'보다 부르기가 간편해서 좋아요."

"네가 부르기에 편한 대로."

채원이는 그녀의 감정을 헤아릴 줄 아는 영민한 아이면서도 궁금증만큼은 그냥 넘어가지 않는다. 하지만 덕분에 채원이와 그녀가 세대를 넘어 자연스러운 우정의 싹을 틔우고 있는데 뭐가 문제일까. 그런 생각이 든다.

채원이는 피아노 선생님과 헤어지는 게 매우 서운한 것 같다. 그녀는 다음 시간 약속을 지키기 위해 무거운 발걸음으로 채원이 곁을 떠난다.

자연법칙의 선택적 치유

"병은 갑자기 생기지 않았다. 날마다 조금씩 자연에 짓는 죄가 쌓여서 생겼다. 지은 죄가 많아지면 그때 갑자기 병이 도드라진다."

_ 소크라테스

자연에 짓는 죄가 무엇일까?

나는 자연의 순리에 따라 살아야 한다면서 실제로는 역행하는 것 같다. 그렇다면 자연의 순리를 거슬렀을 때 어떤 죄를 짓게 되는 것일까.

'죄는 지은 데로 가고 물은 골짜기로 흐른다.'

내 몸은 땅의 원소들로 충전되지 않으면 살 수 없다. 지금의 질병은 대체로 물질을 잘못 사용하는 데 있었다. 생활의 편의를 돕고자 개발한 물질로 환경이 오염되고 있다. 바다의 생태계가 바뀌고 자원이 고갈되고 있다. 그래서 인류의 먹을거리가 유전자 변형을 이루고, 이 화학적 또는 물리적 변화가 건강에 치명타를 주고 있다. 그런 탐탁찮은 먹을거리에 나는 목줄을 달고 식탐을 부렸다. 식탐 자체가 본능이라고 착각했다. 그러고서 탐식은 미식이라는 문화라고 생각했다. 탐식은 나를 언제나 즐겁게 해주고 행복한 것이라고 속삭였다. 식도락가라는 너울로 생각을 장식하고 식탐의 눈을 즐겼다. 음식을 사랑하는 애호가라고 자기합리화를 했다. 불행하게도 이런 문화가 병을 불러들이는 아름답지 못한 식습관이라는 것을 알게 된 것은 그리 오래되지 않았다.

한때는 미식 문화를 찬양하는 동호회 회원으로서 인생을 즐기기도 했다. 정작 위안으로 만족할 일이 아니었는데도 말이다. 그런 생활을 거듭하던 중에 어느 날 밤, 천사의 미세한 경고가 들렸다.

'사랑하는 내 친구여, 당장 식성을 바꾸지 않으면 불행한 노후를 맞게 될 것이네. 어서 절제하게나.'

이 소리가 내 마음을 흔들었다. 사실 이런 경고가 있기 전까지 내 몸은 종합병원을 달고 다닌다고 할 정도로 심각했다.

탐식의 유래는 기독교 초기, 3~4세기에 동방에서 처음으로 수도사 공동체가 생겼던 때로 거슬러 올라가야한다. 그 의미는 몇

세기 동안 급격한 변화를 가져왔다. 프랑스에서는 탐식을 세 가지로 구분 지어 사람의 인격을 구분했다.

게걸스러운 대식가(글루통, glouton), 미식 애호가(구르메, gourmet), 식도락가(구르망, gourmand)로 구분하고 다른 의미로 규정 지어 인격을 평가했다. 이런 의미는 세 번에 걸친 서양의 역사적 시기와 일치했다.

가장 오래된 의미는 '많이 먹고 마시는 사람'으로 프랑수아 라블레의 대표작『가르강튀아(1535년 작)』에 등장하는 '탐식과 폭음'과 다르지 않았다.

당시 이 말은 매우 부정적이고도 끔찍한 말이었다. 긍정적 의미로서는 좋은 음식과 포도주, '품위를 갖춘 식사를 사랑하는 애호가'를 가리킨다. 그러나 당시에는 '게걸스러운 대식가'라는 말의 위세가 등등했다. 교회와 도덕론자로부터 꾸준히 비난을 받게 된 '게걸스러운 대식가'는 교육도 받지 못한, 더럽고 걸신들린 사람이자 추한 몰골의 부랑자와 같은 부류로 취급받았다.

구르망디즈(달콤한 음식, gourmandises)는 18~19세기에 이르러 이 달콤한 음식이 전성기를 누리던 때와 긴밀하게 연관 지으면서 달콤한 음식을 아이와 여성의 전유물로 인식시켰다.

다른 한편으로는 고급 음식과 포도주를 남성의 전유물로 여기는 풍토와 자연스레 이어졌다. 그러나 달콤한 음식은 아동의 전유물이었다. 여성화의 전유물로 그 가치가 하락하면서 중대한 죄였던 탐식은 결국 미성숙한 사람이 타고나는 결점으로 여겨지게 됐다.

탐식에서 갈리어 나와 생긴 세 가지가 있다. 게걸스러운 대식가, 식도락가, 정통 미식가 등이다. 이 중 게걸스러운 대식가는 약점으로 작용했다. 술과 계집에 빠져 난봉꾼이었다. 식도락은 본능이 명하는 데로 움직이는 원초적인 삶의 기쁨이었다. 마지막으로 정통미식가(가스트로놈)는 진지하게 배워서 익혔기에 교육으로 비롯된 것이었다.

이후에 그리스도교회의 영향력이 느슨해지고 경제가 풍요로워지면서 달콤한 음식은 다시 긍정적으로 받아들였다. 현대 서구 사회에서 미식의 기쁨을 누리는 데에 더 이상 죄책감을 느끼지 않았다. 하지만 젊고 탄탄하며 날씬한 몸에 대한 찬미 때문에 또 다른 형태의 탐식의 죄가 현대인의 관심사로 떠오르게 됐다.

지금도 여전히 탐식에 대한 의견은 분분했다. 한쪽에서는 의학적으로나 도덕적으로나 영양을 지나치게 많이 섭취한다고 끝없이 규탄했다. 또 다른 쪽에서는 이에 항복하지 않고 미식의 미학적인 측면을 들어 방어했다. 최근에는 일종의 정체성으로서 각 국에 자리 잡은 미식의 역사를 들먹였다. 미식 애호가의 성장세 와 정통 미식가의 사회적 위치 때문에 이들을 동시에 아우르는 신념을 만들어내려는 정서가 계속되고 있었다. 인간의 기본적 욕구라는 식욕, 즉 탐식의 사회적 정당성을 새롭게 보장하려는 것 같았다.

그래도 나는 식탐을 조절하고 절제해야 했다. 이유야 어떻든 내 건강을 위해서 식욕을 억제해야 했다. 필요한 만큼의 양에 만 족해야 했다. 건강을 지키기 위해서는 식습관을 형성하는 것보 다 현명한 일은 없다고 생각했다.

절제와 금식에 반대되는 탐식은 사학함의 첫 번째 유혹이었다. 그렇다면 성욕은 두 번째 유혹일까.

중세시대의 수도사의 규율은 무엇보다도 탐식을 근절하는 일 을 최선으로 삼았다. 일 년 내내 몸이 필요로 하는 최소한의 수 요만 충족하도록 했다. 목숨을 부지하고 주어진 과업을 완수할 수 있는 정도로만 음식의 양을 제한했다. 매일 먹을 음식의 양 과 종류, 식사 시간을 정확히 정해놓았다. 무엇보다도 금식을 이 상으로 삼는 '식사의 절제'라는 것에 도드라진 의미를 부여했다.

금식은 천상의 정수다.

재현才賢이 아니라면 대체 무엇일까?

금식은 영의 식사이자 정신의 양식이다.

천사의 생명이자 과오의 소멸이다.

채무가 사라지고 구원의 약이다.

은총의 근원이며 정절의 토대다.

금식을 통해 인간은 하느님께 더 가깝게 닿는다.

_ 밀나노의 암브로시아스, 6세기

*

탐식이 죄가 되는 중세 교회는 식사 시간 외에는 음식을 먹지 않았다. 생리적으로 필요한 것 이상 많이 먹거나 마시는 것은 바른 생활 태도가 아니었다. 탐욕스럽게 먹는 것은 더더욱 몰상식한 일이었다. 사치스러운 음식이나 고급스러운 음식을 탐하는 행위가 모두 탐식이라고 못 박았다. 식사 시간 이전에 먹는 행위도 좋지 않게 생각했다. 수도원의 영향력은 절대적이었다. 수도원 사회에서 속세로 옮겨가면서 탐식은 생활경험의 변화에 따라 변했다. 탐식은 더 이상 금식이나 육체적 고행에 반대되는 행위가 아니었다.

탐식에 대한 고삐가 처음으로 느슨해지면서 음식을 먹을 때 느끼는 기쁨과 생리적 필요를 나누어 생각하기는 어려워졌다. 죄로서의 탐식이라는 식생활경험은 여전히 모호했다. 가벼운 죄에 불과한 탐식, 그 자체보다 탐식이 가져오는 결과가 더 심각한 것이었다. 탐식은 어리석은 기쁨, 음란함, 순결의 상실, 지나친 수다, 그리고 감각 기능의 약화란 부정적 결과가 문제라면 문제였다. 그중 가장 큰 문제는 식탐이 많은 사람이 술에 취할 때, 그 취기가 언어와 육체에 미치는 영향이었다.

나는 평생 동안 술과 담배, 그리고 몸에 유해하다는 것들을 입에 대지 않았다. 주사가 심한 아버지의 이미지가 자극이 되었다. 어린 내 마음에는 어머니에게 휘두르는 아버지의 폭력이 각인되었고, 그 의지가 나를 지속적으로 일깨우지 않았나 싶다. 나는 절대 아버지처럼 살지 않겠다는 다짐도 나를 일깨웠는지 모른다. 그 다짐은 지속적인 신앙이 지켜주었다.

'텁텁한 막걸리 한 말을 매고 가지는 못해도 뱃속에 담고 갈 수는 있다'고 아버지는 호언장담했다. 그만큼 엄청난 양의 술을 즐겨 마셨다. 그 때문에 언어에 관련된 죄악 중 일부분은 탐식과 다른 부분인 분노와 질투, 성욕과도 관련이 있었다.

아버지는 남아다운 기질에 호남 형이었다. 그런데 술만 마시면 못된 버릇이 튀어나왔다. 글재주만은 뛰어났고 명필이었다. 이것

자연법칙의 선택적 치유

은, 해외에서 귀국 후 면사무소에서 근무할 때 이미 인정받았다. 그는 누구에게나 재간과 사나이다움의 추파秋波(은근한 정을 나타내는 눈빛)를 건네는 방법으로 처세하는 사람 같았다. 그런 무기가 통했는지 뭇 여인들로부터 '저런 남자와 한 번 살아봤으면 좋겠다.'라는 말이 당시 회자될 정도였다. 그는 한때 대도시에서 딴살림을 차리고 거기에 정신이 팔려 어머니와 우리 3남매는 뒷전으로 밀어두었다.

이 말은 그가 행방을 감추고 난 후, 내가 중년이 되었을 때 고향 아버지 친구들에게서 들은 이야기다. 그는 한때 사회 제도권에 들지 못하고 변방을 전전하는, 물 위를 부유하는 기름처럼 겉돌았다. 그러다가 결국은 가족을 등지고 어디론가 사라져 버렸다.

아버지의 탐식과 주사를 부릴 때마다 튀어나오는 수다는 육체적이고 세속적이며 위험한 환경에서 비롯된 것임을 이해하려 했다. 우스꽝스러운 몸짓과 고성방가高聲放歌, 몽롱한 정신이 즐거움인 듯 그것을 드러냈다. 제도권과 유리된 자신의 삶과 사상을 펼쳐보지 못했다는 욕구불만을 풀 곳이 소유물처럼 여기던 가족 외에 더 있었을까. 취기 없이 이성을 갖췄을 때의 성품은 남에게 자기 쓸개라도 빼주고도 남을 호인이었다. 그래서 집안의 귀중품은 하나도 남아있지 않았다. 자기 것을 남김없이 퍼주는 성품이었으니까.

　나는 엉클어진 부자 사이를 원상태로 되돌려놓고 싶었다. 그래서 그가 있을지도 모를 하늘을 향해 밤이면 졸랐다. 이 세상 사람이 아니거든 꿈속에서라도 모습을 보여 달라고 애절하게 기도했다. 그렇게 해서 나는 9살에 헤어진 아버지와 이승이 아니라 꿈꾸는 가운데 만날 수 있었다. 꿈속에서 처량한 그의 모습을 바라봤을 때, 연민의 정이 쏟아졌다. 측은함과 아버지에 대한 애틋한 정을 느꼈다. 그에 대한 원망이 순간 송두리째 와르르 무너져 내렸다. 아버지가 처했던 시대적 배경을 이해할 것 같다.

　"이 애비를 너무 원망하지 말거라. 이산의 아픔을 가진 게 어디 우리뿐이겠느냐. 그때의 사상적 세찬 바람과 험한 물결이 이렇게 우리 부자를 갈라놓았구나!"라고 하면서 아들의 등을 토닥여주던 모습에 눈물이 왈카닥 쏟아져 내렸다. 그리고는 돈이 필요하다고 했다. 배춧잎 3장 이내 지갑을 지키고 있었다. 그것을 모두 건넸다. 현금이 조금 더 있었으면 아버지를 얼마나 더 기쁘게 했을까싶었다. 처음이자 마지막이 될지도 모를 자식의 도리를 했다는 사실에 찡하게 콧날이 시큰거렸다. 동시에 흐뭇했다. 자부심도 생겼다.

　부자는 그렇게 해서 화해를 한 것이다. 이제는 '사랑하는 나의 아버지'라고 부를 수 있도록, 부자 사이의 정이 새롭게 솟아났다. 나의 남은 생애 동안 그리움으로 생면의 날을 손꼽아 기려본다.

수도자들이 말하는 영혼의 양식이 육체의 양식보다 정결하다는 것을 나는 잘 이해하지 못했다. 청각의 양식이 미각의 양식보다 우위였다는 것도 몰랐다. 끼니조차 연명하기에 힘들었던 나의 삶에는 사치였으니까.

*

"입으로 들어가는 것이 사람을 더럽게 하는 것이 아니라 입에서 나오는 것이 사람을 더럽게 하는 것이다."

_ 마태복음 15:11

우리의 입은 사탄의 공격에 무방비로 열려 있는 문인 것 같다. 그 문은 말과 음식물이 오가는 통로였다. 탐식은 더 심각한, 때로는 치명적인 죄악을 저지르는 원인이었다. 탐식은 인간의 감각을 부추겨 정욕으로 이끌기도 했다. 음식물, 그중에서도 육류와 향신료가 들어간 소스를 지나치게 많이 섭취하면 육체와 정신이 흥분했다.

'배가 불러야 춤을 추며 즐긴다.'라는 말은 탐식이 만들어낸 유희였다.

나의 위신에 흠집을 내는 것도 식욕과 성욕의 결합을 통해 이루어질 것이었다.

기독교 초기 역사에서 탐식은 중대한 죄였다. 팥죽이라는 음식 한 그릇에 장자 권을 포기한 이야기는 도를 조금 벗어난 것 같았다.

노아의 아들 함의 후손이 받은 저주, 롯의 근친상간과 홀로페르네스[16]의 죽음은 모두 취중에서 비롯됐다. 약속의 땅으로 향하는 길에 이스라엘 민족은 신이 주신 만나보다 더 맛있는 음식을 열망하게 되면서 우상숭배에 빠져들었다. 기독교인들의 이런 폭식과 탐식은 음식에 대한 맹목적인 사랑이자 우상숭배라고 비난했다. 아담과 이브가 선악과 열매를 따 먹는 것은 간교한 사탄의 꾐도 꾐이지만, 역시 먹음직할 것 같다는 미식과 탐식 때문이

---

16) 홀로페르네스 : 구약시대 이스라엘을 침공한 시리아 장군. 당시 이스라엘에는 유딧이라는 애국 여걸이 있었다. 시리아 군대가 예루살렘 성을 에워싸고 항복을 기다리고 있을 때였다. 유딧은 백성을 구하겠다는 일념으로 적진에 투항했다. 어떤 남자도 홀릴 만큼 매혹적인 향으로 매무새를 꾸몄다. 그리고 시리아 장군 홀로페르네스에게 이스라엘인을 쉽게 굴복시킬 방법을 알려주겠다고 거짓말을 한다. 이에 들뜬 홀로페르네스는 주연을 열었다. 주연이 끝나고 취기가 발동한 그는 조용한 방으로 안내된 그녀를 껴안으려고 한다. 그때 유딧은 기다렸다는 듯이 수중에 숨겨둔 칼을 재빠르게 꺼내 그의 목을 베어버렸다고 한다. 취기에 몸을 가누지 못하면 장군이라도 자기 몸을 내 줄 수밖에 없는가 보다.

없는지도 모른다.

지나친 탐식은 성욕을 유발할 수밖에 없었다. 해부학적인 면에서 보아도. 인체기관의 배치를 보면 생식기관은 복부 아래에 있다. 나의 신체도 그랬다. 복부의 위가 지나칠 정도로 가득 차게 되면 상당한 부담을 느낄 때가 많았다. 그럴 경우 정상적일 때는 생식기관의 욕구가 자극받는 것 같았다.

육욕의 상징이기도 한 식탐은 폭군의 속성 중 하나로 자리 잡기도 했다. 때문에 기독교의 성인들은 전통적으로 절식節食의 미덕을 강조했다.

나는 소박하고 절제된 식사를 실행하도록 노력하고 싶었다. 속세의 규칙을 넘어서서 탁발 수도사들의 식사처럼 해야 했다. 그러나 불가피 사교의 장이나 대연 회에서는 지금의 내 처지와 의무를 참작해야만 했다. 혹시나 건강에 문제가 생길까봐 걱정도 됐다. 나는 연회에서도 검소하게 처신하고 싶었다. 포도주에 물을 잔뜩 타서 마시는 척해야 했다. 양념이 강하게 밴 고기나 강한 맛의 포타주(potage, 수프의 일종. 체에 거른 야채, 생선, 고기, 곡식 따위의 여러 가지 재료로 만든다)에 물을 타 무미건조하게 만들어 먹을 때도 있었다. 내가 무척 좋아하는 음식이자 권력자의 음식이라 불리는 송어 요리도 사양했다. 먹고 싶은 유혹을 참기가 정말 어려웠다.

나는 식탐과 다투고 있었다. 식사 중 이런 식탐으로 고통을 받고 있는 가장의 교훈적인 대화를 가족에게 했다. 나는 절도와 절제와 같은 신중함과 단정한 마음을 밥상머리 대화로 나누곤 했다. 빵과 고기, 포도주가 지체 높은 사람들의 식사와 긴밀하다면 쌀밥과 김치, 된장국, 경우에 따라 채소를 곁들인 간소한 식사는 은둔자의 금욕을 의미한다고 생각했다.

*

오늘날 사회적 지위는 먹는 음식의 질로 나타내는 것 같았다. 그들로서는 음식을 먹을 때 느끼는 기쁨이 자연스러운 것이었다. 식사를 함께하는 사교활동이 필요했다. 교회는 이 사실을 인정했는지 반응이 없다. 좋은 예절에는 좋은 풍습이 따르게 마련이다. 체계적 식사 예절로 탐식이라는 악덕에 맞서 싸우려는 것일까. 식욕을 문명화하여 사람들이 식탐으로 짐승처럼 행동하는 것을 예방하고자 하는 것일까. 어떻든 탐식과 지나친 수다, 성욕이 서로 가까워지는 일을 방지하려는 의지의 표현이어야 했다.

자연법칙의 선택적 치유

폭음과 탐식으로 얼룩진 불쾌한 나의 유년은 아버지의 삶을 반면교사로 삼았다. 식사 예절도 외가의 교육적인 가풍에서 유년 때 잠시 몸에 영그는 듯했다. 그러나 청소년기부터 줄곧 타지를 떠돌았기 때문에 결국 제대로 된 식사 예절을 갖출 기회는 가지지 못했다.

식탁에서 때때로 아내로부터 지적을 받을 때가 많았다.

먹는 소리가 요란하다.

천천히 먹어야 한다.

식사 중 다른 행동을 해서는 안 된다.

국물은 후루룩하는 소리를 내며 마시지 않는다. 등등.

나는 숟가락으로 국물을 떠 넣는 것보다 그릇을 들고 마시는 것이 더 편했다. 최하층 생활이 몸에 밴 나는 밥이 입에 들어가기가 무섭게 목구멍으로 그냥 넘겨버린다. 큰 조각을 통째로 삼키며 게걸스러운 눈빛으로 밥상을 바라보곤 한다. 참을성이 없다는 아내의 지적도 아랑곳하지 않고 식전에 빵을 먹기도 한다. 목이 마르면 먼저 먹고 있던 것을 삼키고 입을 잘 닦은 후에 마셔야 하는데, 나는 이런 것에도 매우 서툴렀다. 상대의 컵이 비워지기도 전에 게걸스럽게 마셔버리는 나의 태도가 상대방의 기분을 상하게 한다는 사실도 전혀 알지 못했다.

　숟가락으로 먹을 때 소리 내어 홀짝거리며 넘긴다. 식사하면서 신문을 보는 버릇도 고치지 못한다. 그래야 음식을 꼭꼭 씹게 된다는 핑계를 대고, 밥 먹을 때는 먹는 일에 충실해야 한다는 아내의 말은 시답지 않게 넘겨버린다. 시끄러운 소리를 내며 마시는 나는 사료를 게걸스럽게 먹어 치우는 가축과 다를 바 없었다. 그래도 제일 맛있는 부분을 독차지하려는 태도만큼은 자제했다. 가정교육을 제대로 받지 못한 것을 드러내고 싶지는 않았기 때문이다.

　늘 강박과 긴장 속에 묻혀 살아온 내겐 휴식은커녕 밥을 먹는 시간도 아깝게 느껴졌다. 식사가 나오면 채 오 분도 지나지 않아 먹어 치운다. 하층민의 생활은 대체로 그랬다. 음식은 즐기는 것이 아니라 생존을 위해 섭취하는 것이었다.

　보다 못한 아이들에게까지 지적을 받는다. 아이들은 아내의 영향을 많이 받았다. 아내는 조용한 환경에서 가정교육을 받고 자라 식탁 매너가 남달랐다. 식탁에서의 예절이 깍듯했다.

*

"윌리엄의 가르침."

277
/
자연법칙의 선택적 치유

13세기를 쓴 베로나는 '배부르게 먹은 적이 한 번도 없는 사람처럼 많이 먹는 것은 사회적으로 몰상식한 행동'이라는 가르침을 내게 주었다. 그런 행동은 굶주린 가난뱅이의 행동이라는 것을. 독일 사람이 말한 식사 예절이 있었다.

손가락은 음식에만 대야 한다.
첫 번째 요리가 나오기 전에 빵을 먹으면 안 된다.
음료를 마실 때 주위를 둘러보면 안 된다.
옆 사람이 고른 것을 먹으려고 음식에 달려들어서도 안 된다.

이런 독일식 식사예절은 나와는 거리가 멀었다. 그래도 이런 것에 대한 경각심은 있어야 했다. 음식에 대한 도를 넘을 정도의 열정은 단지 사회의 올바른 질서와 죄인의 구원에만 연관된 것이 아니라 신체 건강에도 심각한 해를 끼쳐왔다. 고통 받을 수 있는 탐식 때문에 신체적 질환을 염려해야 했다. 절제해서 먹고 마시는 것은 건강을 유지하는데 더할 나위 없이 중요했다. 탐식과 폭음을 일삼아 제 수명을 채우지 못하고 병들어 죽는 사람은 헤아릴 수 없이 많았다. 생명의 단축은 지체가 높은 이들에게서도 드러난다.

죽음의 그림자가 바로 찾아오지 않는다고 해도 대식가들은 고

열, 무기력, 졸음, 몽롱함, 구역질, 구토와 기타 소화기관 문제뿐 아니라 간질 마비, 수종 등에 걸려들었다. 심지어 뚱뚱한 여성에게는 불임의 위협이 따랐다. 육체가 너무 뚱뚱하고 기름지면 실제로 건강이 좋지 않다는 증좌다. 중병에 걸릴 위험도 컸다. 왜냐하면 몸 안의 열이 꽉 막힌 채 빠져나가지 못하기 때문이리라.

탐식이라는 가장 끔찍한 죄가 자신의 육체에 대한 범죄라면 어찌할까. 교회에서는 아마도 신도들에게 이런 논리가 금식을 통한 영혼의 고양보다 훨씬 설득력 있게 들리지 않을까 싶다.

지속적으로 건강을 유지하려면 적당히 먹어야 했다. 전에 먹은 음식의 소화가 완전히 끝난 뒤에 새로운 음식을 먹어야만 소화불량을 피하게 된다. 중세 시대에도 탐식과 불규칙적인 식사에 매우 적대적이었다는 말은 나를 계속 환기시켜서 좋았다.

*

지구에 있는 생명체들의 진로는 전면적으로 바뀌게 된다고 했다.

인류학에서 배운바, 생명은 40억 년 전에 출현했다. 그 사이 자연의 선택 법칙에 지배되어 왔다. 바이러스든 공룡이든 모두 자연의 선택 법칙을 따르면서 진화해 왔다. 아무리 이상하고 특이한 형태라도 생명은 언제나 유기체(물질이 유기적으로 구성되어 생활기능을 가진다. 또한 많은 부문이 한 목적 아래 통일되어 부분과 전체가 필연적 관계를 가진다)라는 한계에 묶여 있다. 식물이든 동물이든 모두 유기화합물로 만들어졌기 때문이다.

역사 과정 동안 수많은 경제적, 사회적, 정치적 혁명이 존재했지만 인간 그 자체는 변하지 않았다. 우리는 예나 지금이나 동일한 몸의 형태와 마음을 지니고 있었다. 그러나 이젠 우리의 몸과 마음도 유전공학, 나노기술, 뇌 기계, 인터페이스에 의해 완전히 바뀔 것이었다.

몸과 마음은 21세기 경제의 주요한 생산물이 된다고 했다. 죽음은 형이상학적 현상으로 인식될 것이었다. 나는 죽는 것이 우주의 대자연이 그렇게 규정했기 때문이라고 생각했다. 죽음을 물리칠 수 있는 것은 그리스도의 부활 재림 같은 거대한 형이상학적 몸짓뿐이리라. 최근 학계에선 죽음이 기술적 문제라고 정의했다. 과학은 기술적 문제에 모종의 해결책이 있다고 믿고 있는 것 같다.

종교가 세상을 지배하던 시절, 죽음은 사제와 신학자의 전공이었으나 오늘날 이 분야는 공학자들에게 넘겨졌다. 실험실의 괴짜 연구자 2명이 해결할 수 있다는 것이고, 이런 흐름에 따라 2년 전에 구글은 '캘리코'라는 자회사를 설립했다고 한다. 목표는

'죽음' 문제를 해결하는 것이다.

　우리는 현실주의자가 되어 이런 일이 실제로 일어나고 있다는 사실을 이해해야 한다(핵심적인 이론은 유발 하라리가 지은 『사피앤스(Sapiens)』에서 가져왔다).

　내가 체험하고 관찰해온바, 내가 살아있는 동안에 인간이 도달할 수 있는 최대 수명은 160살을 넘어선다고 생각했다. 글자 그대로 자연의 원리를 적용하고 따를 때 가능할 것이었다. 질병에 시달리지 않으면 쉽게 늙지 않을 테니 장수는 당연할 것이다. 이것은 생물학적 수명이었다.

　그럼에도 내 몸은 불완전한 재료와 공기오염 등으로 산성 체질에서 급기야는 악성 체질로 바뀌어 수많은 질병에 시달리고 있다. 게다가 전기적 성질을 지닌 나의 몸은 땅의 자유전자로부터 충전받아야 함에도 불구하고 이로부터 단절된 상태로 살아왔다.

　'나의 몸은 자연이다.'

　나의 영혼의 출처는 구명되지 않는 미지의 상태에서 비롯된 것일지라도, 생물학적인 내 몸은 지구의 원소로부터 비롯된 것이 확실했다. 지구는 우주의 현상에 의해 충전을 받아야 쉽게 소멸되지 않고 우주에서 살아남아 저절로 운행하게 된다. 광물질인 지구는 우주적 성질인 에너지의 충전을 받아야 유지되기 때문이다. 그런 충전이 유지되지 않는다면 우리가 사는 지구도 빠르게 소멸되어 사라질 것이다. 지구의 충전은 태양의 강렬한 빛에너지, 또는 뇌성과 번개, 태풍과 회오리바람 등으로부터 보강되고 유지될 것이었다.

지구의 일부분인 생물도 지구의 원소로부터 충전을 받아야 강한 힘이 발휘될 것이다. 결국 기氣(힘의 근원)를 충전 받아야 했다. 에너지가 충전되지 않은 건전지는 불을 켜거나 기능을 유지할 수 없었다. 내 몸은 하나의 건전지와도 같았다. 그러나 일반 건전지의 성질과는 달랐다. 단순한 전기적 충전뿐 아니라 영양적인 부분에서 단백질 등 다양한 성질의 복합적인 원소로 충전되어야 하기 때문이다. 내 몸의 모든 기능은 강력한 에너지(빛의 자외선[17]과 적외선[18]의 전기적 성질. 땅의 파동波動과 질량質量)와 영양을 받아야 가동하고 그 기능을 지속적으로 유지할 수 있었다.

---

17) 자외선紫外線(ultraviolet rays) : 스펙트럼이 가시광선의 보랏빛 부분보다 단파장短波長 쪽에 있는 광선. 그 파장은 X선보다는 길어 4000~3800부터 10옹스트롬(Angstrom) 정도까지 이르는 전자파(電磁波). 눈에는 보이지 않으나 태양광선 중에 포함되어 살균, 체내의 비타민 D생성 등 생리, 화학 작용을 한다.

18) 적외선赤外線(infrared ray) : 파장이 약 0.75~400으로서 적색 가시광선보다 길고 마이크로파보다 짧은 열작용이 큰 전자파. 스펙트럼(spectrum)이 적색 가시광선의 스펙트럼보다 밖에 있다. 눈에는 보이지 않고 투과력이 크므로 비밀통신, 적외선 사진 등에 이용되기도 한다.

*

'길가메시 프로젝트(길가메시는 인류의 죽음을 없애려 했던 고대 메소포타미아의 영웅)'에 이르지 못할지라도 괴짜 연구자인 내겐 (질병으로 생명이 단축된 것을 보고) 슬픈 번민이 있었다. 고타마 싯다르타의 번뇌와도 다를 바 없었다. 고통에 깊은 영향을 받은 것은 싯다르타나 내가 같다고 생각했다. 인류의 번뇌는 차안此岸이 아닌 피안彼岸(Faramita)에서, 즉 해탈하여 열반涅槃에 도달함으로써 찾게 된다는 가르침과 현대인이 무병상태의 건강을 구하고자 하는 일념은 모두 번뇌에서 비롯된 것이다.

나의 기질을 타고난 아들이 초등학교부터 대학교 과정을 거쳐 20여 년의 전 교육과정을 우수한 성적으로 마치고 이윽고 법조계에 입문했다. 그리고 판사직까지 올랐다. 그런데 가문의 희망이 되어 꽃을 피우려던 그 아이는 꽃을 화려하게 피워보지도 못하고 40대 초반에 중병에 걸려 세상을 떠나버렸다.

나는 집안의 기본 수명이 다른 집안에 비해 짧다는 것은 알고 있었으나 이렇게까지 짧을 수는 없다고 생각했다. 일찍 자식을 떠나보낸 일로 나는 매우 충격이 컸다. 질병에 걸리지 않고 오랫동안 살 수 있는 방법은 없을까? 나는 삶을 유기할 정도로 생명력에 대한 번민에 빠져들었다. 고민에 고민은 이어졌다.

자연법칙의 선택적 치유

세상 사람들은 상경 계 대학을 나온 내가 전공과 무관한 얼토당토 않는 일에 빠져들고 있다고 탐탁찮게 생각했다. 그들이 아무리 힐난하더라도 생명연장에 대한 내 의지는 변함없다. 사람들의 따가운 시선도 아랑곳하지 않았다. 생명연장에 대한 연구에 마음이 동했다. 6년 반 동안 움막에 파묻혀 하루 한 끼로 연명하면서 몰입했다. 내 몸은 바람에 휘청거릴 정도로 바짝 야위었다. 연구의 중심은 자연과 우주의 이치로, 그것에서부터 치유의 근본을 찾고자 했다.

연구한 결과가 이윽고 나왔다. 그러고서 30여년의 세월이 훌쩍 넘었다.

미국에서 2008년에 의학자 25명이 임상실험보고서를 내고 상용화한 어싱(Earthing: 사람과 땅의 접지 상태) 제품이 출현했다. 기준이 없어 오랫동안 허가를 미뤄오던 대한민국 정부는 6년 후인 2014년에 '기적 의료기 매트(Miracle Bedding Medical)'로 상표등록을 허락했다. 제품은 '닥터 프랜드(Doctor Friend)'라는 제품명으로 보급되고 있다.

지금 나는 많은 사람이 내가 고안하고 연구한 침구류 매트를 사용하는 것을 보며 삶에 기쁨을 찾고 있다. 땅과 우리 몸의 접지(Earthing)라는 기본 원리를 응용한 연구였다. 이 기술은 접지를 통해 악성 화된 몸의 환경을 정상적으로 바꿔주는 것이었다. 이를 돕는 여러 가지 자연적인 소재가 장착되어 있다. 사람의 몸에 미치는 작용은 이랬다.

정상체온 36.5도가 유지되도록 해야 한다.
체내에 쌓인 독성을 중화시켜야 한다.
양 전류(+)와 음 전류(-)가 조화를 이뤄야 한다.
막힌 혈관과 근육에 원활한 혈액순환을 터줘야 한다.
피는 깨끗해져야 한다.

이런 특성을 갖춘 침구류 매트였다. 가장 중요한 것은 포근하고 안락한 잠자리를 제공해준다는 점이었다.

*

나는 자연의 원리를 생각하면서 유년 때 소와 함께했던 때의 이야기를 하고 싶다. 울안에 가두어둔 소는 추위를 잘 타고 감기에 자주 걸렸다. 축사가 절연체로 작용해 자연적인 전기전도를 제약했던 것이다. '소는 농가의 조상이나 다름없다'는 말이 있다. 농가에서는 소가 중요한 자산이므로 조상처럼 위한다는 말일 것이다. 일꾼이 소에게 말하면 소는 묵묵히 듣고 일을 한다. 죽음의 길인 도살장에 들어갈 때 눈물을 흘릴지언정 반항하거나 뒤로 물러나 항의하는 것을 보지 못했다.

겨울철 소먹이용으로 쌓아두었던 짚더미를 가져다가 먼저 작두에 작게 토막 내고 쌀겨와 콩깍지, 고구마넝쿨, 칡넝쿨 등을 썰어 넣어 배합한다. 이런 것들이 소에겐 내가 지금 먹는 현미의 잡곡밥과 같았다. 이렇게 배합된 것을 가마솥에 삶으면 소의 먹을거리인 여물이 되었다. 겨울철에는 들에 풀이 나지 않으니 소는 이런 먹을거리에 감지덕지할 터였다. 들소들은 마른 풀이라도 뜯지 않으면 굶주려 죽을 것이다. 그것이라도 먹지 않으면 안 되도록 식성과 소화기능이 길들여져 있을 테니까.

추운 겨울철에 들에서 폭풍우를 맞으며 살아도 병들지 않고 힘이 넘쳐나는 들소를 떠올렸다. 우리 집 소는 외양간 바닥에 깔아놓은 볏짚 위에서 무릎 꿇고 앉아 언제나 되새김질했다. 한 번 삼킨 먹이를 다시 게워내어 씹는 일. 소뿐만이 아니라 염소도 앉아있을 때 무얼 자꾸 씹고 있었다. 소는 앉아있을 때 한시도 입놀림을 멈추지 않는다. 소나 염소도 반추反芻하는 위가 따로 있는 모양이었다.

소 위胃의 소화과정은 사람과는 조금 다른가 보다. 소는 4개의 위장을 가지고 있다. 소는 되새김질하는 반추동물이기 때문에 소화기관인 위는 반추위, 벌집위, 겹주름위로 구분되었다. 첫 번째 위는 '양眻', 두 번째는 '벌양', 세 번째는 '천엽千葉', 네 번째는 '막창'이었다. 반추동물은 소화가 잘 되지 않는 먹이를 게워내고 되새김질하는 동물이었다.

벌집위는 먹이를 섞어서 다시 입으로 내보내는 일을 한다. 이 물질을 거르는 그물망의 역할을 하기도 했다. 첫 번째 반추위는 특별한 미생물이 있기에 되새김질해서 삼킨 먹이를 소화하고 에너지원인 휘발성 지방산으로 변화시킨다.

식도락가가 좋아하는 천엽은 천 개의 잎사귀가 붙은 모습이었다. 이 겹주름위는 소화된 먹이로부터 60~70%의 수분과 광물질, 영양분 등을 흡수했다. 내벽에는 잔주름이 아주 많이 나 있어서 소화한 음식물을 주름위인 막창으로 넘겨주는 역할을 했다.

소의 막창은 보통 동물들의 마지막 창자인 대장이 아니라 네 번째 위였다. 소화 효소를 분비하고 미생물인 단백질을 분해했다. 사람의 위와 가장 유사한 역할을 하는 부분이었다. 이 모든 것이 내장 각 기관 세포들의 연동 작용이 있기에 가능하다.

소는 초벌 먹이를 토해내서 잘게 부수어 다음 단계의 위로 보내는 네 단계를 거쳐야 완전한 소화를 한다고 했다. 내장의 식도와 장 사이에 있는 주머니 모양의 소화기관이 있었다. 식도를 통해 들어오는 먹을거리를 어금니로 맷돌처럼 갈아 부드럽게 만든다, 이때 염산 성분이 들어있는 위액이 분비되었다. 위액은 철도 녹여내는 강한 성분이다. 위액은 음식물을 산성으로 변화시킴과 동시에 펩신(pepsin)이라는 효소를 분비해 단백질로 만든다. 결국 위는 펩톤(peptone)으로 삭히는 작업을 했다. 위장 세포들이 자기들이 할 일을 열심이 한 결과였다. 세포들은 각기 인지능력이 있다. 몸을 관리하는 이가 그들의 뜻을 역행하면 몸의 기능을 퇴화시킨다. 혁명을 일으키기 위해 악성 세포로 변하는 변형 작용을 하기도 했다.

집에서 기르는 소는 봄, 여름, 가을까지는 먹을거리가 풍부해서 들에 하루 종일 메어 두면 되었다. 나는 고삐에 이어진 줄을 길게 늘어놓았다. 넓게 돌아다니며 풀을 마음껏 뜯어 먹게 하기 위해서다. 그렇게 마음껏 풀을 뜯으며 한가롭게 지내다가도 작은아버지가 끌고 가일을 부린다.

;논밭을 갈 때는 언제나 숙부와 함께 일한다. 밭이나 논에서도, 아니면 물이 들이찬 물 논 진창에서도 논밭의 흙을 갈아엎는 일을 한다. 소가 말을 안 듣고 게으름을 피울까 싶어 코를 뚫어 질긴 나무뿌리 줄기로 만든 코뚜레를 해두었다. 단단한 나무를 깎아 만든 통나무 멍에를 목덜미에 걸어둔다. 주인의 생각대로 움직이지 않을 때 코뚜레와 연결된 밧줄을 잡아당겨 정신 차

리라고 자극을 준다. 소는 자연스럽게 밧줄 잡아당긴 쪽으로 고개를 돌릴 수밖에 없다. 밧줄은 코뚜레를 잡아끌기에 소는 코가 찢어질 듯 아플 것이다. 결국 소는 밧줄을 당기는 쪽으로 고개를 돌리게 된다.

흙을 파 뒤엎기 위해서는 쟁기에 부착된 보습이 흙에 깊게 물려 있어야 했다. 그걸 끌고 가는 건 소에게도 여간 힘겨운 일이 아니다. 어린 나이에 나도 쟁기를 한번 잡아봤다. 쟁기를 잡고 그냥 따라가는데도 무척 힘이 들었다. 쟁기를 힘 있게 누르지 않으면 보습이 땅을 깊게 파지 못해 흙 위에서 겉돌았다. 소가 똑바로 나가지 못할 때면 방향이 틀어졌다. 그럴 때 똑바로 가라고 밧줄로 틀어진 쪽 몸을 쳐서 바른길로 들어서도록 잡아주어야 했다. 쟁기가 쓰러지거나 얕게 땅이 갈리면 안 되니까 숙부는 쟁기 보습이 흙 속을 깊이 파헤치도록 힘 있게 눌러야 했다. 나로서는 쟁기를 꼭 붙들고 따라가기조차 버거운 일이라 누를 힘은 더더욱 없었다.

어린 나로서는 힘이 달려 감당할 수 없는 노동이었다. 어른으로 장성해서 그걸 다룰 만한 힘이 생겨야 한다는 것을 알았다. 그래도 소만큼 힘들지는 않을 것이다. 땅 깊이 보습이 묻혀있는 쟁기를 소는 어떻게 끌고 갈까. 소가 불쌍하다는 생각이 들었다.

소가 힘껏 쟁기를 끌 때 돌이 묻혀있거나 땅이 단단할 경우 보습이 튀어 오르거나 부러질 때도 있었다. 바위에 가로막혀 억지로 끌어당길수록 멍에가 목뼈를 짓눌러 심한 통증이 일 것이다. 그런데도 소는 아무런 반응이 없다. 목뼈가 통증을 잘 견딜 수 있는 것은 아마 오랫동안 일을 통해 굳은살이 박여 덜 아프게 느껴서 그럴지는 모른다. 아프든 그러지 않던 소는 쟁기를 힘껏 끌고 가야 했다. 작은 숙부도 힘이 들어 오랫동안 쟁기질을 할 수 없었다. 사람도 그렇게 땀을 뻘뻘 흘리며 힘이 들어 쉬어야 하는데 소는 얼마나 고통스럽고 힘이 들까. 애처롭기까지 했다. 소를 잘 아는 작은 숙부는 자기가 힘든 것보다 소가 힘들어하는 모습을 재빠르게 알아차려 그때그때 소를 쉬게 했다. 그런 사람이 현명한 일꾼이라고 생각했다. 소는 고통스러운 노동에서 잠시 해방되어 풀밭에서 열심히 풀을 뜯으며 휴식했다.

소가 뜯는 풀은 단백질로 흡수되고 땅의 자유 전자에 의해 체력을 빨리 회복할 것이다. 발굽으로 둘러싸인 엷은 발바닥에 깔려 있는 미세한 신경줄(용천혈)이 땅의 에너지를 끌어당겨 소의 기운을 더해 줄 것이다. 때때로 힘겨울 때 소도 땀을 흘린다. 슬플 때 눈물도 흘리는 것 같다. 쟁기질할 때를 제외하고 밤에 잠잘 때는 외양간隈養間(마소를 기르는 곳)에서 쉬면서 깊은 잠을 자는지도 모른다. 소를 똑같은 날씨에 들판에 방목해 길러 보기도 했다. 울

안에 가두어 기른 소는 추위를 잘 타고 감기에 잘 걸렸다.

지금의 축사는 시멘트 콘크리트로 흙의 정기를 차단하고 있었다. 콘크리트 바닥에 푹신한 톱밥을 깔아놓으면 소의 배설물을 치워내기는 좋을 것이다. 배설물을 치워내고 물을 끼얹으면 금방 깨끗해지고 위생상으로도 좋았다. 맨 흙바닥은 흙이 유실되면 축사가 무너질 위험이 따른다는 걱정도 있다. 어찌하든 시멘트 바닥은 소와 땅의 원소인 자유 전자가 단절되어 자연적인 전기 전도를 제약하고 있다는 것을 지인 가축 업자도 인식하는 것 같았다. 이런 시멘트 바닥에선 소도 쉽게 병드는가 보다. 어쩔 도리가 없다. 그런 때마다 항생제와 성장촉진제가 함유된 사료를 먹여 간신히 건강이 유지되는지 모른다. 항생제가 투약되었든 어쨌든 소는 우리 몸 세포의 단백질원이다.

또 다른 이유가 있다. 소가 빨리 성장하게 해야 사업성이 있다. 자연식인 풀만 먹거나 여물만 먹이면 영양이 부족해 이보다 훨씬 고단백질의 사료가 자라는데 더 도움이 될 것이다. 농사일을 하는 소는 자연적으로 성장하고 어미 소가 되어야 일을 했다. 잡아먹는 소가 아니라 일을 목적으로 기르는 가축이라서 그렇다. 그러다가 늙어 일을 못하게 되면 차마 잡아먹을 수 없어 고이 묻어주어야 했다.

지구의 동식물은 그런 형태로 사는 것이 세상 이치에 부합되는 일이었다. 이천 지역에서 소 수십 두를 사육하는 지인은 소를 수십 년 사육해온 사람이었다. 찾아가 소의 생태에 대해 물어봤다. 사람의 먹을거리를 위해서 기르는 소는 그렇게 자연적으로 자라기를 기다릴 수가 없다고 했다. 시간을 단축하는 것이 부가가치가 있고, 짧은 시간 안에 키워진 소가 부가가 더 컸다. 값이 적절할 때 내다 팔아야 타산을 맞출 수 있다고 했다. 그렇게 되도록 돕는 사료의 역할이 컸다.

지인은 그 많은 소를 가족처럼 돌보고 있었다. 그에게 돈을 버는 것은 차선인가 보다. 소와 함께 하는 삶을 즐기고 있는 것 같았다. 가축과 더불어 사는 것이 자신의 숙명이라 생각한 것일까. 예전엔 송아지를 사다가 키웠으나, 지금은 어미 소가 출산하는 송아지를 받아내고 정성스럽게 길렀다. 그렇게 송아지에 대한 사랑의 교감으로 끼니때가 됐는지도 몰랐다. 거기엔 아내의 뒷바라지가 컸다. 부부의 생활은 온종일 소와 함께한 삶이었다. 그는 소들을 사랑하고 이심전심으로 마음을 나누는 것을 즐거워했다. 정성을 들여 뒷일을 보살펴주면 송아지는 무럭무럭 자라갔다. 그런 정경을 바라보는 그의 만면에 뿌듯하고도 행복해하는 모습이 역력했다.

그가 말했다. 소의 소화 기능에 대해서. 특히 4개의 위를 가진 소에게 사료만 먹이면 되새김질이 불필요하므로 위가 퇴화해 생존이 불가능하다고. 송아지가 젖을 떼면 다음 단계로 반드시 어미의 젖과 풀, 부드러운 먹을거리를 챙겨 주었다. 커감에 따라 집과 씹을 먹을거리를 번갈아 먹여야 했다. 아직은 변형된 먹을거리에 완전히 길들여지지 않아 다행이었다. 많은 가축 업자는 성장촉진제가 섞인 사료를 먹일 것이다. 인위적으로 변형된 먹이를 주다 보니 소는 어느덧 그것에 길들여져 있다. 이렇게 키워진 소의 고기를 사람들은 즐겨 먹는다.

이런 소를 들판에서 방목한다면 어떻게 될까. 소는 상당히 편안해할 것이다. 추위도 잘 견딜 것이다. 처음엔 야외에서 추위에 적응하려다가 부작용이 생길 수도 있을 것이다. 그런 어려움이 있을지라도 잘 적응해낼 것이다. 적응을 한 후로는 혹심한 전염병 외에는 사료에서 비롯된 질병에 쉽게 감염되지 않을 것이다. 사냥당하는 동물은 태어나면서부터 들과 산에서 천성대로 살다가 죽는 그 순간에만 고통을 당하지만, 사육되는 동물은 열악한 환경에서 평생토록 괴롭게 지내다가 비참하게 죽어간다. 불행하게도 죽을 때도 멀쩡하게 의식이 남아 있는 채로 껍질이 벗겨지거나 뜨거운 물에 튀겨져야 했다. 들소보다 부드러운 사육 소고기에 길들여진 사람의 식성과 탐욕적인 경제 논리를 바꾸지 않는 한 그런 상태의 사육은 불가피할 것이다.

야생동물의 위생 상태는 좋았다. 인간의 손길이 닿지 않을수록 더 좋을 것이었다. 우리 눈에는 불편해 보이더라도 그런 환경이 야생동물의 저항성을 길러주어 그들은 전염병이나 질병을 잘 극복해낼 것이다. 자연과 전기적 매체를 적절히 접지함으로써 얻은 결과가 아닐까. 야생동물은 대지에 끊임없이 접촉하고 살기에 인간의 도움 없이도 생존에 전혀 어려움이 없는 것 같다.

나는 나 자신과 야생동물을 비교해 보고 싶었다. 아스팔트길이 아니라 들판에 나가 풀이 나는 곳에서 맨발로 걸어보고 싶었다. 정 맨발이 어렵다면 전기전도가 가능하도록 짚신 같은 것을 신고서라도 걷고 싶었다. 그러면 분명 상큼한 느낌이 오고, 몸상태가 달라지는 것을 절절히 느낄 수 있을 것 같았다. 즐겁고 활기찬 모습도 되찾을 것이었다. 어느 신체 부위든 상관없이 가능한 한 자주 땅, 풀에 살을 맞대리라.

호수, 시냇물, 바다 같은 자연적으로 존재하는 물도 좋았다. 정원에서는 물기가 있는 잔디야말로 최적의 전도체였다. 나무에 기대서서 나무로부터 전기를 얻는 방법도 있다. 바다(소금 때문에 더욱 효과적이다)나 호수나 강에서 물놀이도 하는 방법도 있다. 할 수 있다면 옷을 벗지 않은 채 맨발로 물속에 뛰어들리라. 이미 경험해본 사람이라면 신경, 수면, 식욕, 태도 등에 큰 효과가 있을 터였다.

대지와 연결되어 상호 간에 전기적 교환이 일어나면 새로 태어난 느낌이 분명 있을 것이다. 나는 자신과 환경, 나의 우주 관계에 대한 관점을 바꾸고 싶었다. 나의 극악한 탐식으로 얻은 질병에 시달렸지만, 땅과 접지된 잠자리에서 건강에 많은 도움을 얻었다.

'식탐으로 인한 불행한 삶을 피하라.'라는 경고의 메시지가 나의 절제된 생활 습관으로 이어지기를 바랐다. 무병장수를 위해서.

작기의 말

사람의 생명은 소유한 것이 많으냐, 적으냐에 있지 않았다.

무리 중 한 사람이 예수께 형제에게 유산을 나누도록 명령해 달라고 끈덕지게 요구했다.

"선생님, 내 형에게 명령하여 내게 유산을 나눠 주도록 해주지 않으시럽니까."

"이 사람아, 누가 나를 자네의 형제 재산을 나누어 주라는 재판장에 임명했는가?"

오히려 그에게 탐심을 물리치라고 나무랐다. 사람이 사는 순리를 말한 것이다. 우리가 사는 세상은 사회적 관계가 다양해져 행복을 느낄 기회가 많아진 것이 사실이다. 다른 사람들과 경험을 나누다 보면 사회적으로 더 칭찬을 받는 경우가 있다.

속에 든 건 없으면서 겉으로 가진 것에 대해서만 떠들어대고 으스대는 사람은 시쳇말로 '진사(애꾸눈이)'라는 소리를 듣게 마련이다. 쌓이는 물질적 재화의 증가는 정신적, 신체적 웰빙에 이렇다 할 도움을 거의 주지 못한다. 더 큰 집, 더 멋진 차를 산다고 해서 행복도 그만큼 더 커지는 것은 결코 아니다. 물질주의를 신봉하는 사람은 행복도와 삶에 대한 만족도가 낮은 경우가 많았다. 이런 사람은 우울증에 빠지기 쉽다. 피해망상을 앓게 될 가능성도 높았다. 내가 얼마를 받느냐보다 남보다 얼마를 더 받느냐에 집착하니 행복할 틈이 없다.

이에 비해 인생 경험에 투자하는 사람은 그런 달갑지 않은 비교에 연연하지 않는다. 경험이라는 독특한 속성 때문에 견주어 보거나 비교당할 대상이 없어 삶이 평온하다. 더 큰 집, 더 멋진 차도 시간이 흐르면 낡지만, 경험은 시간이 갈수록, 쌓이면 쌓일수록 인생을 훨씬 풍요롭게 한다.

우리 세상은 감각에 의한 시각은 갖추고 있지 않으면서 문화라는 말만 떠들고 있다. 이런 경우 문화는 저급한 상업주의적 천박함으로 채워지기 마련이다. 문학 교육에 대한 관심을 촉구하고 나서야 한다.

시에 대한 배려가 사회의 성숙도를 높이고 문화를 풍요롭게 하는 것임을 현대인들은 모른 채 지나치고 있다.

문학과 예술을 사랑하는 러시아 사람들을 시인 릴케는 이렇게 표현했다. '활화산 같은 열정을 속으로 간직한 채 산처럼 침묵하는 깊이 있는 러시아 민족'이라고. 우리도 어려서부터 시와 예술을 감상할 기회를 충분히 가지고 정서 교육과 감각을 길러주어야 한다. 그러면 자라서도 문화를 이해하는 민족이 될 것이다. 그래서 부모의 의식이 중요하다.

유아기 때부터 시 낭송을 수시로 듣고 자라도록, 그리고 그것이 학교 교육과 사회교육으로 연계되도록 유도하여 느낄 수 있는 교육이 되어야 한다. 시를 향유할 수 있는 기회의 확대, 사회 교육으로서의 시 읽기 확대 등의 노력도 함께 해야 한다. 머리로만 생각하는 지식보다 가슴으로 느끼는 정서를 되살려야 할 것이다. 그렇게 되면 좋은 시를 읽게 되고, 대접받게 되고, 시인은 좋은 시를 쓰기 위해 노력하고 문화가 살아 숨 쉬는 사회가 될 것이다.

도덕적 우월성이야말로 세계적 경쟁력이다. 그렇다면 도덕적인 무장은 어떻게 가능할까. 인문 사회학의 발전에 있다. 인간의 근본을 다루는 기초학문을 중요하게 다룬다면, 인문 사회학 교육을 필수적으로 실행해야 달성할 수 있지 않을까 싶다.

마지막으로 이 책이 나오기까지 격려와 도움을 준 아내와 두 딸에게 사랑을 전한다.

2020년 01월

밤고개로 골방에서

저자 고천석